NICOLA FÖRG

Zornige Söhne

NICOLA FÖRG

Zornige Söhne

Ein Alpen-Krimi

PIPER

Mehr über unsere Autorinnen, Autoren und Bücher:
www.piper.de

Wenn Ihnen dieser Alpen-Krimi gefallen hat, schreiben Sie uns unter Nennung des Titels »Zornige Söhne« an *empfehlungen@piper.de*, und wir empfehlen Ihnen gerne vergleichbare Bücher.

Von Nicola Förg liegen im Piper Verlag vor:
Alpen-Krimis
Band 1: Tod auf der Piste · Band 2: Mord im Bergwald
Band 3: Hüttengaudi · Band 4: Mordsviecher
Band 5: Platzhirsch · Band 6: Scheunenfest
Band 7: Das stille Gift · Band 8: Scharfe Hunde
Band 9: Rabenschwarze Beute · Band 10: Wütende Wölfe
Band 11: Flüsternde Wälder · Band 12: Böse Häuser
Band 13: Hohe Wogen · Band 14: Dunkle Schluchten
Band 15: Zornige Söhne

Glück ist nichts für Feiglinge
Das Winterwunder von Dublin
Hintertristerweiher

Unser Versprechen für mehr Nachhaltigkeit
• Klimaneutrales Produkt
• FSC®-zertifiziertes Papier
• Hergestellt in Europa

FSC www.fsc.org MIX Papier | Fördert gute Waldnutzung FSC® C083411

ISBN 978-3-492-06415-6

Redaktion: Dr. Annika Krummacher
Satz: Satz für Satz, Wangen im Allgäu
Gesetzt aus der Adobe Caslon
Druck und Bindung: CPI Books GmbH, Leck
Printed in the EU

es sint nû wol zehen jâr, daz ich nâch âventiure reit

Hartmann von Aue, Iwein

Die Âventiure (mittelhochdeutsch) ist nicht mehr willkürliches Geschick, das dem Helden zustößt, sondern eine von ihm aus eigenem Antrieb gesuchte und durch wunderbare Fügung für ihn allein bestimmte gefahrvolle Bewährungsprobe.

Aus: Lexikon des Mittelalters

*Für alle meine Boomer-Freunde – seid tapfer,
denn was jetzt noch kommt, wird kein Spaziergang
in lauer Frühlingsluft sein …*

PROLOG

Er konnte über seine Zehen hinwegsehen, deren Nägel eine Pediküre hätten vertragen können, aber das waren eben die knorzigen Nägel eines alten Mannes, und wenn es sowieso bald vorbei war, was interessierten da noch die Nägel. Auch seine Krampfadern störten ihn nicht weiter, dieses wulstige Gespinst, das seine Waden überzog.

Die Scheibe vor ihm war blitzblank geputzt und gab den Blick frei auf eine dünne Schneefläche, die bis zum Wald reichte. Dahinter ragten bleiche, graue Berge auf, in deren Karen schon der erste Schnee lag. Zwei Läufer rannten vorbei, rhythmisch in ihrer Bewegung, überzogen mit hautengen Hightech-Fasern.

»Eine merkwürdige Zeit«, sagte die Stimme neben ihm. »Ich erinnere mich gerade an unsere Skianzüge in den Siebzigerjahren. Sie waren glänzend, sahen aus wie im Raumschiff Enterprise oder aus der Raumpatrouille Orion, und wenn man stürzte, dann rutschte man unaufhaltsam den ganzen Berg hinunter. In den Achtzigern hatten wir dann diese Anzüge in Neonfarben mit passenden Stirnbändern dazu – und Puschelohren. Hatten Sie Puschelohren? Als Mann wahrscheinlich nicht, oder?«

Er sah hinüber, sie trug den gleichen flauschigen Bademantel, nur füllte sie ihn weniger aus als er. Gestern Abend schon war sie ihm aufgefallen, weil sie eine attraktive Frau geblieben war, auch wenn sie in seinem Alter zu sein schien.

»Nein, keine Puschelohren, aber die hohe Stenmark-Mütze.«

Sie nickte und lächelte. »Dann sind Sie auch Ski gefahren?«

»O ja. Auch noch im Zusammengepresste-Haxn-Fahrstil, beim echten Wedeln, da war ich groß. Ich musste mich umstellen, als die Carver kamen, mit denen ja jeder Bewegungstrottel fahren konnte. Hatten Sie eigentlich auch diese Parablacks auf den Ski?«

Sie lachte, ihre Falten machten sie nicht alt, sondern lebendig. »Allerdings. Damit man die Ski nicht überkreuzte, dabei brachte man sie natürlich trotzdem übereinander, aber nie mehr auseinander. Ich bin mehrfach havariert.«

»Hatten Sie ein Lieblingsgebiet?«, fragte er.

»Die Dolomiten. Der Langkofel, als die Eiergondel noch fuhr. Allein diese bunten Eierbecher waren schon die Herausforderung. Man musste rechtzeitig aufspringen, ohne sich die Schienbeine aufzuschlagen, die Ski zu verlieren oder jemand anderem die Stöcke ins Auge zu bohren. Oben auf der Terrasse gab es dann nur noch den Abgrund und den Schlund der Scharte. Diese erste Überwindung, da hineinzuspringen, und das mit den langen Ski, die wir fuhren, die schier länger waren als die ganze Scharte.« Sie lächelte wehmütig.

»Dann müssen Sie ein Crack gewesen sein! Im oberen Teil war das pure Konzentration auf die Felsen, die ja bekanntlich Skifahrer anspringen wie Tiger. Später dann gab es nur noch mannshohe Buckel und das legendäre Geißbockspringen um zwei Stöcke.«

»Wenn Sie das auch kennen, sind wir zwei Cracks. Ehemalige Cracks. Das wird es nie mehr geben. Es waren sagenhafte Zeiten!«

O ja, aus heutiger Sicht waren es hymnische Zeiten gewesen, in denen er frei und unbekümmert gewesen war, als er nicht über seinen Geldbeutel, das Klima oder seine Gesundheit hatte lamen-

tieren müssen. Geld hatte er als junger Mann kaum besessen, das Klima war nur ein Wort gewesen, wie Wetter, Gewitter oder Biergarten, und seine Knochen waren stark gewesen und unbeugsam.

»Es ist schön, diese Erinnerungen im Herzen zu tragen. Wenn man nach vorne blickt, hilft es, etwas zu haben, was im Hintergrund steht wie eine unverrückbare Wand«, sagte sie.

Er fand, dass sie mit jedem ihrer Worte attraktiver wurde, und merkte, dass er begann, sich anzubiedern, dass er sie im Gespräch halten wollte.

»Als der erste Kunstschnee kam, änderte sich etwas. Der Schnee verlor seine Würde. Da lobe ich mir die Achtzigerjahre auf der Sella Ronda. Das war eine richtige Kultrunde, und die Zuckellifte machten die skifahrerisch uninteressante Runde doch zu einem Wettlauf gegen die Zeit«, sagte er. »Damals waren es zapfige dreißig Grad minus in Colfosco, und dann die endlosen Lifte hinauf zum Grödner Joch. Der lange Hatsch durchs Steinerne Meer. Und die Verführung, vom rechten Weg abzukommen. Die Porta Vescovo hat uns mehrfach das Genick gebrochen. Irgendwo im Nirgendwo stand der Lift, und der Liftmann sprach sein kategorisches Nein. Nichts geht mehr. Wir landeten in Arabba, inzwischen bei fünfunddreißig Grad minus. Wir hatten keine Handys, um nach Hilfe zu rufen oder die ganze Welt zu verfluchen. Wir redeten mit echten Menschen in einer Bar, von denen einer ein einsichtiger Taxifahrer war und uns retour chauffierte. Über alle Pässe – für ein paar lächerliche Tausend Lira.«

»Ja, das sind Legenden. Legenden der Leidenschaft«, sagte sie und nestelte in ihrer Tasche, sie schien genug gesprochen zu haben.

War er zu redselig geworden? Er blickte wieder hinaus, wo der Tag langsam der Dämmerung zu weichen begann. Es war Anfang November und wurde schnell dunkel. Heute Abend war eine Notte Italiana angekündigt worden, mit Antipasti und Salaten, drei Hauptgerichten zur Wahl und dann diese Fülle an Dolci! Er hatte bisher immer auf seine Ernährung geachtet, hätte sich selbst auch als gut erhalten bezeichnet, aber da es jetzt ja egal war, würde er in den Desserts schwelgen. Das Hotel hatte seine fünf Sterne nicht zu Unrecht – die Küche war exorbitant, sein Zimmer elegant und die Lage des Hauses hier vor den Bergen selten begnadet. Ein Haus, das man sich unter normalen Umständen auch nicht leisten könnte.

Sie hatte sich erhoben und nickte ihm zu. Ihr Bademantel schleifte fast über den Boden, sie war klein und schmal. Er würde sie beim Aperitif dennoch fragen, ob sie sich nicht an seinen Tisch setzen wolle. Warum sie wohl hier war, sinnierte er noch, denn man sah ihr nichts an, aber ihm sah man ja auch nichts an außer den Krampfadern. Er musste lächeln, da sie beide noch die Langkofelscharte gefahren waren, das verband sie über eine halbe Ewigkeit hinweg. Womöglich würde er sie fragen, warum sie nicht die Kreuzfahrt gewählt hatte, aber die Antwort lag ja auf der Hand: Eine kühne Schartenbezwingerin wählte natürlich ein Wellnesshotel in den Bergen.

1

Mitten ins Herz. Könnte man als Song trällern. Als Film wäre so etwas mit Hugh Grant besetzt, eine Romantikkomödie. Aber das hier war alles andere als romantisch. Der Anblick traf Irmi mitten ins Herz. Über der Szene lag eine dunkle Melancholie, eine düstere Verklärung, ja, eine schwer erträgliche Ästhetik. Man musste hinsehen. Der junge Mann war tot, erschossen – mitten ins Herz. Rot, rot, tot. Da war Blut, viel Blut auf seiner Kapuzenjacke. Es schien Irmi so, als sähe er sie an. Verwundert. Sein Gesicht war lang und schmal, seine Nase auch. Er war blass, die dunklen Haare fielen bis auf seine Schultern. Er wirkte sphärisch und androgyn, ein junger Mann, der im Tod eine bestürzende Grazie besaß.

Auch Kathi war ganz still, ebenfalls ergriffen von etwas nur schwer Erklärlichem. Ein erster Vogel begann zu tirilieren, ein Hausrotschwanz vielleicht oder eine Feldlerche, die schon eine Stunde vor Sonnenaufgang in den Tag hinein sangen. Oder eine Singdrossel, auch so eine Frühaufsteherin. Irmi suchte Kathis Blick, die den Kopf schüttelte.

»Er ist so jung«, sagte sie dann.

Achtzehn Jahre vielleicht, womöglich etwas älter. Da sollte man nicht sterben. Nicht an Krankheiten, nicht bei Unfällen, nicht durch Drogen und schon gar nicht durch eine Kugel, die eine stille Nacht am Staffelsee durchflogen hatte. So etwas war schwer erträglich.

Um kurz nach vier Uhr war ein Notruf eingegangen. Ein Mann aus Uffing hatte sich gemeldet, weil er im Nachbargarten einen Schuss gehört hatte. Eine Streife, bestehend aus Sailer und Sepp, war losgefahren, für einen Lokalaugenschein. Eher unwillig waren sie gefahren, weil sie einen Fehlalarm vermutet hatten, doch sie hatten einen Toten entdeckt. Sailer hatte angerufen.

»Frau Mangold, an guatn Morgen. Oder aa ned.«

»Sailer?«

»Der Sepp und i, mir stehn da vor einem jungen Mann. Der is blass.«

»Sailer!«

»Der is blass und tot. Also, der war aber sicher scho vorher blass.«

Das war Sailers etwas krude Art, seiner ureigenen Verwunderung Ausdruck zu verleihen.

Und so waren sie in der Galveigenstraße in Uffing gelandet. Fridtjof Hase war auch schon eingetroffen und begann gerade mit seiner Arbeit. Am Gartenzaun zum Nachbargrundstück stand ein älteres Ehepaar. Es fiel Irmi schwer, das Schweigen zu durchbrechen. Aber es half ja nichts.

»Der Mann da drüben hat angerufen?«, fragte sie Sailer.

»Ja, ich dacht erst, das ist ein Schmarrn, was die Leitstelle da faselt. Schuss in der Nacht. Könnt a Fernsehfilm sein, hob i denkt. Oder von mir aus a Jager. Die schießn ja aa mit Nachtsichtgeräte. Aber der Anrufer hot gmoant, es war direkt im Nachbargarten. Do schießt man ja an sich ned. Zwischen die Häuser nei. Mitten in der Nacht.«

Eher am Ende der Nacht, aber mitten ins Herz.

Irmi sah dem Hasen an, dass er von dem Anblick erschüttert war. Der junge Mann wirkte so ätherisch. Ein Gothic vielleicht.

»Was ich für den Moment sagen kann«, fasste der Hase zusammen. »Es scheint ein Herzsteckschuss zu sein, oder aber das Projektil steckt noch im Stuhl.«

Auch Irmi sah keine Austrittsspuren. Der junge Mann saß in einem dieser hölzernen Klappstühle, die beim Geradestellen der hohen Lehne gerne mal die Finger einquetschen. Es war offensichtlich ein älteres Modell, denn er war von der Sonne ausgebleicht. Davor stand ein Hocker. Ein Bein des jungen Mannes war zur Seite weggetrudelt, die Arme hingen ebenfalls herab. An einer Hand war Blut, womöglich hatte er sich ans Herz gefasst, als der Einschlag gekommen war. Neben dem Stuhl lag der Rest eines Joints, den Irmi nun vorsichtig in eine Tüte schob.

Der Arzt war aufgetaucht. Sailer und der Hase hoben den jungen Mann aus dem Stuhl. Die Vermutung des Hasen erwies sich als richtig. Im Stuhl steckte ein Hohlspitzgeschoss, das sich beim Aufprall pilzförmig deformiert und seine Querschnittsfläche vergrößert hatte.

»Das Aufpilzen könnte auf eine Jagdwaffe hindeuten«, sagte der Hase. »Es soll mehr Energie auf den Zielkörper übertragen, also schneller töten.«

»Ging es schnell?«, fragte Irmi in Richtung des Arztes.

»Ich nehme an, der Schuss hat die linke Herzkammer durchdrungen. Da füllt sich der Herzbeutel, also dort, wo eigentlich das Herz eingebettet ist, sehr schnell mit Blut. Der Herzkreislauf funktioniert nicht mehr, man ist binnen einer halben Minute tot.«

Aber zwischen dem Todesschuss und dem Tod lag noch so viel Leben, dachte Irmi. Tiere, die von einem Jäger erschossen wurden, liefen noch in den Wald hinein. Auch eine halbe Minute konnte viel Angst, Adrenalin und Verwunderung bedeuten.

»Könnte man so einen Schuss denn überhaupt überleben?«, fragte Kathi.

»Bei so einem Fangschuss und der Munition eher nicht. Aber wenn ein Geschoss nur die rechte Herzkammer trifft und nicht Lunge oder Hauptschlagader erwischt, hat der Getroffene relativ gute Überlebenschancen. Im Durchschnitt bei achtzig bis neunzig Prozent, sofern der Angeschossene sofort ins Klinikum kommt«, erklärte der Arzt.

»Dann war es also ein Jäger?«, erkundigte sich Irmi.

»Das kann ich so nicht sagen«, meinte der Arzt.

»Aber die Person konnte schießen? War das ein gezielter Schuss?«, wollte Kathi wissen.

»Das kann ich auch nicht sagen. Es war aber schätzungsweise ein Schuss aus nicht mehr als zwanzig Metern. Aus der Entfernung muss man kein Meisterschütze sein.«

»Der Tote hat die Person also gesehen und womöglich erkannt?«, hakte Kathi nach.

»Wenn er den Täter gekannt hat, dann hat er ihn auch erkannt«, meinte der Arzt.

Das war der Knackpunkt. Irmi blickte durch den Garten. Vom Standort des Stuhls bis zum Gartentor waren es etwa zwanzig Meter. Und gesehen hatte der junge Mann mit Sicherheit etwas. Ein Strahler erleuchtete den Garten und tauchte ihn in einen grünlichen Schein. Fragen konnten sie ihn leider nicht mehr. Der Hase zog aus der Cargohose des jungen Mannes ein Portemonnaie.

»Kein Handy?«, fragte Irmi.

»Zumindest nicht hier.«

Sie klappte den Geldbeutel auf: Gesundheitskarte, ein Führerschein und der Personalausweis. Joshua Heiligensetzer, zweiundzwanzig Jahre alt. Irmi hätte ihn jünger geschätzt.

Sie winkte Sailer heran. »Checken Sie doch bitte mal die Wohnadresse.«

»Was er hier wohl gemacht hat? Gewohnt hat er hier bestimmt nicht«, meinte Kathi. »Das Haus scheint eine Baustelle zu sein.«

Das stimmte. Aus einem Fenster hing ein gelber Rüssel wie von einem riesigen Insekt – eine Rutschbahn für Bauschutt. Offenbar wurde hier gerade renoviert. Der Garten war zertreten, Stapel von Brettern, Dämmstoffen und Dachplatten waren mit Planen nachlässig abgedeckt. Es war teilweise matschig im Garten, was dem regnerischen Frühling geschuldet war. Die letzten Stunden hatte es allerdings nicht geregnet.

Ob der junge Mann hier gearbeitet hatte? Aber mitten in der Nacht?

Irmi nickte dem Arzt und dem Hasen zu und machte sich mit Kathi auf den Weg zum Gartenzaun, wo noch immer das Ehepaar wie angewurzelt stand. Beide schienen um die siebzig zu sein. Sie waren schlank, bestimmt aus der Kategorie alerte Jubelrentner, denen es gut ging und die sportlicher waren als ihre Kinder und Enkel – sofern sie welche besaßen. Sie hatten fast denselben Kurzhaarschnitt in Grau, beide trugen eine Freizeithose und eine dünne Fleecejacke, sie in Hellblau, er in Moosgrün.

Irmi stellte sich und Kathi vor. »Und Sie sind Herr und Frau …?«

»Heinrich«, sagte der Mann. »Roswitha und Maximilian Heinrich.«

»Sie haben angerufen?«

»Allerdings. Ich bin nämlich morgens gegen vier oft wach«, erklärte der Mann. »Außerdem trommeln diese Regenschauer dauernd aufs Dachfenster. Was für ein grauenvolles Frühjahr! Ich war jedenfalls wach und habe Stimmen gehört.«

»Stimmen?«

»Ja.«

»Wie viele?«

»Ich bin davon nur aufgewacht! Wie soll ich Ihnen die Anzahl der Stimmen nennen? Wollen Sie auch noch die Tonlage wissen? Ich bin erst einmal ins Bad, und als ich wieder rauskam, waren da immer noch Stimmen. Nach wenigen Minuten folgte der Schuss.«

»Und Sie wussten genau, dass es sich um einen Schuss handelt?«, fragte Kathi, die schon ziemlich genervt war vom aggressiven Ton des Herrn Heinrich.

»Natürlich! Der Knall war keine Explosion oder so etwas. Es war ein Schuss. Ich war beim Militär, ich höre so was«, sagte Maximilian Heinrich in gestrengem Ton.

»Hätte es nicht auch aus dem Fernseher kommen können?«, nahm Irmi den Gedanken von Sailer auf.

»Wir schalten immer um Viertel vor zehn ab. Die ersten neunzig Minuten Primetime sind ja meist schlimm genug.«

»Warum schauen Sie dann überhaupt?«, rutschte es Kathi heraus.

»Weil wir Gebühren zahlen«, meinte Frau Heinrich.

Irmi schluckte. »Haben Sie hinausgesehen? Sind Sie auf den Balkon gegangen oder so?«

»Natürlich nicht. Ich stelle mich doch nicht in den Kugelhagel.«

Irmi sah ihn interessiert an. Sie waren in Uffing. Ob hier so oft mit nächtlichem Kugelhagel zu rechnen war, bezweifelte sie. Hier war es doch recht friedlich, Gott sei Dank.

»Das Haus nebenan …«, hob Kathi an.

»… wird renoviert. Es ist oft laut und staubig. Und nachts haben wir hier Festbeleuchtung! Man muss alles verrammeln, um das Licht auszusperren. Eine Zumutung, was uns Frau Molitor da aufbürdet!«

»Frau Molitor ist die Besitzerin?«

»Ja«, entgegnete er schnaubend.

»Und der junge Mann? Kennen Sie den?«

»Kennen? Nein. Er war aber öfter mal hier und auch im Gespräch mit Frau Molitor.«

»Hat er hier gearbeitet?«

»Sieht der aus, als würde er arbeiten? Ich bitte Sie!«

Ein blasser junger Mensch saß in einem Gartenstuhl. Ein junger Mann, mit dem man ohne Weiteres einen Vampirfilm hätte besetzen können. Gekifft hatte er auch. So einer arbeitete im Weltbild eines Herrn Heinrich natürlich nicht.

»Und diese Frau Molitor? Wer ist sie? Wo finden wir sie?«, fragte Irmi.

»In Augsburg. Sie sieht ab und zu nach, wie ihre Baumaßnahme fortschreitet.«

»Hat die Dame einen Vornamen?«, hakte Kathi genervt nach.

»Bettina. Frau Dr. Bettina Molitor«, erklärte Roswitha Heinrich. »Der Doktortitel ist übrigens ein Dr. phil.« Es war nicht zu überhören, dass solche Doktoren wiederum in ihrem Weltbild keinen Wert hatten.

Es war aber auch gemein. Da wohnte man so gediegen, bekam wahrscheinlich ein bis zwei satte Renten, wollte das geschleckte Gärtlein genießen, und da erdreistete sich eine Frau Dr. phil., nebenan zu renovieren. Schmutzte, illuminierte und ließ Kiffer in den Garten. Pfui Deibel! Das waren echte Schicksalsschläge. Luxusprobleme mit Sonderausstattung.

»Sonst ist Ihnen nichts aufgefallen, die Tage zuvor vielleicht?«, fragte Irmi.

»Mitnichten«, sagte sie. »Außer Lärm.«

»Wir kommen womöglich noch auf Sie zurück«, kündigte Irmi an und wandte sich mit Kathi zum Gehen.

Die beiden nickten nur.

»Puh«, meinte Kathi, als sie außer Hörweite waren. »Was für Arschlöcher!«

Sailer kam auf sie zu, er hatte die Adresse des Toten. »Der Bua wohnt mit der Mutter zamm. Petra Heiligensetzer. In der Röthenbachstraße.« Die Straße lag ebenfalls in Uffing, auf der anderen Seite des Orts.

»Fahren wir«, sagte Irmi. Ihr graute vor dem Besuch.

Der Hase wollte währenddessen mit seinem Team weiter Spuren sichern. Inzwischen ging er davon aus, dass die

Tatwaffe ein Revolver war. Der junge Mann sollte in die Rechtsmedizin überstellt werden, wo man hoffentlich mehr herausfinden würde.

Es war gerade acht Uhr, und es herrschte sonntägliche Morgenruhe. Schon wenig später standen sie vor dem gepflegten Haus von Frau Heiligensetzer. Es wirkte eher bescheiden, doch das Grundstück war recht großzügig bemessen. Damit besaß es einen gewaltigen Wert, denn längst waren die meisten solcher Grundstücke mit Dreispännern zugepflastert.

Sie läuteten. Eine hochbeinige schwarze Katze, die ein spitzes Gesicht hatte, kam angeschlendert und strich Irmi um die Beine. Unweigerlich brachte sie das Tier mit dem jungen Mann in Verbindung. Zu ihm hätte keine dicke rote Katze gepasst. Im Haus hörte man Schritte, dann sah man eine Silhouette durch die Milchglastür. Im nächsten Augenblick ging die Tür auf. Eine Frau um die fünfzig öffnete. Sie hatte dieselben feinen Gesichtszüge wie der Junge, war brünett und gehörte zu den Frauen, die ihre schlanken Beine in die mittleren Jahre gerettet, aber obenrum zugelegt hatten.

»Frau Heiligensetzer, könnten wir Sie kurz sprechen?«

»Warum? Wer sind Sie?«

»Polizei. Dürften wir?« Kathi machte einen kleinen Schritt auf die Tür zu.

Die Frau wirkte überrumpelt, machte aber eine vage einladende Handbewegung. Sie folgten ihr durch einen kleinen Flur mit einer Garderobe in den Wohn-Ess-Bereich. Rechts schien die Küche zu sein, die eine Durchreiche besaß. Das Haus schien aus den Sechzigern zu stammen, aber die Einrichtung war skandinavisch hell mit freundlichen Blautönen. An der Wand hingen bunte Katzenbilder, die aussahen, als hätten Kinder sie gemalt. Die drei setzten sich an einen weißen Esstisch.

»Hübsche Bilder«, sagte Irmi.

»Von meinen Schülern. Ich unterrichte an der Grundschule. Die Klassen drei und vier. Wir haben das Buch *Ich bin hier bloß die Katze* gelesen, und die Kinder haben sich davon inspirieren lassen.«

»Wie Kinder die Welt sehen«, kommentierte Irmi. Dieses Übersprungreden war grauenhaft. Der Sohn der Lehrerin würde die Welt nicht mehr sehen.

»Warum sind Sie hier? Wegen Joshua?«, fragte Frau Heiligensetzer unvermittelt.

Irmi zuckte leicht zusammen. »Wie kommen Sie darauf?«

»Ich hatte schon öfter die Polizei zu Gast. Letztens, weil Joshua etwas geworfen hatte, bei einer Demo. Oder herumgepöbelt. Angeblich.«

Etwas geworfen? Pflastersteine, oder wie?

»Eigentlich müsste er im Bett sein. Soll ich ihn wecken?«

Es war so bitter. Kathi übernahm.

»Frau Heiligensetzer, wir müssen Ihnen leider sagen, dass Ihr Sohn tot ist. Setzen Sie sich doch bitte.«

Die Mutter des jungen Mannes sank auf einen der weißen Stühle. Es war grabesstill.

»Unsinn, er kann nicht tot sein«, sagte sie dann. »Er schläft.«

»Er ist in einem Garten in der Galveigenstraße zu Tode gekommen«, erklärte Kathi.

Frau Heiligensetzer sah auf und wiederholte: »In der Galveigenstraße?«

»Ja, genau. Kennen Sie die Adresse? Wissen Sie womöglich, was er in dem Garten gemacht hat?«

»Aufgepasst.«

»Aufgepasst?«

»Das Haus wird gerade renoviert, und es werden dauernd Baustoffe aller Art gestohlen. Joshua hat sie bewacht.«

Zwischen Irmi und Kathi flogen schnelle Blicke hin und her. »Aber warum? Was hat er mit dem Haus zu tun?«, fragte Kathi.

»Es gehört meiner Schwester. Sie lässt es gerade umbauen. Wegen des Baustoffmangels ist das ganze Unterfangen eine Katastrophe. Ziegel, Holz und Dachplatten fehlen. Und wenn man Material heranschafft, kommen die Handwerker nicht. Und in der Zwischenzeit klauen Diebe das Material von der Baustelle. Teilweise ganz dreist am helllichten Tage. Oder nachts.«

»Darum war also der Scheinwerfer an?«, fragte Irmi.

»Ja, eigentlich sollten Videokameras installiert werden. Bettina war mit einer Sicherheitsfirma in Kontakt. Die Kameras müssen ja so positioniert sein, dass sie keine angrenzenden Bereiche ausleuchten. Sie wollte Infrarotkameras, das war alles gerade in Planung.«

Und hätte es die schon gegeben, dann hätten sie jetzt womöglich den Täter abgelichtet.

»Es verzögerte sich vor allem deshalb, weil meine Schwester die anderen Anwohner nicht noch mehr verärgern wollte.«

»Die Nachbarn Ihrer Schwester schienen in der Tat nicht sehr begeistert zu sein von der Baustelle«, sagte Kathi.

»Die Linders, die hinten angrenzen, sind recht umgänglich, aber der Heinrich nebenan ist ein Stänkerer. War Stabsoffizier. Ist mit fünfundfünfzig in Rente. Seine Gattin ist Juristin. Mit Doktortitel. Zwei Tausendprozentige.«

Sie sprach ruhig und schien es komplett weggedrückt zu haben, was sie ihr gerade mitgeteilt hatten.

»Und Ihr Sohn hat das quasi als Job gemacht?«, fragte Kathi.

Frau Heiligensetzer schluckte. »Ja, Bettina hat ihn dafür bezahlt.«

»Was macht er sonst? Ausbildung? Studium?«, wollte Kathi wissen.

»Nein, er … er … er ist noch auf der Suche … nach sich selbst und seinem Weg.« Sie sah zum Tisch.

Irmi und Kathi warteten. Der Junge war tot. Egal, ob er ein Suchender oder ein Rebell gewesen war, ein Kiffer oder auch nur ein Mustersöhnchen – für seine Mutter war das der Tag X. Der Tag, an dem die Welt stillgestanden war und, selbst wenn sie sich wieder in Bewegung setzen würde, nie mehr dieselbe wäre.

Irmi versuchte abzulenken. »Ihre Schwester scheint recht umfangreich zu renovieren?«

»Das Haus wird komplett umstrukturiert. Es sollen drei Ferienwohnungen werden. Schöne Wohnungen im gehobenen Segment. Heute lassen sich keine Buden mehr vermieten, in die man die eigenen alten Möbel stellt und wo die Bäder noch in Rosa oder Beige strahlen. Heute muss es clean sein, Bäder mit Regenwaldduschen – all so etwas.«

»Klingt sinnvoll«, sagte Irmi und fühlte sich furchtbar. »Ihr Sohn hat eine Baustelle bewacht und wollte womöglich einen Diebstahl verhindern. Er ist tot.«

»Er schläft. Weil er doch so lange wach war.«

»Frau Heiligensetzer …«, hob Kathi wieder an.

»Das war er nicht, in dem Garten. Kommen Sie!«, rief sie fast herrisch.

Sie stand auf, ging wieder in den Flur und eine Treppe hinunter. Dort klopfte sie an eine Tür, an der ein Schild hing. *No trespassing. Violators will be shot.*

Irmi schluckte schwer.

Frau Heiligensetzer klopfte erneut und drückte dann die Klinke hinunter. Das Zimmer war relativ groß, das Bett leer. Es war ein Souterrainraum mit eigener Terrassentür, die angelehnt war.

Irmi hatte ein gewisses Chaos erwartet, wurde jedoch überrascht. Das Zimmer war eher spärlich eingerichtet. Es gab einen Schreibtisch mit Regalen darüber, einen kleinen Kleiderschrank und eine Couch, über der das Poster einer Band namens *Entwine* angebracht war. Daneben hing ein Pappschild mit der Aufschrift *Morgen werden die schwarzen Vögel kommen. Jean-Paul Sartre.* Eine Jeans und eine Lederjacke waren über die Lehne eines Stuhles gebreitet. Über dem Bett hing eine große uralte Schulkarte, auf der noch die DDR eingezeichnet war. Was Irmi sofort auffiel, war ein großer Bildschirm, allerdings gab es keine Tastatur oder andere Hardware.

»Wo ist denn sein PC?«

»Er hatte einen Laptop. Sein Heiligtum. Den hat er an den Bildschirm angeschlossen. Sonst hat er ihn immer im

Rucksack dabei. Da sind immer der Laptop und das Handy drin. Er ist mit diesem Rucksack wie verwachsen.«

Genau dieser Rucksack fehlte. Und damit das gesamte Leben, denn das fand nun mal in Laptops und Smartphones statt. Sosehr diese schlanken Geräte alles offenbarten, was ein Leben ausmachte, so bescheiden war es, wenn genau diese Utensilien fehlten. Das Zimmer von Joshua gab maximal Auskunft über seinen Musikgeschmack. Und darüber, dass er womöglich Sartre gelesen hatte. Und anscheinend auch Fantasy. Im Regal fanden sich mehrere Bände von Michael Peinkofer. Sie waren zur Seite gekippt, als hätten sie einen Schwächeanfall. Vor dem Bett standen Crocs, in Gehrichtung, so als warteten sie nur auf ihren Besitzer. Der nie mehr kommen würde.

»Joshua ist wohl noch nicht da«, erklärte Frau Heiligensetzer. »Ich habe zu Bettina gesagt, dass das eine Zumutung ist, dieser Job. Er kommt bestimmt gleich.«

»Er wird nicht kommen«, sagte Kathi leise und fasste die Frau an der Schulter, schob sie sanft zur Tür und die Treppe hinauf. Zurück in das hübsche Zimmer, wo sie eine grüne Katze mit orangenen Augen von einer Kinderzeichnung verhöhnte.

Plötzlich begann die Frau zu weinen. Immer lauter. Irmi zückte ihr Handy und rief das Kriseninterventionsteam an, das versprach, gleich da zu sein.

»Sollen wir jemanden informieren?«, fragte Irmi. »Ihre Schwester?«

Frau Heiligensetzer schluchzte. »Die wollte morgen sowieso kommen«, sagte sie. Plötzlich sah sie Irmi mit aufgerissenen Augen an. »Wie? Wie ist er gestorben?«

»Ein Schuss. Näheres wissen wir noch nicht. Es tut mir so leid.«

Die Frau begann zu zittern, Irmi hielt ihre Hand und fühlte Sodbrennen aufsteigen. Sie war heilfroh, als es läutete und die Profis vor der Tür standen. Dann konnten sie endlich gehen.

»Scheiße!«, sagte Kathi leise, als sie wieder im Auto saßen.

»Furchtbar. Wie verkraftet man das jemals?« Diese Frage hatte Irmi sich schon zu oft stellen müssen.

Kathi schwieg. Der Junge war im Alter ihrer Tochter, war Soferls Generation. Viel zu jung *to be shot*.

Sie schwiegen, bis sie im Büro waren, wo Andrea schon auf sie wartete.

»Ich hab mal ein bisschen recherchiert«, sagte sie. »Zum Haus dieser Frau Molitor. Das ist ganz interessant, es ist nämlich ein Ärgernis im Dorf. Also weil da private Ferienwohnungen entstehen sollen.«

»Wie das?«

»Nun ja, das werden auf hundertsiebzig Quadratmetern Wohnfläche drei Wohnungen, der Garten hat zwölfhundert Quadratmeter. In schönster Lage, kurzer Fußweg zum See.«

»Ja, und?«

»Also, der Gemeinderat würde viel lieber Wohnungen für Einheimische sehen, die werden wohl dringend benötigt. Er hat den Antrag von Bettina Molitor auf Nutzungsänderung des Einfamilienhauses in ein Ferienhaus mit temporärer gewerblicher Nutzung abgelehnt.«

»Oha!«, machte Kathi.

»Aber Frau Molitor wollte das nicht hinnehmen und ist zum Landratsamt gegangen. Die Untere Bauaufsichts- und damit Genehmigungsbehörde fand, es gebe keine Wohnungsnot, und da seien rundherum ja auch genug andere Ferienwohnungen, um die sich keiner geschissen hat«, fuhr Andrea fort. »Also, ähm, sie haben das natürlich schöner formuliert.«

»Und dann?«

»Der Gemeinderat hat weiter abgelehnt und die Ablehnung an die Kreisbehörde weitergeleitet. Es ging Zeit ins Land, und … ähm … ja, dann hat das Landratsamt Anfang des Jahres die Genehmigung erteilt. Planungsrechtlich zulässig, war die Begründung.«

»Und der Gemeinderat kotzt jetzt«, fasste Kathi knapp zusammen.

»Ja klar, aber die Mitglieder konnten nix machen. Baurecht sei kein Instrument, um regulierend auf den Wohnungsmarkt einzuwirken, sagt das Landratsamt«, erklärte Andrea.

»Und Frau Molitor ist nun eine Persona non grata?«, mutmaßte Kathi.

»Ja, so in etwa. Vor allem ist sie von außerhalb, also keine Ureinwohnerin vom Inner Circle. Da … ähm … hätte sich wahrscheinlich keiner so aufgeregt. Eine Frau Heinrich, die im Gemeinderat sitzt, wollte sogar noch klagen.«

»Ach nee, die Roswitha!«, rief Kathi und erklärte ihrer Kollegin: »Das ist die Nachbarin, Juristin a. D.«

»Oh, das ist interessant. Im Gemeinderat gab es nämlich zwei Lager. Die Gruppe Heinrich, die klagen wollte, und eine Gruppe, die keine Erfolgsaussichten sah. Die haben dann am Ende auch gesiegt. In dem Haus entstehen jetzt die geplanten Ferienwohnungen.«

»Was für eine Schmach für Frau Dr. Roswitha«, bemerkte Kathi.

»Aber deshalb würde sie doch keinen jungen Mann erschießen lassen?«, entgegnete Irmi zweifelnd.

»Könnte ja ihr Alter vom Militär gewesen sein! Das würde doch passen, Irmi! Wenige Stunden nach der Tat – und schon ein Motiv! Das haben wir selten!«

Das stimmte, aber Irmi hatte so ihre Zweifel.

»Ich trau das denen zu!«, beteuerte Kathi.

»Und dann rufen sie seelenruhig die Polizei?«, fragte Irmi.

»Na klar, ganz perfide. Die sind beide sicher nicht dumm«, meinte Kathi. »Ich will einen Beschluss für eine DNA-Probe. Man könnte auch auf Schmauchspuren testen.«

»Kriegst du nie!«, sagte Irmi.

»Da sind auch noch andere auf der Seite von Frau Heinrich, es gibt genug Menschen in Uffing, die eine Niederlage nicht wegstecken können«, ergänzte Andrea.

So einig waren sich Kathi und Andrea nur selten.

In Dörfern herrschten eigene Regeln, es gab nicht nur Verflechtungen und Verstrickungen, sondern auch ein latentes oder offenes Misstrauen gegenüber den Zuagroasten. Da baute eine Frau aus Augsburg und zog nicht mal selber ein, sondern machte Reibach mit Ferienwohnungen. Die natürlich, gut vermarktet, weit mehr einbrachten als fixe Mieter. Feriengäste wurde man schließlich wieder los, Festmieter konnten sich als zahlungsunwillig oder gar als Mietnomaden entpuppen.

»Ihr könnt euch ja mal schlaumachen, wer noch alles gegen die Wohnungen war«, sagte Irmi und atmete tief durch. »Mich würde interessieren, ob das Ehepaar Heinrich nicht doch wusste, wer Joshua war. Und wir dürfen nicht aus den Augen verlieren, dass natürlich auch Baustoffdiebe infrage kommen. Joshua könnte sie auf frischer Tat ertappt haben, dann sind sie in Panik geraten und haben geschossen.«

Das passierte leider überall. Die Polizei bekam in schöner Regelmäßigkeit Anzeigen. Etliche Vorfälle sahen nach Gelegenheitsdiebstahl aus. Da brauchte man für die eigene neue Garage Ziegel, die es aber nicht gab. Also organisierte man sie sich halt … Aber es gab auch Profibanden, die ganze Baustellen abräumten. Lag das Areal außerhalb einer Ortschaft oder an großen Straßen, stieg das Risiko. In dicht besiedelten Gebieten waren solche Diebstähle eher unwahrscheinlich. Aber wenn die Nachbarschaft dem Bauherrn nicht gewogen war, sah sie weg. Und die Heinrichs hätten den Dieben womöglich noch applaudiert.

»Wenn das echte Banden sind«, sagte Andrea, »dann wird auch mal geschossen. Menschen morden wegen weniger.«

»Das ist leider wahr«, erwiderte Irmi. »Hast du auf die Schnelle etwas über Joshua gefunden?«

»Ja, ein ziemliches Früchtchen. Er hat mit vierzehn einen Schulkameraden vermöbelt, und zwar richtig schlimm. Die Eltern des anderen Jungen haben dann aber die Anzeige zurückgezogen. 2019 und 2022 wurde er zweimal auf einer Klimademo festgenommen, weil er unsere Kollegen mit Eiern und Tomaten beworfen hatte. Die letzten Jahre gab es keine weiteren Anzeigen.«

Immerhin keine Pflastersteine, dachte Irmi.

»Die Mutter hat gemeint, der Junge sei noch auf der Suche«, sagte sie. »Nach sich selbst und seinem Weg. Das bei der Tante war wohl nur ein Job.«

»Also, Abitur hat er ja«, bemerkte Andrea. »Mit zweiundzwanzig ist das ja noch legitim.«

»Na ja«, meinte Kathi.

»Nicht alle haben das Glück, dass die Kids so fokussiert sind wie deine Sophia«, entgegnete Andrea. »Eine meiner Cousinen hängt auch voll durch. Sie hat das mit dem Homeschooling in der Coronazeit, ähm, irgendwie nicht gepackt.«

»Dann mach ich ein FSJ oder von mir aus Work and Travel!«, rief Kathi. »Aber nicht einfach mal nix.«

»Man könnte meinen, du wärst im Rentneralter«, witzelte Irmi. »Kein Verständnis für die Jugend? Außerdem stimmt das ja nicht ganz: Er hat doch gejobbt und nicht einfach auf der faulen Haut gelegen.«

Andrea hatte es natürlich auf den Punkt getroffen. Kathi hatte verdammt viel Glück mit ihrer Tochter. Das Soferl war immer gut in der Schule gewesen, ohne viel zu lernen. Sie hatte jahrelang Biathlon auf Leistungsebene gemacht und dabei gelernt, was Fokussierung bedeutete. Außerdem war sie klar wie ein Bergsee und hatte keine größeren pubertären Ausfälle gehabt. Einen großen Anteil daran hatte sicher Elli, Kathis Mutter. Sie hatte dem Kind jene Wurzeln gegeben, die es gebraucht hatte.

Kathi gab nur ein »Pfft« von sich.

»Ich denke, wir lassen es für heute gut sein. Wir warten die Ergebnisse aus der Rechtsmedizin ab und reden morgen noch mal mit Frau Heiligensetzer«, sagte Irmi. »Hoffentlich konnten die Psychologen ihr etwas helfen.«

Auf dem Heimweg versuchte sie, den Anblick des toten Jungen zu verdrängen und sich stattdessen auf andere Bilder zu konzentrieren. Sie rief sich in Erinnerung, wie sie gestern mit Lissi und Luise einen Teil der Krönung von Charles angesehen hatte. Ihre Nachbarin Lissi hatte schon ab neun vor dem Fernseher gesessen mit den Worten: »Das ist die letzte Krönung in Europa, die ich ansehen kann.« Was womöglich nicht stimmte, denn vielleicht würden sie noch die Inthronisation von William erleben. Und irgendwas an dem aus der Zeit gefallenen Event hatte Irmi eben doch berührt.

Luise war im letzten Sommer eingezogen. Je näher der Tag gerückt war, an dem Luise kommen wollte, desto banger war Irmi geworden. War das wirklich eine gute Idee, eine WG zu gründen? Bestehend aus zwei alten Weibern, beide Mitte sechzig? Aber schon nach wenigen Tagen war Irmi nahe dran, den Boden zu küssen und Luise die Füße. Luise war vollkommen autark. Sie verbrachte viel Zeit mit Lissi, was Irmi insgeheim beruhigte. Es nahm ihr den Druck, Luise bespaßen zu müssen. Dabei musste man Luise eigentlich nicht unterhalten, denn die ruhte in sich. Sie wusste, wo sie stand. Sie war selbst bespaßend.

Luise und Lissi waren in ihrer Kräuter-, Essenzen- und Kochbegeisterung schnell Verbündete geworden. Irmi profitierte davon. Es gab frisch Gekochtes, aber Luise bestand nicht auf gemeinsamen Mahlzeiten. Wenn es sich ergab, war es gut. Wenn nicht, auch. Luise sprach von einer Win-

win-Situation. Aber Irmi fand, dass der Gewinn eindeutig auf ihrer Seite lag.

Als sie in den Hof einbog und die Autotür öffnete, begann Giacomo auch schon zu dröhnen. Wann immer ein Auto vorfuhr, hob der Esel zur Begrüßung an. Er begann leise, zog Luft, steigerte sich und plärrte dann in einer beeindruckenden Lautstärke – selbst für so ein Grautier. Anfangs war es Irmi peinlich gewesen, vor allem vor Lissi, die nebenan in den vollen Genuss des Geschmetters kam. Aber die fand das lustig.

Mit Luise war wieder Leben auf dem Hof. Sie war schließlich nicht allein gekommen, sondern hatte Giacomo und Pedro, zwei Martina-Franca-Esel, und die beiden Maultiere Fränzi und Gritli mitgebracht. Echte Schweizerinnen, deren Mütter Freiberger Stuten gewesen waren. Mittlerweile waren sie ganz schön international auf dem Mangoldhof: zwei Italiener, zwei Schweizerinnen, eine Niederbayerin – und Irmi als einzige Eingeborene. Die Herkunft von Spitz Raffi war unbekannt, nur der Kater stammte erwiesenermaßen aus Grafenaschau.

Luise hatte eine Hängematte zwischen Apfel- und Pflaumenbaum befestigt, in der sie gerade lag und las. Sie hatte eine Daunenjacke an, denn es war ziemlich kalt. Raffi lag zu ihren Füßen, der Kater auf ihrem Bauch. Irmi winkte kurz hinüber, ging ins Haus und holte sich ein Bier. Damit setzte sie sich aufs Hausbankerl, das mit Luises Einzug zu einer ganzen Sitzgruppe angewachsen war.

Nach etwa zehn Minuten kam Raffi. Nach angemessener Zeit entstieg Luise der Hängematte, holte sich ein Bier und setzte sich Irmi gegenüber in einen alten Holzstuhl.

Offenbar waren Luise und Raffi sich einig, dass man sie besser erst mal in Ruhe ließ. Irmis Brust war von einer plötzlichen Rührung erfüllt. Wie glücklich konnte sie sich schätzen!

Raffi leckte ihre Hand. Sein Blick sagte: War nicht so toll heute, oder?

»Nein, gar nicht toll. Ein junger Mann, erschossen im Garten seiner Tante. Mitten ins Herz.«

»Schrecklich«, sagte Luise leise. »Sehr jung?«

»Ja, erst zweiundzwanzig. Der Junge sah aus wie … wie … Ich kann es schwer formulieren. Nicht wie ein Engel, aber womöglich wie ein Filmstar. Ich würde einen Vampirfilm mit ihm besetzen. Ach, ich weiß auch nicht. Es hat mich mehr getroffen, als es sollte.«

»Weiß es die Familie schon?«, erkundigte sich Luise.

»Ja, die Mutter. Grundschullehrerin, angenehme Frau. Sie wollte es erst nicht wahrhaben, dann ist sie zusammengeklappt. Ich frage mich die ganze Zeit: Wie kann man so etwas je aushalten?«

»Man kann es. Irgendwann. Es hilft, wenn es einen Täter gibt. Ein Urteil. Ein Motiv. Dann kann man abschließen«, sagte Luise.

Genau das fesselte Irmi immer noch an ihren Beruf. Sie konnte Menschen dabei helfen, einen solchen Fall abzuschließen. Das trieb sie weiter an.

Sie tranken ihr Bier.

»Da war so eine bizarre Ästhetik über dieser Szenerie, das hat uns alle erschüttert«, sagte Irmi schließlich.

»Ging es schnell?«, fragte Luise. »Das tröstet womöglich.«

Vielleicht hatte man keine Angst vor dem Tod, sondern nur vor dem Leiden? War ein schneller Tod akzeptabler? Im Alter bestimmt, dachte Irmi. Auch sie fürchtete eher das Leiden und nicht die Tatsache, abtreten zu müssen. Sie war fünfundsechzig – nach hinten wurde es verdammt überschaubar.

»Ja, es muss sehr schnell gegangen sein«, sagte sie.

Luise nickte.

Irmi sah sie an. Ihre Freundin besaß einen Jagdschein und war eine Weile Sportschützin gewesen. Sie konnte nicht nur schießen, sondern war sogar so etwas wie eine Meisterschützin.

»Du schaust so?«, fragte Luise.

»Ich bin nur immer noch etwas irritiert, dass du auf Tiere schießt«, meinte Irmi.

»Du schießt auf Menschen«, entgegnete Luise schlicht.

»Nur sehr ungern.«

»Tut mir leid, Irmi, das war eine blöde Bemerkung von mir. Zumal an einem Tag wie heute. Aber es geht ja um mehr. Im Wald musst du treffen. Das ist kein Spiel. Das ist tödlicher Ernstfall. Wenn ich danebentreffe, dann verursache ich grauenvolles Leiden. Dafür gibt es keine Entschuldigung.«

»Wohin würdest du schießen?«

»In die Kammer, den Brustkorb. Es zerfetzt Herz, Lunge, die großen Schlagadern. Sofortiger Blutdruckabfall, die Lunge kollabiert.«

»Aber die Tiere laufen doch noch weg!«

»Ja, manchmal. In die Dickung. Du brauchst einen Hund zum Nachsuchen, Jagd ohne Hund ist Schund«, sagte Luise.

»Und darum jage ich nicht. Ich bräuchte einen Jagdhund, und Raffi ist definitiv nicht schussfest.«

Das war allerdings wahr. Raffi war ein Angsthase. Er wäre der beste staatlich geprüfte Gewittermelder, sollte es je eine solche Prüfung geben. Er spürte Gewitter herannahen, wenn es noch tiefblau am Himmel war, und wurde bei Donner zum Zitteraal. Nein, ein Jagdhund war er definitiv nicht.

»Wäre es nicht besser, auf den Kopf zu zielen?«, fragte Irmi.

»Das tun nur Irre, da musst du nämlich noch viel besser treffen. Angenommen, das Tier ruckt ganz leicht mit dem Kopf, während die Kugel fliegt. Dann ist es zwar getroffen, aber nicht tödlich. Es stirbt dann über Stunden oder Tage. Wenn du ins Maul getroffen hast, kann das Tier nicht mehr fressen, und die Wunde infiziert sich. Leider gibt es genug Schlächter, denen das egal ist. Weißt du, ich hab so oft angesessen, Stunde um Stunde, obwohl es kalt und klamm war. Letztlich habe ich meist nicht geschossen, obwohl da ein Reh auf der Lichtung stand. Ich war mir nicht hundertprozentig sicher. Ich habe immer nur bei über hundert Prozent geschossen.«

Der Mensch, der auf den Jungen geschossen hatte, schien auch gewusst zu haben, was er tat, dachte Irmi. Sie schwiegen eine Weile, dann fiel ihr Blick auf Luises Buch.

»Was liest du da?«

»Einen Roman von F.T.A. White mit dem Titel *Boomer oder Etwas Besseres als den Tod findest du überall.*«

»Der Satz kommt mir bekannt vor. Ist der nicht aus den *Bremer Stadtmusikanten*?«

»Stimmt. Kennst du die Ausgabe mit den Illustrationen von Janosch?«

»Ja, natürlich«, sagte Irmi. »Ansonsten erinnere ich mich nur an die Serie *Boomer, der Streuner*. Ich glaube, das war Anfang der Achtziger.«

Luise lächelte. »Eine reizende Serie über einen Wuschelhund, der guten Leuten hilft und die Bösen austrickst. In diesem Buch geht es allerdings um die Generation der Boomer, also um uns. Und um die jungen Leute, die sich ständig über uns aufregen.«

Irmi konnte nicht so ganz folgen. »Welche Boomer?«

»Manchmal bist du echt ein Häschen, Irmi. Die Babyboomer, also wir, sind doch Zielscheibe der Millennials und der Generation Z. Wir sind schuld am Klimawandel und an der Globalisierung. Wir weigern uns zu gendern, wir verstehen MeToo nicht. Wir zerstören die Nischen der Jungen, indem wir selber auf Instagram sind und dort Beiträge über unsere Tiere posten. Wir protzen mit Emojis. Wir bestellen mehr online als die Jungen und schauen *Emily in Paris*. Und wir tragen weiße Sneaker. Das ist alles böse.« Luise grinste.

»Also, ich bin nicht auf Instagram, und meines Wissens sind die jungen Leute eher auf TikTok unterwegs und streamen irgendwelche Videospiele auf Twitch. *Emily in Paris* kenne ich auch nicht, und ich würde nie weiße Sneaker tragen, weil die immer gleich dreckig sind.«

Luise lachte. »*Emily in Paris* ist eine Netflix-Serie, und was die Sneaker betrifft, bin ich bei dir. Aber wir Alten machen es den Jungen wirklich schwer, sich abzugrenzen. Und wir haben ihre Zukunft ruiniert. Sagen sie zumindest – und genau darum geht es in diesem Buch. Es ist im Februar erschienen und geht gerade durch die Decke.«

Irmi wusste natürlich, dass ihr Jahrgang zu den geburtenstärksten in Deutschland gehörte. Die fetteste Beule in der Geburtenpyramide, die sich allmählich nach oben schob. Wie bei einer Anaconda, die ein etwas zu großes Beutetier verschlungen hatte. Millionen, die bald in Rente gehen wollten. Aber das hatte man doch gewusst, oder nicht? Irmi rief sich innerlich zur Räson. In diesem Land hatte man vieles gewusst und es geflissentlich ignoriert, verdrängt und schöngeredet. Oder sich als Politiker gesagt, dass man diese eine Legislaturperiode schon überstehen würde. Danach war man *safe*. Irmi musste lächeln. Sie nutzte in ihren Gedanken Anglizismen, das war bestimmt auch böse. In ihrem Alter sagte man nicht *nice* oder *safe*.

»Was lächelst du so monalisahaft?«, wollte Luise wissen.

»Ach, meine Gedanken sind so wirr, dass meine Gesichtszüge offenbar schon entgleisen. Ich war irgendwie bei diesen Boomern. Was ist jetzt mit dem Buch?«

»Das Buch spielt in zehn Jahren, es ist also quasi Science-Fiction. Zu dem Zeitpunkt wären wir Mitte siebzig. In dieser Zukunft zahlen die Krankenkassen nicht mehr, es gibt kaum noch Ärzte, und wenn, dann nur gegen Cash. Das Rentensystem ist sowieso kollabiert.«

Leider klang das gar nicht nach Science-Fiction, dachte Irmi. Hausarztpraxen waren bereits an der Belastungsgrenze und darüber hinaus. Ihr eigener Hausarzt hatte mittwochs den ganzen Tag und freitagnachmittags geschlossen, weil er sonst mit dem ganzen Verwaltungszeug nicht hinterherkam. Die Leute missbrauchten jetzt schon die Ambulanzen in Krankenhäusern als Hausarztersatz. Ihr Orthopäde nahm nur noch Privatpatienten wie Irmi, die als Beamtin Glück hatte, privat und über die Beihilfe versichert zu sein. Kleine Kliniken schlossen, Krankenhäuser sollten Wirtschaftsbetriebe sein. In Schongau, die Zeitung hatte breit darüber berichtet, war auch die Geburtshilfe weggefallen, und das erste Baby, das es bis Garmisch hätte schaffen sollen, kam auf dem Parkplatz des Gasthofs Stroblwirt zur Welt. Stand da nun Oberhausen in seinem Pass? Wer heute medizinische Hilfe brauchte, wartete bisweilen tödlich lange.

Weil Irmi nichts sagte, fuhr Luise fort: »In dem Buch ist die Menschheit zu alt und zu krank. Ihre Krankheiten sind nicht mehr finanzierbar, und der assistierte Suizid wird zur Lösung. Der Staat hat das Angebot parat. Man kann wahlweise eine letzte Kreuzfahrt im Mittelmeer machen oder ein Woche in ein Berghotel gehen. Nach sieben Tagen ist Schluss.«

»Wie Schluss?«

»Die Teilnehmer im Suicidal Camp scheiden aus dem Leben. Sie …«

»Wie bitte?«

»Ja, das klingt zunächst bizarr. Aber ich habe jetzt ein Drittel gelesen, und mir kommt es gar nicht mehr bizarr vor. Leider, Irmi! Im Zentrum des Romans stehen Sabine, die Krebs im fortgeschrittenen Stadium hat, und Martin, der in eine Demenz steuert. Sie sind Jahrgang 1962 – genug gelebt, findet der Staat. Und die beiden haben beschlossen, in einem solchen Camp zu sterben.«

»Puh!«, sagte Irmi. »Für mich klingt das alles ziemlich polemisch, oder? Ist das nicht einfach Effekthascherei?«

»Ich weiß nicht, der Autor fasziniert mich jedenfalls. Er ist … er ist ruchlos.«

Auch das gefiel Irmi an Luise: Sie war so locker, fast frech, und dann verwendete sie ein Wort wie ruchlos.

»So abwegig ist das wirklich nicht«, fuhr Luise fort. »Ich meine, du bist Beamtin und unkündbar. Du hattest die Möglichkeit einer sicheren Lebensplanung, du musstest dich nicht mit Nullrunden, Umlagesystem und Rentenniveau befassen. Ihr Beamte zahlt nicht in die Rentenkasse ein, eure Pension ist sicher. Du wirst noch von guten Ärzten behandelt, ich Kassenunderdog längst nicht mehr.«

»Na ja, das Ruhegehalt bemisst sich nach den Dienstjahren. Auch Beamte haben Versorgungslücken.«

»Bei deinem stringenten Lebenslauf sollte das ja kein Problem sein«, bemerkte Luise leichthin und ging ins Haus.

Irmi sah ihr nach. Und war ein klein wenig angefressen. Was hieß das? War sie eine Langweilerin? Schulabschluss, Polizeihochschule, Aufstieg. Kein Millimeter vom rechten Weg abgekommen. Kein Bummeljahr in Australien, kein Karriereknick, da kinderlos.

Immerhin hatte sie privat versagt: den falschen Mann geheiratet, Scheidung, ein jahrelanges Verhältnis mit einem verheirateten Mann und jetzt eine Beziehung, in der man nicht zusammenwohnte. Musste sie jetzt schon ihre Beziehungsschwäche gegen den Vorwurf der Langweilerin ins Feld führen? Außerdem hatte Luise das sicher nicht böse gemeint, sie war einfach nur niederbayerisch-gradheraus.

Später im Bett ließen die Gedanken sie trotzdem nicht

los. Manchmal hatte Irmi das Gefühl, die gesellschaftliche Diskussion lief an ihr vorbei. War sie tatsächlich ein Häschen? Sie wohnte in einer schuldenfreien Immobilie, war mehrheitlich gesund und Beamtin. Wahrscheinlich war sie in der Tat ein seltenes Luxusgewächs.

2

Als Irmi ins Büro kam, war es ziemlich ausgestorben, Kathi war mit Sailer und Sepp in Uffing unterwegs, um Nachbarn zu befragen. Andrea hatte die Tür geschlossen, und Irmi wollte nicht stören. Erst mittags kehrte das Team entnervt aus Uffing zurück, und Andrea kam rotbäckig aus ihrem Zimmer.

»Zeugen!«, rief Kathi. »Man sollte ein Schulfach einführen, wie man seine Umgebung wahrnimmt. Die Leute kriegen einfach gar nichts mit!«

Irmi grinste. »Überhaupt nichts Brauchbares?«

»Na ja«, sagte Sepp. »Die Nachbarin Frau Linder glaubt, einen Schuss gehört zu haben. Der Zeitpunkt stimmt auch, aber das nutzt uns ja nix.«

»Angenommen, es geht um Baustoffdiebstahl, dann sind die Täter ja nicht mit dem Smart vorgefahren«, meinte Irmi. »Sind niemandem irgendwelche ungewöhnlichen Fahrzeuge aufgefallen?«

»Ich hatte ja die Idee, die Zeitungsausträgerin auszumachen und zu befragen«, berichtete Kathi.

»Eine sehr gute Idee«, fand Irmi.

»Nö, weil Sonntag war und dort in der Gegend offenbar niemand eine Sonntagszeitung abonniert hat.« Kathi zuckte mit den Schultern. »Dafür haben wir einen Herrn Mögele befragt, der sehr früh mit dem Hund rausgeht. Der hat auf dem ganzen Spaziergang nur drei Autos gesehen, die auf den Straßen unterwegs waren. Eines mit holländischem Kennzeichen – er vermutet Touristen, die frühmorgens abgereist sind. Dann sind ihm noch ein dunkler Pick-up und ein kleineres blaues Auto aufgefallen. Ob es blau war, konnte er nicht so genau sagen, dunkel halt. Er meinte, der Pick-up wäre aus Augsburg gewesen, da war er sich aber auch nicht sicher. Ihr kennt das ja. Nachts sind alle Autos grau.«

»Und der nächste Zeuge behauptet, es sei rot gewesen«, sagte Irmi. »Und es war ein M wie München! Sonntagmorgen ist wirklich die dümmste Zeit für Zeugen. Der Hinweis auf den Pick-up klingt aber trotzdem gut.«

»Irmi, träum weiter! Der fette Beagle vom Herrn Mögele war sicher aufmerksamer als sein Herrchen, aber der Hund wollte leider nicht mit uns reden.«

»Ich werde gleich mal die Verkehrskameras checken«, sagte Andrea. »Womöglich fällt uns da was auf.«

Die meisten Kameras in Bayern befanden sich in der Nähe von Polizeidienststellen, bei JVAs, an Bergbahnen und in Garmisch bei der Spielbank, was ihnen wenig nutzen würde. Aber es war einen Versuch wert.

»Und sonst?«, wollte Irmi wissen.

»Ziemlich schlechte Stimmung im Dorf«, sagte Sailer. »Neben der Frau Heinrich war da aa die Frau Bajer aktiv gegen das geplante Ferienhaus. Bajer mit j.«

»Aha?«

»A echte Bissgurkn. Die is immer vorn dabei, wenn man stänkern kann. Wenn es um Autos geht, die den See zuparken. Sie war dabei, als die Anwohner gegen die SUPs gekämpft ham. Sie will den Biber wegham. Und die letzten

Rindviecher, die noch ausgetrieben werden und ihre Straße vollscheißen.«

»Und lassen Sie mich raten, Sailer. Sie ist auch keine Einheimische?«

»Naa, aus der Ostzone. Ist erst 2000 herzogen.«

Irmi grinste. Der Begriff Ostzone war alles andere als politisch korrekt, aber Sailer war in gewisser Weise traumatisiert. Sein Nachbar war ein Mann aus dem Erzgebirge, der die unsäglichen Lieder der Randfichten durch den Garten schallen ließ.

»Und sie hot a Alibi für die Nacht.«

»Ach?«

»Da war sie in München. Mit aner Freundin. Im Theater. Die Weiber ham aa übernachtet. Mir checken das nachher.«

»Okay, dann lassen wir diese Ferienhaus-Verhinderer mal kurz aus dem Spiel.« Irmi wandte sich an Andrea. »Und was ist mit dir? Du bist doch bestimmt schon wieder seit dem frühen Morgen am Arbeiten?«

»Ich bin ein Morgenmensch, das weißt du doch, Irmi. Also, ich hab mich mal ein bisschen, ähm, in Baustoffdiebstähle eingelesen. Wir, die Nachbarlandkreise und auch die Österreicher haben einiges an Anzeigen vorliegen. Dabei geht es um ganz schöne Summen. Es werden teure Maschinen gestohlen und wirklich alles, was irgendwie verbaubar ist. Und als Bauherr hast du nicht nur den Schaden, du kriegst ja auch keine neuen Stoffe mehr her. Dein Zeitplan gerät aus den Fugen, alles wird noch teurer.« Andrea sah in die Runde. »Und Holz wird auch geklaut.«

Erst kürzlich hatte Irmi mit Lissi und Alfred in deren

Wald gestanden und auf den leeren Holzplatz gestarrt. Die Holzdiebe wurden immer dreister. Mit Langholzfahrzeugen fuhren sie in entlegene private Forstgrundstücke, die sie vorher ausspioniert hatten. Dort luden sie das Holz auf – und weg waren sie. Manche klauten nicht nur geschlagenes Holz, sondern holzten die Bäume ganz frech selber ab. Am helllichten Tag fuhren sie mit Prozessoren und Lkw in die Wälder, womit sie kein Aufsehen erregten. In drei, vier Stunden holzten sie gut und gerne zwei Langholzzüge ab.

»Holz ist das neue Gold«, hatte Alfred gesagt. »Und der Goldrausch ist in vollem Gange.«

Immer wieder wurden solche Holzdiebstähle angezeigt, und dahinter standen definitiv hochprofessionelle Banden, die an immer wechselnden Orten zuschlugen, weshalb das Ganze so unberechenbar war. Denen war ein Menschenleben sicher nichts wert. Irmi atmete tief durch. Wo sollten sie nur anfangen?

Ein Anruf riss sie aus ihren Gedanken. Der Bericht aus der Rechtsmedizin wurde angekündigt. Wenig später saß Irmi an ihrem PC. Sie öffnete das Dokument, überflog es kurz.

»Es war ein Revolver«, sagte sie. »Wie wir vermutet haben. Die Rechtsmedizin hat auch die Munition aus dem Stuhl begutachtet. Kaliber .38 Special. Hohlspitzgeschoss, aufgepilzt. Solche Revolver werden im Sport und als Kurzwaffe für die Nachsuche bei der Jagd verwendet, früher auch im Polizeidienst.«

»Also suchen wir einen Jäger?«, fragte Andrea.

Irmi seufzte. »Ich glaube, da machen wir es uns zu leicht. Unsere Arbeit wäre einfacher, wenn wir es nur mit registrierten Waffen zu tun hätten. Aber ihr wisst doch, wie viele Schwarzwaffen es gibt. Hinterm Bahnhof besorgt. Irgendwo beim Opa gefunden. Das ist uferlos.«

»Revolver sind leicht zu bedienen. Keine Sicherung«, bemerkte Kathi. »Eine Waffe, die in den USA erfunden wurde, muss ja simpel sein, da schießen ja schon Fünfjährige.«

»Es kommt hinzu, dass Revolver auch bei seltenem Gebrauch zuverlässig funktionieren«, ergänzte Andrea. »Aber das nützt uns wenig. Dann versuch ich mich mal an den Kameras.«

Irmi nickte ihr zu. »Danke, Andrea.«

»Der Heinrich mit seinem militärischen Auftreten könnte leicht einen Revolver haben«, meinte Kathi. Offenbar hatte sie sich auf die Heinrichs eingeschossen. »Auf jeden Fall sollten wir noch mal zu Petra Heiligensetzer fahren«, fuhr sie fort. »Wir müssen wegen des Hauses nachhaken. Die Emotionen haben da ja wohl stärker übergekocht, als wir dachten. Wollte ihre Schwester nicht kommen? Die sollten wir auch gleich befragen. Ihr gehört der Steinhaufen des Anstoßes doch.«

»Hoffentlich hat sich Frau Heiligensetzer inzwischen etwas gefangen«, meinte Irmi.

Wenig später klingelten sie bei Joshuas Mutter. Petra Heiligensetzer sah furchtbar aus. Die Schatten unter ihren Augen waren schwarz, ihre Haut fahl.

»Guten Morgen, Frau Heiligensetzer, dürfen wir Sie noch einmal stören?«, fragte Irmi.

Frau Heiligensetzer nickte abwesend, bestimmt hatte sie irgendein Beruhigungsmittel im Körper.

»Wann kann ich ihn beerdigen?«, fragte sie plötzlich.

»Wir sagen Ihnen Bescheid, sobald Ihr Sohn freigegeben ist«, versicherte Irmi.

Frau Heiligensetzer nickte.

»Ist Ihre Schwester schon bei Ihnen?«, erkundigte sich Irmi.

»Sie ist schon unterwegs. Aber es ist gut, dass Sie hier sind. Ich wollte ohnehin mit Ihnen reden. Mich lässt ein Gedanke nicht los.« Sie kämpfte sichtlich mit den Tränen. »Joshua hatte doch den schwarzen warmen Sweater an. Den Hoodie.«

»Ja?«

»Das ist eigentlich meiner. Ich habe ihn oft an. In meiner Freizeit. Ist mein Lieblingsteil. Was, wenn gar nicht mein Sohn gemeint war?«

Irmi und Kathi tauschten schnelle Blicke aus.

»Wie kommen Sie darauf?«, wollte Irmi wissen. Bisher war sie davon ausgegangen, dass der Junge eine Art Bauernopfer geworden war – von erbosten Uffinger Wutbürgern oder einer Diebesbande, die auf Baustoffe aus war.

»Ich werde bedroht«, erklärte Frau Heiligensetzer.

»Bedroht? Sie?«

»Ich wollte das nicht so hoch hängen. Nicht so sehr an mich heranlassen, aber es ist da. Es frisst mich auf. Was, wenn Josh meinetwegen gestorben ist?«

Kathi und Irmi warteten. Es war sicher nicht zielführend, Frau Heiligensetzer zu bedrängen.

»Es geht schon länger, eigentlich seit Jahren, aber es wird immer schlimmer.«

»Worum geht es denn?«, hakte Irmi nach.

»Ich bin Lehrerin, Grundschullehrerin. In Garmisch. Früher war ich im Fuchstal, da hatte ich die erste und zweite Klasse, jetzt unterrichte ich die dritte und vierte. Als Viertklasslehrerin schreibe ich die Übertrittszeugnisse mit der Schullaufbahnempfehlung für jedes Kind, also ob es nach meiner Einschätzung am Gymnasium, an der Realschule oder an der Mittelschule am besten aufgehoben ist. Die Entscheidung treffe ich natürlich nicht allein, sondern in Absprache mit den anderen Lehrkräften. Aber leider gibt es immer mehr Eltern, die einfach nicht akzeptieren können, dass ihr Sprössling nicht fürs Gymnasium geeignet ist.«

»Und deshalb wird man gleich bedroht?«, fragte Irmi ungläubig.

»Sie glauben nicht, was wir an Mails und Anrufen bekommen! Manche Eltern drohen uns mit dem Anwalt oder gleich mit dem Gericht. Andere schreiben uns Briefe, deren Grammatik und Orthografie einen vermuten lässt, dass diese Erziehungsberechtigten überhaupt nicht zur Schule gegangen sind. Dabei sind das deutsche Eltern und gar nicht mal aus bildungsfernen Schichten. Es ist sonnenklar, dass das Kind nichts am Gymnasium verloren hat, aber die Eltern sind völlig verblendet. Bei einem solchen Terror schönen manche Kolleginnen dann die Noten, weil es ihnen einfach zu anstrengend wird. Und da fragt jemand noch, warum niemand mehr Grundschullehramt studieren will? Nicht wegen der Kinder, sondern wegen der Eltern!«

Sie atmete tief durch.

»Ende der Achtzigerjahre hatten Lehramtsstudenten mit einem Schnitt von 2,5 schon keine Chance mehr auf eine Anstellung«, fuhr sie fort. »Heute zieht man die letzten Aspiranten hinter den Büschen hervor und sucht händeringend nach Quereinsteigern. Ganz ehrlich: Wissensvermittlung und Pädagogik ist das Geringste im Anforderungsprofil. Lehrer brauchen einen emotionalen Panzer, um solche Eltern auszuhalten.«

Petra Heiligensetzer wirkte durchaus bodenständig und wirklich nicht wie eine Dramatikerin. In Irmis Kindheit waren Lehrer noch Respektspersonen gewesen, und die Eltern hatten nie aufseiten ihrer Kinder gestanden. Die Schuld hatte nicht beim Lehrer, beim Pfarrer, beim Übungsleiter im Sportverein gelegen, sondern immer beim Kind. Ein ständiges Gefühl von Machtlosigkeit war Irmis Begleiter gewesen. Ihr fiel das Buch ein, von dem Luise erzählt hatte. War das ein kollektives Problem der Babyboomer? Es hatte von ihnen immer zu viele gegeben, und ihre Eltern, die teilweise noch den Krieg miterlebt hatten, waren nie besonders liebevoll und unterstützend gewesen. Aber war es heute besser? Wenn die Eltern ihren Kindern Zucker in den Hintern bliesen und jeden Hauch von Gegenwind abschirmten, wohl eher nicht.

»Wollen Sie mal ein paar Kostproben lesen?«, fragte Frau Heiligensetzer.

»Unbedingt«, meinte Kathi.

Petra Heiligensetzer erhob sich und kam wenig später mit einem Ordner wieder, den sie zwischen Irmi und Kathi auf den Tisch legte. Kathi begann zu blättern und las einige Elternbriefe laut vor. Ihre Kommentare werteten die Lesestunde doch sehr auf. Irmi schaute ihr über die Schulter und kam so in den Genuss der teilweise unfassbaren Rechtschreibfehler.

»Ich bin ehrlich gesagt nicht dafür, das Jamilla Deutschförderunterricht nimmt, ich bin für Mathe«, las Kathi vor. »Sind wir hier beim ARD-Wunschkonzert? Das hier ist ja auch krass: *Frau Heiligensetz oder wie sie heisen. So bald wir dazu kommen, besorgen wir die lila mappe, sie müssen meine tochter nicht jedes mal drauf ansprechen. Wenn wir das besorgen ist uns überlassen. Meine tochter ist erst neun und sie sind im sekrätäriat bekannt für so was.*« Kathi grinste. »Lila geht ja auch gar nicht!« Sie blätterte weiter. »Und hier: *Aus meiner Sicht ist Seraphina mit ihrem Tempo überfordert und Erholungsphasen am Wochenende sind mittlerweile unmöglich. Auch zuletzt werden vor den Herbstferien alle Themen förmlich reingepresst. Bei mir macht sich das Gefühl breit, dass Seraphina auf dieser Schule nicht erwünscht ist bzw. ein Störfaktor. Es verschwinden Dinge. Jetzt ihr Schreibblock, der nicht zuhause ist, falls sie das denken. Das ist wie bei dem Mathebuch in der 3. Klasse. Das Dinge unter ihrer Aufsicht verschwinden, finde ich bedenklich.*«

Irmi beugte sich über den Ordner und zeigte auf den Ausdruck einer Mail. »Das ist ja nicht zu fassen«, sagte sie und las vor: *»Da haben die Jungs aus der 3b mit den Zweitklässlern Tauziehen gespielt wo die dann hingefallen sind und sich wehgetan haben. Das liegt daran das auf dem Pausenhof so viel Rollsplit liegt. Und die kleinen haben die Drittklässler geärgert, die Strafe nich auf den Ausflug zu dürfen finde ich jetzt zu hart.*«

»Ich auch!«, rief Kathi lachend. »Hier kommt noch so ein Brief von einer besorgten Mutter: *Wir sind in einer belastenden Situation einer weltweiten Pandemie. Es ist doch von höchster Bedeutung mit pädagogisches Feingefühl jedes Kind dort abzuholen, wo es gerade steht. Das Zeugnis von Finn Louis gibt uns Rätsel auf.*«

Irmi blätterte weiter. »Und hier meldet sich ein hochengagierter Hobbypsychologe und Papa zu Wort. *Wir haben 2 schulpflichtige Kinder in ihrer Schule, beide Kinder zeigen inzwischen psychosomatische Symptome sowie starke Versagensängste. Suni hat große Angst vor ihnen, der Klassenlehrerin. Anrufe von mir werden im Sekretariat nicht mehr entgegengenommen. Sie diskriminieren die ganze Familie.* Kluges Sekretariat!«

Kathi übernahm wieder. »Hört, hört, noch eine Mutter, die alles besser weiß: *Bezüglich der Übertragung vom Block auf das Heft würde ich mir wünschen, dass man Kira diese reine Fleißarbeit erspart, sie lernt da nichts. Sie kann das reinkleben.* Bestimmt arbeitet Kiras Mama bei Pritt oder Uhu! Diese Eltern haben echt keine anderen Sorgen, oder? Oder das hier: *Sie haben Emily gesagt, dass sie keine Bläter aus dem Heft reisen darf. Aber Emily war über die falsch gemachte Aufgabe unglücklich, darum hat sie die Seite rausgerisen.* Genau, den Schmerz einfach ›rausreisen‹!«

Irmi beugte sich über den Ordner und blätterte weiter. »Das hier ist ja wohl die Krönung!«, rief sie und las vor: »*Betreff Beurlaubung Alicia für den 22. und 23.12. Das Weihnachtsfest ist für mich als Christin das wichtigste Fest, das ich mit der Familie zusammen mit meinen Eltern, Neffen und Nichten in Buenos Aires (Argentinien) verbringen möchte. Mein Bruder kommt aus Chile. Zuletzt habe ich meine Eltern 2018 gesehen. Die Reise dauert 24 Stunden, dazu gibt es eine Zeitverschiebung von 5 Stunden. Der Höhepunkt ist das Anstoßen um Mitternacht. Dementsprechend benötigen wir um uns von den Stra-*

pazen zu erholen zwei Tage Zeit, müssen also am 22. fliegen.« Irmi schüttelte den Kopf. »Echt ohne Worte.«

Dann las Kathi eine letzte Kostprobe vor. Diesmal war es zur Abwechslung der Brief einer kleinen Schülerin: »*Von Vanessa an frau Heiligensetzer. Danke dass sie so schtreng sind. wegen inen komen wir alle fieleicht ins gimasium. Ich hab sie gerne.*« Kathi grinste. »Das ist wirklich süß, ich befürchte aber, dass es mit dieser Orthografie nicht fürs Gymi gereicht hat.«

Irmi war nahe dran, vom Glauben abzufallen. Die Selbstüberschätzung und Egomanie, die in diesen Briefen der Eltern zum Ausdruck kam, lag völlig außerhalb ihrer Vorstellungswelt.

Kathi schloss den Ordner wieder. »Meine Tochter ist inzwischen über zwanzig. In ihrer Schulzeit gab es solche Eltern auch schon. Dämliche Mails und Briefe sind natürlich nervig, aber da ist doch noch ein langer Weg bis zu einem gezielten Schuss, Frau Heiligensetzer.«

»Ich stimme der Kollegin zu«, sagte Irmi. »Mal abgesehen davon, dass viele von ihnen eine Das-dass-Schwäche haben und man gerne mal ein Päckchen Satzzeichen verteilen würde, ist das ja eher …«

»Richtig, diese Briefe sind ärgerlich, aber vergleichsweise harmlos. Mir wurde allerdings auch offen mit dem Tod gedroht.«

»Von einer klar zu identifizierenden Person?«, fragte Irmi konsterniert.

»Ja, vom Vater einer Schülerin. Am Anfang standen Mails mit Sätzen wie: *In unserem Haus gibt es ein schwarzes Loch, in dem Shakira Marias Diktatheft verschwunden ist.*

Nun haben Sie sich nicht so. Oder: *Wir waren am Wochenende so damit beschäftigt, das schöne Wetter zu genießen, dass für Shakira Maria keine Zeit blieb, die Hausaufgaben nachzuholen. Sie ist begabt und ein Freigeist.*«

»Okay«, sagte Kathi gedehnt.

»Die begabte Shakira Maria hat schon die Dritte nur mit Ach und Krach geschafft. Ich war dagegen, sie zu versetzen, aber die Lehrerkonferenz hat letztlich entschieden, sie nicht durchrauschen zu lassen. Und nun soll die Kleine natürlich aufs Gymnasium. Die Kollegen am Gymi stehen ohnehin schon am Rande des Nervenzusammenbruchs. Gymnasien, die früher vier Parallelklassen hatten, haben nun sechs. Meiner Meinung nach gehört die Hälfte der Fünftklässler dort nicht hin – wie Shakira Maria zum Beispiel. Dem Vater ist das nicht zu vermitteln, und sein Ton wurde immer schärfer.«

»Jurist?«, wollte Kathi wissen.

»Nein, er ist ein Kreativer, Maler oder Grafikdesigner, glaube ich, und die Gattin arbeitet als Psychotherapeutin.«

»Ui«, meinte Kathi, »und da kann sie nicht auf ihn einwirken?«

»Wohl nicht. Jedenfalls hat er mir weitere Mails geschrieben. Moment mal, ich hab sie im Handy gespeichert.« Sie wischte ein bisschen herum und las dann vor: »*Es wäre schön, wenn Sie Ihren heiligen Arsch in Bewegung setzen und den Kindern besseren Unterricht anbieten würden. Shakira Maria hat Magenschmerzen wegen Ihnen. Ich trete Ihnen demnächst in Ihren fetten Bauch, damit Sie auch was spüren.* Und dann kam das hier: *Wenn es Nacht wird, Senhorita, machst du besser die Türen zu. Sonst: Die hard! Ich weiß, wo du wohnst, teacher bitch. Du machst mir mein Mädchen nicht kaputt.*«

»Puh! Das ist wirklich heftig«, sagte Kathi.

»Ehrlich gesagt leidet das Mädchen weniger unter mir als unter dem Vater, der sie aufs Gymnasium zwingen will. Wissen Sie, Shakira Maria braucht für alles etwas länger. Sie hat große Probleme beim Lesen, beherrscht gerade mal den Zahlenraum bis hundert und kann sich nicht länger als zehn Minuten konzentrieren. Wie soll sie da am Gymnasium zurechtkommen? Da wird der Stoff viel schneller vermittelt, und das würde sie niemals packen. Das geht vielen Kindern so, und sie reagieren auf Druck mit Magenschmerzen, Kopfschmerzen, Depressionen oder Essstörungen. Damit will ich keineswegs sagen, dass Shakira Maria vollkommen unbegabt wäre. Zum Beispiel ist sie extrem geschickt mit den Händen, sie hat sehr gute Noten in Kunst und in Werken, und sie liebt Blumen. Bestimmt wäre sie die perfekte Floristin. Das geht aber auch ohne Abi. Und vor allem ist unser Bildungssystem ja viel durchlässiger als früher. Wenn sie an der Mittelschule erfolgreich ist, kann sie noch den Realschulabschluss machen und später sogar über die Fachoberschule das Abi. Das ist vielen Eltern gar nicht bewusst, obwohl wir es ihnen immer wieder sagen.«

»Und das sieht der Vater nicht ein?«

»Offenbar nicht.«

»Wie heißt er denn?«

»Holger Feierabend, wohnhaft in Spatzenhausen.«

»Warum geht seine Tochter denn dann in Garmisch zur Schule?«, fragte Kathi überrascht.

»Sie wurde in Uffing eingeschult, war dann in Obersöchering, aber nirgends wurde Shakira Maria richtig gefördert. Die Eltern haben den Schulwechsel nach Garmisch damit begründet, dass die Mutter das Kind mitnehmen kann, wenn sie in ihre Praxis fährt. Das Schulamt hat dem Antrag dann stattgegeben.«

»Und warum schlägt der Vater derart um sich?«, fragte Kathi.

Frau Heiligensetzer zuckte mit den Schultern. »Die ganze Familie lebt in einer Nebenrealität.«

»Wenn die so individualistisch drauf sind, warum legen sie dann überhaupt so einen Wert auf Spießerattribute wie das Gymnasium?«, wunderte Kathi sich.

»Die Großeltern mütterlicherseits haben einen millionenschweren Autozulieferbetrieb. Wenn's knapp wird in der Familie Feierabend, gibt es eine Finanzspritze von den Großeltern.«

»Woher wissen Sie das alles?«, fragte Irmi.

»Ach, Shakira Maria ist in dieser Hinsicht sehr gesprächig. Aber der Geldhahn der Großeltern bleibt anscheinend nur dann weiter aufgedreht, wenn die Enkelin aufs Gymnasium kommt. Man erfährt eh halbe Lebensgeschichten von den Kindern. Die meisten will ich gar nicht hören. Shakira Maria sagt auch, ihr Vater sei manchmal ganz schön laut und böse.«

»Choleriker?«, mutmaßte Irmi.

»Ja, das kommt mir auch so vor. Herr Feierabend hat mir ein paarmal aufgelauert und wollte mich unter Druck setzen. Es gab auch eine Farbbeutelattacke auf mein Auto am Schulparkplatz. Ich kann natürlich nicht beweisen, dass er das war. Aber ich bin mir sicher!«

»Haben Sie das angezeigt?«

»Ja, ich habe Anzeige gegen unbekannt erstattet. Aber Sie wissen ja selber, was das bringt. Es muss immer erst Tote geben.« Wieder begannen die Tränen zu fließen. »Ich habe so viel Kraft aufgeboten in den letzten Jahren. Und jetzt habe ich mein Kind verloren. Ich wünschte, ich wäre tot und Joshua könnte leben.«

Es sprach so ein abgrundtiefer Schmerz aus ihr. Während sie erzählte, hatte sie gefasst gewirkt, aber nun war die Trauer wieder über sie hereingebrochen. Irmi machte sich wirklich Sorgen. Ob sie noch einmal das Kriseninterventionsteam verständigen sollte? Frau Heiligensetzer brauchte Unterstützung, und Irmi fragte sich, ob sie ein Therapieangebot bekommen hatte.

Kathi holte ihr ein Glas Wasser, aber das war auch nur eine Übersprunghandlung. Draußen läutete es.

»Soll ich öffnen?«, fragte Irmi.

Frau Heiligensetzer nickte.

Draußen stand eine Frau, die einen Topf vor sich hielt und Irmi fragend anblickte.

»Mangold von der Kripo«, stellte Irmi sich vor.

»Ich bin Frau Linder, die Nachbarin. Petra muss was essen. Ich habe ihr einen Gemüseeintopf gebracht«, erklärte die Frau.

»Großartig! Können Sie bleiben, bis die Schwester von Frau Heiligensetzer kommt?«

»Natürlich. Ich wollte ohnehin noch etwas dableiben.«

Irmi und Kathi verabschiedeten sich kurz darauf.

»Glaubst du wirklich, der Vater von dieser Shakira Maria würde so weit gehen, jemanden zu erschießen?«, fragte Kathi, als sie wieder im Auto saßen.

»Glauben ist nicht unsere Sache. Und so aggressiv, wie manche Leute sind, halte ich alles für möglich.«

»Aber es war ja nicht stockdunkel. Er müsste Joshua erkannt und gesehen haben, dass es nicht die Lehrerin war.«

»Meinst du? Die Mutter hat doch ganz ähnliche schulterlange Haare wie der Sohn. Im Halbdunkel könnte man die beiden glatt verwechseln. Aber diesen Holger Feierabend sehen wir uns auf jeden Fall mal an. Ich bitte Andrea, ein paar Infos über ihn zusammenzutragen.« Irmi rief Andrea an, die ihnen die genaue Adresse von Holger Feierabend raussuchte und versprach, sich zu melden, sobald sie etwas Interessantes gefunden hätte.

Nach dem Telefonat meinte Kathi: »Auch wenn das alles natürlich krass ist und die Wahrnehmungsverzerrung weiter um sich greift – ich hab so meine Zweifel, dass Petra Heiligensetzer gemeint war. Wer kennt denn so genau ihre Kleidung?«

»Ein Stalker schon, ein Psychopath auch – und sie hat doch selbst gesagt, dass sie diesen Kapuzenpulli oft trägt. Wir müssen offen bleiben«, meinte Irmi.

Bald standen sie vor dem Haus der Feierabends in Spatzenhausen. Der Gartenzaun bestand aus alten Fahrrädern, die bunt gestrichen waren. Am Tor wehten Gebetsfahnen leise im leichten Wind. Eine flache Treppe führte hinauf zum Häuschen, das blaue Fensterläden und blaue Stirnbretter hatte. Auf jeder der Treppenstufen stand ein andersfarbiger Blumenkübel. Das Haus hatte eine Loggia, an deren Rückseite ein knallbuntes Fresko prangte, das wohl den Staffelsee zeigen sollte.

Das ganze Ambiente war ein Statement – und Irmi fand es irgendwie auch witzig. Die Holzmöbel auf der Terrasse hatten ihre besten Zeiten hinter sich, und auch der Grill rostete vor sich hin – hier demonstrierte man Konsumverweigerung, was angesichts der geldigen Verwandtschaft natürlich eine ganz besondere Dimension hatte. Sie bimmelten an einer Glocke, die aus einer alten Milchkanne bestand. Und siehe da: Die Tür öffnete sich, und ein Mann trat heraus, der ziemlich gewöhnlich aussah. Mittelblonde, mittellange Haare, Bart mit Rotstich, Jeans, höchstens das rosa Sweatshirt war etwas eigen. Dass sein Hosenladen offen stand, schien er zu wissen. Er blickte nämlich ganz kurz nach unten.

»Herr Feierabend?«, vergewisserte sich Irmi.

»Yes.«

»Mangold und Reindl, Kripo Garmisch. Hätten Sie kurz für uns Zeit?«

»Wozu?«

»Wir würden gerne mit Ihnen über Frau Heiligensetzer sprechen.«

»Die Lehrerin?«

»Genau die«, erwiderte Kathi, hielt auf die kleine Terrasse zu und setzte sich auf eine Stuhlkante. Irmi nahm ebenfalls Platz, während Shakira Marias Vater sich breitbeinig in einen Holzstuhl fläzte. Das war Provokation pur.

»Ich würde den Hosenladen schließen«, bemerkte Kathi. »Man verkühlt sich leicht die Eier bei den momentanen Temperaturen.«

Irmi grinste den Aschenbecher an. Er hatte die Form eines platt geklopften Froschs, der auf dem Rücken lag und mit seinem Froschgesicht zurückgrinste.

»Sie stalken Frau Heiligensetzer«, fuhr Kathi fort.

»Sagt sie das?«

»Sie haben Mails geschrieben, in denen Sie sie offen bedrohen.«

»Quatsch!«

»Ich weiß, wo du wohnst, teacher bitch«, zitierte Kathi.

»Das ist doch nicht ernst gemeint. Da muss man doch wohl abstrahieren können …«

»Stopp! Herr Feierabend, das sind Morddrohungen!«, beharrte Kathi.

»Unsinn! Ich wollte der Bitch nur klarmachen, dass sie sich nicht alles erlauben kann.«

»Was hat sie denn gemacht?«

»Sie benotet vollkommen willkürlich. Sie ist unflexibel. Geht nicht auf das individuelle Kind ein, um es zu fordern und zu fördern. Die Binnendifferenzierung innerhalb einer Klasse ist gar kein Thema.«

Binnendifferenzierung war ein schönes Wort. Irmi hatte Petra Heiligensetzers Bericht noch im Ohr – von Shakira Maria, die ständig unkonzentriert war und sich in vielen Bereichen so schwertat. Die starke Heterogenität innerhalb der Schulklassen überstieg sicher die Möglichkeiten selbst einer engagierten Lehrerin.

»Aha, und das rechtfertigt es, Frau Heiligensetzer aufzulauern und sie zu bedrohen?«, fragte Kathi.

»Auflauern? Da übertreiben Sie maßlos. Sie sind auch ein Opfer dieses kranken Systems. Sie glauben wohl auch an schlichte Obrigkeiten. Wer wird denn schon Lehrer, geht aufs Bauamt oder wird Polizist? Das sind doch …«

»Obacht, Herr Feierabend, das Eis wird gerade ganz dünn«, bemerkte Kathi eiskalt.

»Ich habe die Bi…, ich meine die Dame, lediglich ein-, zweimal zu Hause aufgesucht, um mit ihr über Shakira Maria zu reden.«

»Dafür gibt es doch Sprechzeiten in der Schule«, warf Irmi ein.

»Ich mache mich nicht zum Bittsteller des Systems.«

»Und warum haben Sie Ihr Töchterchen dann nicht in eine weniger systemkonforme Schule gegeben? Zu Frau Montessori oder Herrn Waldorf? Oder auf eine Privatschule?«

»Wir denken darüber nach.«

»Und haben Sie auch darüber nachgedacht, in der Nacht von Samstag auf Sonntag im Garten eines Hauses in Uffing zu sein? Wo waren Sie denn da? Kurz vor Sonnenaufgang?«

»In Morpheus' Armen.«

»Gibt ihnen Herr Morpheus auch ein Alibi?«, fragte Kathi bissig.

»Nein, aber meine Frau.«

»Hm, die eigene Frau? Ob das glaubwürdig ist?«

»Wozu langweilen Sie mich eigentlich mit diesen Fragen?«

»Der Sohn von Frau Heiligensetzer ist ums Leben gekommen. Und zwar sehr unschön. Er wird nun dauerhaft in Morpheus' Armen liegen«, zischte Kathi.

Das schien ihn doch aus der Fassung zu bringen. Er schluckte. Zwinkerte hektisch.

»Der Joshua?«

»Kannten Sie den Jungen?«, fragte Irmi.

»Ja.«

»Geht's ein bisschen ausführlicher?« Kathi sah ihn provozierend an.

»Joshua ist politisch engagiert in der Klimabewegung wie wir auch«, meinte Herr Feierabend. »Wir haben uns auf einigen Demos getroffen, zum Beispiel gegen den Kramertunnel. Joshua war ein paarmal hier, um zusammen mit uns Plakate zu malen. Ein interessanter Junge. Von der Mutter hat er seinen kritischen Geist aber sicher nicht.«

Was den Kramertunnel betraf, stand Irmi eindeutig auf der Seite der Gegner. Was für ein Irrsinn! Als Wasser eingedrungen war, hatte man den Bau sofort gestoppt. Doch der Freistaat hatte sich seine Planung durch die Regierung von Oberbayern neu genehmigen lassen. Durch das technisch aufwendige Absenken des Grundwassers trockneten die Hangquellmoore aus, Quellen versiegten, und artengeschützte Tiere wie die Schmale Windelschnecke starben. Prozesse am Verwaltungsgerichtshof wegen der Umweltschäden liefen weiter. Gebaut wurde dennoch.

Noch immer fixierte Kathi Herrn Feierabend mit ihrem Eisblick, und er fühlte sich berufen weiterzureden.

»Joshua war ein Suchender, ein Fragender – was bei dieser Mutter in einer so wenig anregenden Umgebung sicher kein Wunder war.« Er nickte, als müsse er sich selbst recht geben. »Und er war, ja nun, ein ziemliches Früchtchen.«

»Was soll das heißen?«

»Hm … nun ja …«

»Geht's ein bisschen konkreter? Sie sind doch sonst so schnell mit Worten.«

»Nun ja, ich glaube herausgehört zu haben, dass Joshua einer kleinen Diebesbande angehörte. Drei, vier junge Männer, die sich im Abraum von Baustellen bedienen. Diebstahl gegen das Establishment, könnte man sagen, gegen die ausufernden Neubaugebiete. Im Prinzip ist das ja auch eine Art Widerstand.«

Irmi war platt. Man konnte sich wirklich alles schönreden. Was verstand er unter Abraum?

»Und das wissen Sie ganz genau?«, erkundigte sie sich.

»Genau nicht, aber Joshua hat da mal was durchblicken lassen, als wir an ein paar Plakaten saßen und über den Zustand der Welt philosophiert haben.«

»Und die anderen jungen Männer kennen Sie auch? Haben die auch gemalt und philosophiert?«, fragte Kathi bissig.

»Nein, natürlich nicht. Aber das geht mich auch nichts an. Sie haben gefragt, und ich bin ein getreuer Staatsbürger, der antwortet, wenn die Ordnungsmacht da ist.«

»Wir werden Frau Heiligensetzer raten, Anzeige gegen Sie zu erstatten«, erklärte Kathi mit äußerster Beherrschung. »Und ich warne Sie ausdrücklich: Unterlassen Sie künftig solche Drohungen! Falls Ihnen noch etwas zu Joshua einfallen sollte, lassen Sie es uns wissen. Es geht um Mord! Das sagt Ihnen die Ordnungsmacht!«

Holger Feierabend wirkte zwar nicht eingeschüchtert, aber doch betroffen, und Irmi hatte den Eindruck, als verfüge er immerhin über einen Hauch von Realitätssinn.

In diesem Moment kam ein Auto angefahren und hielt

vor dem Haus. Es war ein großer Plug-in-Hybrid im SUV-Format, der brandneu aussah. Da hatten wohl die Schwiegertiger des Herrn Künstler einen großzügigen Beitrag gespendet. Am Steuer saß eine Frau, vermutlich Cathrin Feierabend. Sie schien ein wenig älter zu sein als ihr Mann und trug eine weite Leinenhose, sicher stückgefärbt, und dazu ein Ringeloberteil, das sicher aus fairer Baumwolle war. Die Lederpantoletten gefielen Irmi ganz gut. Bestimmt waren sie gänzlich chromfrei gegerbt. Die rötlichen Locken der Frau waren grau meliert, und ihr Gesicht war gänzlich ungeschminkt. Sie war der Typ Frau, den man in Biomärkten traf, und machte auf Irmi den Eindruck, als trüge sie ihre Attitüde ein bisschen zu sehr vor sich her.

Irmi stellte sich und ihre Kollegin vor und umriss kurz das bisherige Gespräch.

»Und Sie geben Ihrem Mann bestimmt das Alibi«, ergänzte Kathi.

Irmi hatte den Eindruck, als wäre Frau Feierabend am liebsten explodiert, was sie sich aber natürlich verkniff.

»Mein Mann war da, ja«, sagte sie kurz und wandte sich direkt an ihn: »Was hast du getan? Frau Heiligensetzer gestalkt?« Dann sah sie Irmi in die Augen. »Das ist ja nicht zu fassen! Ich empfinde Frau Heiligensetzer auch nicht als begnadete Pädagogin, aber das kann ja kaum der Weg sein. Wissen Sie, Shakira Maria ist hochbegabt. Sie schreibt nur deshalb schlechte Noten, weil sie ein anderer Lerntyp ist als die übrigen Kinder und der Unterricht einfach schlecht ist.«

»Aha«, meinte Kathi. »Kannten Sie Joshua denn auch?«

»Ja, er war zwei-, dreimal hier, um Plakate zu gestalten.«

»Malen Sie da auch mit?«, warf Kathi ein.

Irmi musste in sich hineingrinsen.

»Es ging hier um Konzeption und Imagination. Und nein, das ist ein Engagement meines Mannes. Ich widme mich dem Individuum im Einzelgespräch«, sagte sie kühl.

»Welchen Eindruck hatten Sie als Psychologin von Joshua?«, wollte Irmi wissen.

»Ich bitte Sie! Keine Ferndiagnosen. Er kam mir labil vor. Ein Suchttyp, der mit Kontrollverlust und Stimmungsschwankungen zu tun hat.«

Das war ganz schön viel Ferndiagnose, fand Irmi.

»Wurde er denn tatsächlich ermordet?«, schickte Frau Feierabend hinterher.

»Das steht außer Zweifel.«

»Furchtbar! Ich werde Frau Heiligensetzer schreiben. Deshalb fällt ihr Unterricht also aus, ich habe mich schon gewundert.«

Die ganze Zeit hatte sich Holger Feierabend in Schweigen gehüllt und seine Frau reden lassen.

»Natürlich ist das furchtbar«, sagte er nun. »Das wünsche ich niemandem.«

»Und?«, fragte seine Frau und sah ihn abwartend an.

»Und ich bedauere meine Attacken gegen die Lehrkörperin.«

Ganz konnte er es offenbar nicht lassen. Er erntete einen vernichtenden Blick von seiner Gattin. Irmi hatte den Eindruck, dass sie ihn an einer sehr langen Leine springen ließ; wenn's aber ums Eingemachte ging, dann hatte sicher sie die Hosen an.

Beim Abschied fiel Irmis Blick wieder auf die Pantoletten von Frau Feierabend. »Hübsch!«, sagte sie.

»Das Leder ist mit pflanzlichen Stoffen aus Eichenrinde, Rhabarberwurzeln und Mimosarinde gegerbt«, erklärte die Psychologin. »Das ist deutlich schonender für die Umwelt und sicherer für die Verbraucherinnen, denn diese Behandlung hinterlässt keine Giftstoffe im fertigen Lederprodukt.«

Als die beiden Polizistinnen wieder im Auto saßen, musste Kathi lachen. »Na, die wird ihn flottmachen!«, bemerkte sie.

»Nun ja, wer das Geld hat, gibt die Marschrichtung vor«, meinte Irmi. »Aber irgendwas muss sie ja an ihm finden!«

»Den offenen Hosenlatz?«

Irmi zuckte mit den Schultern. »Wer's mag. Aber was hilft uns das jetzt?«

»Ich würde die beiden als Täter ausschließen. Das ist ja letztlich der Klassiker. Kind hat Probleme, sich zu konzentrieren und komplexe Sachverhalte zu begreifen. Das Kind kann aber nicht verantwortlich sein und man selber ja schon gar nicht. Bei den guten Genen. Die Schuld wird immer bei anderen gesucht. Klar, oder?«

»Ich wusste gar nicht, dass du dich da so gut auskennst.«

»Hör mal, ich war ein Jahr im Elternbeirat. Ein Panoptikum des Grauens! Keine Frage, das Soferl hatte Lehrer, die waren absolute Vollpfosten. Aber sie hatte zum Beispiel eine wirklich engagierte Referendarin, die sogar Englisch konnte und nicht Bayrenglisch sprach.«

»Wie?«

»Na, Bavarian English, mit einem Akzent, dass es dir die Zehennägel im Haferlschuh aufrollt!«

Irmi lachte.

»Diese Lehrerin hatte nämlich eine Mutter aus Bath und

einen Vater aus Hannover«, fuhr Kathi fort. »Ein paar Eltern haben tatsächlich angeregt, dass die arme Lehrerin jede Unterrichtsstunde aufnimmt und ihren Schülern digital zur Verfügung stellt. Die Referendarin hat den Eltern dann vorgerechnet, was das für ein Aufwand wäre. Und die andere Hälfte der Eltern hat sich sowieso total aufgeregt von wegen Datenschutz und so. Jedenfalls bin ich nach einem Jahr raus aus dem Haufen. Manche Eltern glauben halt immer noch, dass die Schule ein Wunschkonzert ist.«

»Dann wünsche ich mir jetzt, dass du mich zurück ins Büro chauffierst«, meinte Irmi grinsend.

Kathi fuhr zu schnell wie immer und schnitt alle Kurven, aber das konnte Irmi nach all den Jahren nicht mehr schrecken.

Im Büro trafen sie Andrea vor dem PC an. »Das mit den Kameras dauert«, erklärte sie. »Aber ich bin dran.«

Der Hase trat ein und hatte eine Runde Kaffeespezialitäten für alle dabei. Den Doppio für Kathi, einen Cappuccino für Irmi, für Andrea und sich selbst hatte er zwei Becher Latte macchiato mitgebracht.

»O danke, du Retter.« Irmi lächelte ihn an und wandte sich wieder an Andrea: »Und sonst? Hast du bei den Heinrichs irgendwas zum Thema Waffen gefunden?«

»Es sind keinerlei Waffen auf ihren Namen registriert, sie haben keinen Jagdschein, und sie sind auch keine Sportschützen.«

»Wenn ich so dicht vor einem Menschen stehe, dann treffe ich auch dann, wenn ich kein begnadeter Schütze bin«, kommentierte Kathi. »Und er kann bestimmt schießen. Was ist mit der anderen Frau?«

»Auch Frau Bajer mit J ist keine Schützin. Außerdem hat sie ein wasserdichtes Alibi. Sie war mit einer Freundin in München im Theater. Anschließend haben sie im Hotel übernachtet, wie Sailer ja auch schon gesagt hat. Im Bayerischen Hof.«

»Nobel!«

Andrea grinste. »Tja, nichts als Jubelrentner am Alpenrand.«

Irmi fiel das Buch von F.T.A. White ein. Die jetzigen Rentner mochten noch jubeln, aber sie bezweifelte, dass das Geld noch für die vielen Boomer reichen würde. Früher waren die Leute im Schnitt zehn Jahre nach ihrer Verrentung gestorben, doch mittlerweile wurden viele Menschen weit über neunzig.

»Wir waren auch nur bedingt erfolgreich«, sagte Irmi und berichtete von ihrem Besuch bei den Feierabends.

»Okay, klingt ein bisschen bizarr, passt aber«, sagte Andrea. »Ich hab einiges über Holger Feierabend herausgefunden. Er ist 1970 in München geboren, die Eltern sind aber schon bald nach Garmisch gezogen, wo er auch zur Schule gegangen ist. Der Vater Chirurg, die Mutter Anästhesistin. Der Junge hat Soziologie und Philosophie studiert und später noch ein bisschen Grafikdesign. Und jetzt malt er großformatige Bilder.«

»Ach, deshalb dieses Fresko an der Rückwand der Loggia. Groß und bunt.«

Andrea nickte. »Während des Studiums hat er dann Cathrin Schroeder kennengelernt, Hamburger Uradel …«

»Aha!«, unterbrach Irmi erneut. »Daher die hanseatische Contenance!«

»Die sollte sie erlernt haben, ja. Sie hat im Gegensatz zu ihm ihr Studium abgeschlossen und danach die Psychotherapieausbildung gemacht. Die beiden sind dann zwei Jahre durch die Welt gereist, anschließend hat sie eine Praxis in Garmisch eröffnet. Ähm, ja, seine Bilder stehen in zwei Galerien. Wenn er was verkauft, ist das Zeug verdammt teuer. Er verkauft aber wohl nicht viel.«

Kathi grinste. »Weswegen, wie Frau Heiligensetzer von der gesprächigen Shakira Maria weiß, immer mal eine Geldspritze aus dem Hause Schroeder kommt.«

»Ist Shakira Maria eigentlich das einzige Kind der Feierabends?«, fragte Irmi.

»Nein«, antwortete Andrea. »Es gibt noch einen Ritchie Friedrich, der ist aber schon dreiundzwanzig und beim Opa beziehungsweise Onkel in die Firma eingetreten.«

»Ritchie Friedrich und Shakira Maria – was sind das eigentlich für Namen?« Kathi schüttelte den Kopf.

Der Hase grinste. »Darüber haben wir auch vorhin spekuliert. Holger war bestimmt Deep-Purple-Fan, weshalb er seinen Sohn nach Ritchie Blackmore benannt hat. Später standen er oder sie vermutlich auf Shakira.«

»Aber Friedrich und Maria?«

»So heißen die Großeltern«, erklärte Andrea.

»Nonkonform und unabhängig, der Kunst verpflichtet und der Erforschung des Ichs – aber die Namen der Großeltern verwenden, damit die weiter blechen?«, bemerkte Irmi.

»Das spricht zumindest für eine gewisse Pragmatik«, entgegnete Andrea lächelnd. »Wie war er denn so, der Herr Künstler?«

»Verstrahlt und mit offenem Hosenlatz«, sagte Kathi.

»Ein Berufsjugendlicher, ganz nah dran an den Youngstern und Hipstern«, ergänzte Irmi.

»Hat er ein Alibi?«, wollte Andrea wissen.

»Na ja, er hat im Bett gelegen. Mit der Gattin, die das auch bestätigt hat. Und ich glaube ihr sogar, dass sie von seinem Terror gegen die Heiligensetzer nichts wusste. Übrigens hat Herr Feierabend noch behauptet, Joshua würde auf Baustellen klauen.«

»Was?« Der Hase runzelte die Stirn. »Sagt er das, um von sich abzulenken?«

»Das ist die Frage.«

»Wenn das stimmt, dann hat er bei der Tante gar nichts bewacht, sondern wollte was klauen?«, hakte Andrea nach.

»Das könnte durchaus sein«, meinte Irmi.

»Und was, wenn er nicht allein war?«, fuhr Andrea fort. »Angenommen, er hatte ein paar Kollegen, die mit ihm zusammen Baustoffe gestohlen haben. Es kam zum Streit, und die haben ihn erschossen. Wäre meine Theorie.«

Kathi nickte. »Mr Hosenlatz hat auch von einer Art Bande gesprochen. Könntest du dir noch mal die Baustoffdiebstähle der letzten Zeit hier in der Gegend ansehen, Andrea? Wo wird so ein Zeug weiterverkauft? Analog und im Internet? Außerdem wüsste ich gern mehr über Joshua. Er müsste doch irgendwelche Spuren im Netz hinterlassen haben. Wir haben momentan keinen Zugriff auf seinen Laptop und sein Handy, aber über den Provider müsste man doch was rausfinden können.«

Andrea nickte. »Ich frag mal nach, aber es wird dauern, bis wir da irgendwelche Daten bekommen.«

»Ich denke, wir fahren morgen früh noch mal zu Frau Heiligensetzer«, sagte Irmi, an Kathi gewandt. »Inzwischen müsste ihre Schwester ja bei ihr sein. Wir müssen unbedingt mehr über diese Baustelle erfahren.«

»Geht klar«, meinte Kathi.

Sie verabschiedeten sich. Irmi atmete tief durch, als sie allein im Auto saß, und genoss die Stille. Das war wieder viel Input gewesen. Draußen hatte es angefangen zu regnen. Auch auf dem Hof war es still. Alle schienen ausgeflogen zu sein. Die Esel und Mulis standen im Stall. Sie hassten Regen. Irmi ging in die Küche und nahm sich ein Glas vom Ingwerwasser, das seit Luises Einzug immer frisch zubereitet dastand.

Ihr Blick fiel auf das Buch ihrer Freundin, das auf dem Tisch lag. Das Cover wirkte düster, die Berge darauf schienen die Dolomiten zu sein, die aber bedrohlich aus einer grauen Nebelschicht ragten. *Boomer oder Etwas Besseres als den Tod findest du überall* prangte in roten Lettern auf dem Umschlag. Irmi nahm das Buch mit, setzte sich in die Stube und schlug es auf. Die Widmung auf der zweiten Seite lautete: *To whom it may concern.* Sie blätterte weiter und erinnerte sich an Luises Beschreibung, während sie von Martin und Sabine im Berghotel las, das in Wahrheit ein Suicidal Camp war.

»Darf ich Sie fragen, ob Sie sich an meinen Tisch setzen würden? Ich esse nur ungern allein«, sagte er.

»Ach, ich esse ganz gern allein, denn ich liebe es, Menschen zu beobachten. Wie sie sich anschweigen. Oder in ihre Handys starren oder herumprahlen. Ich gebe zu, dass ich Dialoge am Neben-

tisch belausche. Man lernt dabei viel über Menschen. Und dann sitzt man umso lieber allein.«

»Dann entschuldigen Sie«, sagte er.

Sie lachte. »Ich muss mich entschuldigen. Ich bin rüde. Unhöflich. Ich setze mich gerne zu Ihnen.«

»Sie müssen sich aber nicht verpflichtet fühlen.«

»Keine Sorge, in diesen letzten Tagen lasse ich mich zu nichts mehr verpflichten, was mir unangenehm wäre. Deshalb sind wir doch hier. Um ein letztes Mal im Überfluss zu schwelgen.«

Eine Kellnerin mit hohen Wangenknochen erkundigte sich nach ihren Getränkewünschen. »Did you see the wine list?«

»We go for the Weißburgunder from Girlan«, sagte er. »Natürlich nur, wenn Ihnen das recht ist. Wegen Ihrer Liebe zu den Dolomiten habe ich mir gedacht, dass Sie auch eine Liebhaberin von Südtiroler Weinen sind.«

»Absolut richtig. Das Gute ist ja, dass wir alles Unvernünftige essen und trinken können. Das schwer Verdauliche, das Saure, Scharfe und Bittere.«

Sprach sie vom Essen oder davon, dass alles Bittere nun enden würde? Sie gingen zum Büfett, er nahm sich Bresaola, in Öl eingelegtes Gemüse und Tirtlen.

Sie stand neben ihm. »Großartig! Ich liebe Tirtlen, vor allem die mit Topfen und Spinat gefüllten. Sie werden mir nicht guttun, aber das ist jetzt unwichtig.«

Sie brauchte lange für die drei Tirtlen. Das Essen schien für sie gar nicht so einfach zu sein. Der Wein wurde kredenzt, und sie stießen an. Dann schwiegen sie eine Weile.

»Darf ich Sie fragen, warum Sie hier sind?«, fragte er schließlich.

»Nein.«

Er sah sie interessiert an, sie lächelte ein wenig. Ein Lächeln, das so gar nicht zum Nein passte.

»Wenn Sie nicht Du sagen, verweigere ich jede Auskunft«, fuhr sie fort.

»Darf ich dich fragen, warum du hier bist?«

»Dürfen Sie.«

»Darfst du! Ich heiße Martin.«

»Ich bin Sabine, und die Antwort ist banal. Magenkrebs, austherapiert nennt man das ganz lapidar.«

»Bei mir sieht es ähnlich aus. Alle Karten liegen auf dem Tisch. Ich werde schon bald täglich neue Leute kennenlernen. Mein Gehirn wird ein Brokkoli sein, nur weniger hoffnungsfroh grün.«

Irmi sah hoch. Sie musste zugeben, dass der Autor sie jetzt schon gepackt hatte.

Sabine hob ihr Glas. »Ich mag Brokkoli.«

Als Hauptgericht wählten beide das Ossobuco. Sie aß ein Drittel davon und nahm danach kein Dessert, er hingegen bestellte sich Profiteroles. Bei dem Digestiv war sie wieder dabei – sie entschieden sich für einen Grappa Riserva von Poli, der ölig am Glas herablief.

Eine junge Frau trat in den Speiseraum und klopfte an ihr Glas, um Aufmerksamkeit zu bekommen.

»Guten Abend, ich darf euch herzlich begrüßen. Ich bin die Emily, und ihr könnt euch mit allen Fragen oder Zweifeln an mich wenden. Oder an den Alexander, euren DG, der auch immer für euch da ist.« Ein junger Mann, der sehr sportlich aussah,

trat vor und sagte mit ausgesprochen angenehmer Stimme: »Ich freue mich, euch kennenzulernen.«

»Klar«, flüsterte Sabine Martin zu. »Allzu lange wird er es ja mit uns nicht aushalten müssen, unser Death Guide. Ob er sonst so erfreut wäre?«

Martin musste kurz lachen und erntete einen bösen Blick von einer Frau am Nebentisch.

»Wer mit uns Individualtermine absprechen will, der kann das jetzt gerne tun. Wir haben einen Desk im Foyer«, erklärte Emily. »Den anderen wünsche ich noch einen angenehmen Abend.«

»Wie die Animateure früher«, meinte Sabine leise. »Die hatten auch einen Desk, wo man sich für die Bootsfahrt zur Grotte anmelden konnte oder für den Trip zum Olivenbauern, als Akteur fürs Theaterspiel im clubeigenen Amphitheater oder zur Wassergymnastik mit Doreen.«

»Mit Poolnudel«, ergänzte er. »Warst du viel in solchen Ferienclubs?«

»Nur beruflich, als Reisejournalistin. Ehrlich gesagt war das der Albtraum eines Urlaubs. Nur noch getoppt durch Kreuzfahrten. Auch mit Animateuren, aber ohne Fluchtweg.«

Martin fiel ein, dass sie jetzt ebenfalls ein One-Way-Ticket gelöst hatten – ganz ohne Fluchtweg, aber dafür mit Animateuren des Todes.

Er schlenderte mit Sabine zur Bar, an der sich fast alle eingefunden hatten.

»Erinnert ihr euch noch an 2022?«, fragte gerade ein Mann, dessen Nase lila und knorpelig aussah. Er war Martin schon aufgefallen, weil er immer wieder merkwürdige unkoordinierte Bewegungen machte.

Martin lächelte. »Noch erinnere ich mich«, meinte er.

»Bei mir ist es auch die Frage, wie lange noch. Ich bin Gerhard. Aber noch erinnere ich mich. Gut sogar! 2022 ist es losgegangen. Es war politisches Kalkül, als das Verfassungsgericht assistierten Suizid erlaubt hat. Damals war es nur eine unterschwellige Empfehlung in Richtung der Babyboomer. Wo wir heute stehen, wissen wir. Das Angebot, das wir nun annehmen, ist eine offene Drohung, bevor man der Gesellschaft noch mehr zur Last fällt.«

»Du hättest es nicht annehmen müssen – niemand von uns ist gezwungen worden«, meldete sich eine Frau zu Wort, die sich anschließend als Marlene vorstellte. Sie war es, die Martin vorher so böse angefunkelt hatte.

»Stimmt! Es sind nur Empfehlungen«, erwiderte Martin. »Ein Angebot des mildtätigen Staates. Aber wir haben an der Treppe alle mitgebaut. Im Jahr 2022 gab es Drohungen an alle, die nicht bis siebzig weiterarbeiten wollten. Von studierten Sesselpupsern, die selber nie körperlich gearbeitet hatten. Es soll Menschen geben, die mit fünfzehn Jahren in die Lehre gegangen sind und im Alter von sechzig Jahren also fünfundvierzig Jahre gearbeitet haben. Und zwar vierzig Wochenstunden und weit mehr. Auf Dächern, in Kellern, auf Straßen – dabei altert der Körper natürlich schneller als der eines Beamten. Wir haben das alle gehört und damals nicht reagiert. Wird schon nicht so schlimm werden.«

Die anderen schwiegen.

»Ich erinnere mich noch gut an 2026«, meinte Sabine. »An den endgültigen Zusammenbruch des beitragsbasierten Rentensystems, an die nun etwas lauter gestellte Frage, ob die völlig überzogene Versorgung der Heerscharen von Beamten wirklich nötig

sei. Die Beamten mit ihrer Lobby konnten das abwenden. Oder seht ihr hier Beamte? Zwei Jahre später dann der Zusammenbruch der gesetzlichen Krankenkassen. Und das hat niemand kommen sehen? Andere Länder hatten immer schon eine solidarische Bürgerversicherung, in die alle einzahlen, während es in der Bundesrepublik erstklassige Leistungen für die privat Versicherten und schnelle Wege in die Behandlungszimmer gab, während die gesetzlich Versicherten teilweise schon in der Warteschleife auf einen Facharzttermin verstorben sind! Auch gewollt! Mich würde interessieren, was ihr denn so beruflich gemacht habt.«

»Bäckermeister«, sagte ein Mann, nachdem er sich als Karl vorgestellt hatte. »Nach vier Generationen mussten wir 2023 den Familienbetrieb schließen. Die Energiekrise, keine Nachfolger, immer reinvestiert und geschaut, dass die Mitarbeiter ein Auskommen haben. Mich selbst habe ich hintangestellt.« Er zuckte mit den Schultern. »Vielen ist es wie mir ergangen.«

»Mir zum Beispiel«, sagte ein Mann namens Thomas. »Einen Sanitärbetrieb hatte ich, im Prinzip eine großartige Auftragslage mit neuen Heizungen und Photovoltaik. Aber ich habe auch keinen Nachfolger gefunden, ebenso wenig wie Lehrlinge. Zumindest keine, die in die Verantwortung gewollt hätten. Ich hätte meinen Betrieb sogar verschenkt, damit er weiter bestanden hätte. Aber die Jungen wollten das Risiko nicht tragen.«

»Hausarztpraxis«, sagte eine große Frau namens Rita, der anzusehen war, dass sie früher weit üppiger gewesen war. »Ich musste schließen, weil keine Nachfolger in Sicht waren. Einen Teil meiner Geräte konnte ich noch verkaufen, dabei wäre der Erlös der Praxis eigentlich meine Altersversorgung gewesen.

Aber die brauche ich ja jetzt nicht mehr. Übrigens war ich privat versichert, aber nie beim Arzt.« Sie lachte trocken.

»Ich war Hausfrau«, sagte Marlene weinerlich. »Nur Hausfrau.«

»Warum nur*?«, fragte Sabine. »Ich war* nur *freiberufliche Journalistin – Reise, Architektur und Gastro. Meine Einkünfte habe ich immer runtergerechnet, um nicht so viel in die Künstlersozialkasse zahlen zu müssen. In der Rückschau war das gut, es wird ja sowieso nichts mehr ausbezahlt.«*

»Wie auch, wo Deutschland seit 2027 keine Darlehen mehr bekommen hat? Wir haben es doch alle gesehen«, meinte Rita. »Seit der Pandemie und dem Ukrainekrieg ist jede Scheu vor weiterer Staatsverschuldung verschwunden. Wir hätten einen Volksaufstand machen müssen, aber wir haben lieber geglaubt, dass sich Bund und Länder schon irgendwelche Darlehen besorgen können. Irgendwann hat der Finanzmarkt gemerkt, dass Deutschland keine Wirtschaftsmaschine mehr ist, und deshalb sind 2028 dann auch die Krankenkassen zusammengebrochen. Und bevor ich zu Hause elend krepiere, dann doch lieber mit Stil.« Rita hob ihr Champagnerglas. »Prosit!«

Na dann, Prost Mahlzeit, dachte Irmi. Zu Beginn ihrer Lektüre hatte sie Hunger verspürt, doch der Appetit war ihr längst vergangen. Vermutlich hatte dieser F.T.A. White sogar recht, auch wenn sich alles in ihr wehrte. Das war doch nur billige Polemik, die er zu Geld gemacht hatte.

Sie las weiter und erfuhr mehr über die Menschen in dem Berghotel. Das Suicidal Camp hatte stets nur zehn Teilnehmer, damit die Psychologin Emily und der Death Guide Alexander sie auch wirklich gut betreuen konnten. Ganz unterschiedliche Menschen trafen aufeinander, die alle nichts zu verlieren hatten. Bei sonstigen Gruppenreisen führte die Tatsache, dass man sich im Leben bekanntlich zweimal begegnete, dazu, dass sich die meisten Leute einigermaßen zusammenrissen. Doch diese Menschen wussten, dass sie sich nie wiedersehen würden.

Irmi ging früh zu Bett, sie fühlte sich ausgelaugt und war sich gar nicht sicher, ob es an Joshua lag oder an diesem Buch. F.T.A. White brachte sie zum Nachdenken über etwas, was sie normalerweise geflissentlich wegdrückte: diese verdammte Fünfundsechzig. Wenn mit sechsundsechzig das Leben anfing, dann musste sie langsam mal die Weichen stellen. Als Vollzugsbeamtin hätte sie schon mit zweiundsechzig in Pension gehen können und war nun das, was der Bayer »überstandig« nannte.

3

Am nächsten Morgen traf sie beim Kaffee in der Küche auf ihre Mitbewohnerin.

»Guten Morgen, wie läuft's?«, fragte Luise.

»Zäh wie immer.«

»Da wird schon noch Bewegung reinkommen in euren Fall«, meinte Luise. »Apropos Bewegung: Ich habe gestern noch lange mit Lissi für ihren neuen Hofladen gewerkelt. Wir hatten dir noch geschrieben, ob du auf einen Prosecco rüberkommst.«

Irmi lächelte. »Flugmodus.«

»Du hättest stattdessen auch ein Bier haben können«, meinte Luise.

»Danke, das ist lieb. Und ihr kommt voran?«

»Ja, es wird wunderschön.«

»Kann es ja nur bei euch zwei. Bin schon gespannt. Servus, bis heute Abend.«

Lissi plante einen größeren Hofladen, mit ihren Eiern und Eierprodukten, Gemüse, Tees, mit Weideochsenfleisch und dem Käse einer Bekannten. Die stilsichere Lissi würde zusammen mit der zupackenden Luise ein wunderbares kleines Biotop für wertige Waren schaffen. Irmis Ernährungslage war jedenfalls für die Zukunft gesichert.

Kathi war schon im Büro und wartete auf Irmi, um mit ihr zu Petra Heiligensetzer zu fahren. Die Fahrt am Staffelsee entlang tat den Augen und der Seele gut, nur waren sie leider keine Touristen. Es war ausnahmsweise ein heiterer Tag. Die Wiesen protzten in Gelb, der Löwenzahn schien dieses Jahr den Aufstand zu proben. Er fand einen Mittäter im Wetter. Wegen der ständigen Regenschauer konnten die Bauern nicht mähen, weshalb die gelbe Pracht stehen blieb.

Vor dem Haus stand ein schwarzes Cabrio mit Augsburger Kennzeichen. Sie klingelten. Wenig später öffnete eine Frau, die ein paar Jahre jünger wirkte als Petra Heiligensetzer, sehr schlank war und ein überknielanges Kleid im Folklorestil trug. Das sah lässig aus, aber auch sehr teuer.

»Frau Molitor?«

»Ja, genau, Bettina Molitor. Sie sind die Damen von der Polizei?«

Irmi nickte.

»Kommen Sie doch herein. Gehen wir auf die Terrasse?«

Sie durchquerten den Raum, den sie ja schon kannten. Auch auf der Terrasse stand eine schöne weiße Holzgarnitur mit türkisfarbenen Kissen.

»Kaffee?«

»Hätten Sie einen Espresso?«, fragte Kathi.

»Espresso, Doppio, Latte, Cappuccino, Flat White?«

»Wow! Ich nehme den Doppio«, entschied Kathi.

»Ich den Cappuccino«, sagte Irmi.

Sie sahen Bettina Molitor nach. Man hörte leise Zischgeräusche von drinnen, wenig später war sie zurück und stellte die Keramiktassen mit Katzenmotiven vor ihnen ab.

»Ich habe hier eine ordentliche Maschine platziert, damit es guten Kaffee gibt, wenn ich da bin. Meine Schwester trank ja so eine Plörre.«

»Wo ist Ihre Schwester?«

»Sie schläft. Gestern Abend war noch mal der Arzt da. Er hat etwas gespritzt, damit sie endlich länger schlafen kann.«

»Frau Molitor, auch von unserer Seite herzliches Beileid zum Tod Ihres Neffen. Bestimmt ist das alles auch für Sie sehr traumatisch, aber wir müssten trotzdem ein bisschen mehr über Ihr Bauvorhaben erfahren. Offenbar wurde es nicht überall im Ort so positiv aufgenommen.«

Bettina Molitor stöhnte. »Ja, ich weiß. Wohnraum schaffen ohne Waffen. Es ging vor allem um Sozialneid. Sie glauben doch nicht ernsthaft, dass in diese Wohnungen die Kinder und Kindeskinder der Dörfler eingezogen wären. Denen ist eine Etagenwohnung nicht gut genug.«

Das hatte Irmi sich auch schon gedacht. Die jungen Leute auf dem Land bauten lieber in den Gärten der Eltern oder ins Einheimischenmodell – Riesenbuden mit vierhundert Quadratmetern für einen Dreipersonenhaushalt.

»Auch wenn es neugierig wirken mag, Frau Molitor, aber woher haben Sie das Haus?«, fragte Irmi.

»Nun, das habe ich geerbt. Vor zehn Jahren. Von einer meiner Autorinnen. Sie wollte ihrer eigenen Verwandtschaft damit ein Schnippchen schlagen. Und der Gemeinde. Übrigens hat sie mir das Haus mit einer Mieterin vererbt, einer alten Dame, die faktisch auch hundert hätte werden können und von der ich nur die Nebenkosten bekommen habe. Erst nach ihrem Tod im November 2021 habe ich begonnen, an Ferienwohnungen zu denken. Meine Autorin hat mir ein zweites Haus vermacht, und zwar dieses hier, das meine Schwester und Joshua bewohnen.« Sie schluckte schwer.

Sah zur Seite. Und fragte in Richtung Garten: »Wollen Sie noch einen Kaffee?«

»Gerne«, antwortete Irmi, denn das würde Frau Molitor Zeit geben, sich etwas zu fassen.

Als sie zurückkam, war eine Haarsträhne nass. Offenbar hatte sie sich etwas Wasser ins Gesicht gespritzt.

»Sie sagten, Sie haben von einer Ihrer Autorinnen geerbt?«, griff Irmi den Faden wieder auf.

»Ja, ich habe Maria als Literaturagentin vertreten.«

»Ist das normal … also …?«

»Dass mir meine Autoren etwas vererben?« Frau Molitor lächelte melancholisch. »Nein, ich war völlig überrascht. Ich wollte das Erbe fast schon ausschlagen, aber Maria hatte mir geschrieben, dass es ihr Herzenswunsch sei. Dass ich ihr die Tür in eine neue Welt eröffnet hätte. Und sie hat ihre Verwandtschaft gehasst, warum, tut ja nichts zur Sache. Uffing war für sie seit Mädchentagen traumatisch. Sie hat sich emanzipiert und die Fesseln gesprengt, da war es ihr letzter und konsequenter Schritt, anderweitig zu vererben.«

»Gab es denn niemanden, der oder die das Erbe einklagen wollte?«, fragte Irmi.

»Doch, eine Cousine und deren Sohn. Sie haben prozessiert. Und verloren.«

»Sie prozessieren gerne?«, rutschte es Kathi raus.

Frau Molitor zuckte zusammen. »Falls Sie auf meinen Streit mit der Gemeinde anspielen: Was hätten Sie getan? Ich habe ein sinnvolles Konzept vorgelegt. Gäste aus Ferienhäusern nutzen ja auch die lokalen Geschäfte und gehen in der Gegend essen. Wie gesagt, einheimische junge Familien wären da nie eingezogen. Ich hätte als Mieter wahrscheinlich Rentner aus deutschen Ballungsräumen bekommen – und wer weiß, was denen alles nicht gepasst hätte. Da ist das Dorf mit den Urlaubern doch besser dran. Die fahren beizeiten wieder heim!«

Womöglich wären ihre Mietpreisvorstellungen auch zu hoch gewesen für die Einheimischen, dachte Irmi. Aber sie schien immerhin kein Miethai zu sein. Die alte Dame hatte sie quasi umsonst wohnen lassen, und ihre Schwester zahlte wahrscheinlich auch keine sittenwidrig hohe Miete.

»Gut, Ihr Neffe hat also Ihre Baustelle bewacht?«, wechselte Kathi das Thema.

Bettina Molitor nickte. »Als die Arbeiten begannen, wurde zweimal Material gestohlen, und die ausführende Firma hat mich gebeten, für mehr Sicherheit zu sorgen. Deshalb hatte ich Kameras installiert, doch der aufmerksamen Frau Heinrich ist aufgefallen, dass diese Kameras auch einen Teil des Gehwegs mit abdeckten, und sie hat sofort wieder ihre Scharen aufgewiegelt. Ich hatte bei einem Essen mit meiner Schwester und meinem Neffen das ganze Schlamassel erwähnt, und Joshua hat mir spontan angeboten, den Wächter zu geben. Er bekommt dafür auch Geld von mir.«

Kathi sah sie durchdringend an. »Ich frage mich jetzt nur, ob solche Nachtjobs nicht ein bisschen kontraproduktiv sind, wenn man …«

»Wenn man tagsüber arbeitet, studiert, eine Ausbildung macht?«

»Ja, Ihre Schwester deutete an, dass der Junge noch auf der Suche gewesen sei.« So wie Kathi das betonte, klang es hart.

»Wir wissen schon, es ist ein wenig unpassend, Sie gerade jetzt nach Ihrer Meinung über Joshua zu fragen«, schickte Irmi hinterher.

Frau Molitor sah sie aus ihren braunen Augen an. Sie war attraktiv, auf eine etwas herbe Art, und trug ihr Herz nicht auf der Zunge. Wer sich ihr nähern wollte, musste sie wohl knacken. Sie war in dieser Hinsicht ein ähnlicher Typ wie der Hase, schoss es Irmi durch den Kopf.

»Joshua hat ein für mich überraschend gutes Abitur gemacht«, erzählte Frau Molitor. »Sein Schnitt war 2,1, dabei hat er so gut wie nicht gelernt. Er war klug, aber auch ein wütender junger Mann. Petra hat einiges mitgemacht, war bei Ärzten und Psychologen. Solche Kinder nennt man heutzutage verhaltensoriginell. Später hatte er Depressionen, soziale Phobien, eine Weile war wohl auch Gamingsucht ein Thema. Und jetzt wollte er eben nicht einfach eine x-beliebige Ausbildung anfangen oder irgendwas studieren. Nun ja.«

Irmi hatte den Eindruck, dass sie bewusst vorsichtig formulierte.

»Frau Molitor, wir haben die Vermutung gehört, dass Joshua möglicherweise selber Teil einer solchen Baustoff-Diebesbande war«, sagte Irmi. »Ich frag mal ganz frank und frei: Halten Sie das für möglich?«

Frau Molitor sah erneut in den Garten hinaus. »Ja, und so würde auch ein Schuh daraus. Es war seine Idee, auf die Baustelle aufzupassen. Er hat es mir angeboten und war dabei richtig penetrant. Ja, das könnte natürlich sein.« Sie überlegte. »Und Sie glauben nun, er ist in kriminelle Kreise geraten und deshalb zum Opfer geworden?«

»Das ist zunächst einmal nur eine Vermutung. Ihre Schwester allerdings glaubt, sie selbst könnte gemeint gewesen sein«, sagte Kathi.

»Das hat sie mir gegenüber auch geäußert, aber ich versuche, ihr das auszureden. Hoffentlich lässt sie sich erst mal beurlauben und macht eine Therapie. Ich glaube nicht daran, dass einer der Hater so weit gehen würde. Hunde, die bellen, beißen nicht. Das sind impulsgesteuerte Idioten, Egomanen, die schnell ihren Dampf ablassen müssen. Schnell eine Mail an meine Schwester – schon ist die Seele gereinigt. Ich hab ihr immer schon gesagt, dass sie sich das nicht so zu Herzen nehmen darf, sondern drüberstehen muss. Es ist wirklich unglaublich, was diese Eltern ihr so schreiben.«

»Wir können es uns vorstellen«, sagte Irmi. »Ihre Schwester hat uns ein paar dieser Ergüsse gezeigt.«

»Wissen Sie, wir waren mal ein Volk von Dichtern und Denkern. Die Bildung ist im freien Fall. Genau wie die Industrie. Wir waren ganz weit vorn in der Elektronik, wir waren mal führend in der Solartechnik. Alles an China verkauft, inklusive unserer Häfen.«

Sie schwiegen eine Weile, bis Bettina Molitor weitersprach. »Die Eltern halte ich jedenfalls nicht für potenzielle Mörder. Und auch wenn man über Tote nicht schlecht reden soll: Joshua bietet noch ganz andere Angriffsflächen.«

»Inwiefern?«

»Sie sollten sich mal seinen YouTube-Kanal ansehen. Joshua engagiert sich politisch. Sehen Sie, seine Generation redet ja davon, dass sie in der Coronazeit unter einem erdrückenden Einsamkeitsgefühl gelitten habe. Dass diese

Kontaktbeschränkungen vor allem die Jugend getroffen hätten, während die Alten ja ihr Homeoffice gehabt hätten. Ich lasse das mal unkommentiert. Tatsache ist, dass Joshua in Video-Chatrooms jeden Freitag für seine Demoplakatmaler virtuelle Aktionen geplant hat. Der Austausch hat ihm zwar einen gewissen Halt gegeben, doch ihn dürfte diese Zeit stärker getroffen haben. Er war ja ohnehin schon psychisch labil.«

Irmi wartete. Was wollte Frau Molitor damit eigentlich sagen? Offenbar hatte sie ihren Neffen nicht besonders gemocht. Und schon wieder ging es um diesen Generationenkonflikt. Irmi hatte den Eindruck, dass der eine andere Qualität hatte als jener mit ihren eigenen Eltern. Damals war es um Musik und zu kurze Röcke gegangen, natürlich hatte auch ihre Generation gegen Atomkraftwerke und Pershings protestiert, aber es war nicht das menschliche Dasein insgesamt bedroht gewesen – oder zumindest hatte sie das nicht so wahrgenommen. Nun jedoch schickte sich das Klima an, die Erde für Menschen unbewohnbar werden zu lassen, und das war nun mal eine andere Dimension.

»Ja, okay, er engagiert sich. Und dazu ist er auf YouTube?«, fasste Kathi ungeduldig zusammen. Sie schweiften dauernd vom eigentlichen Thema ab.

»Sein Hauptthema auf YouTube lautet: OK Boomer«, sagte Frau Molitor.

»What?«, fragte Kathi.

»*OK Boomer* ist ab 2019 zum Internetphänomen aufgestiegen. Die Jugend, diese Generation Z, knallt den Babyboomern vor den Latz, dass sie auf ganzer Linie versagt hätten und dass die Jugend keinerlei Verpflichtung habe, für die Alten zu zahlen.« Sie stutzte kurz. »Nun, das habe ich vielleicht etwas arg zugespitzt formuliert.«

»Und darüber hat Joshua auf YouTube gebloggt, oder was?«, fragte Kathi.

»Ja, aber das ist noch nicht alles. Er hat sich mit seinem Vater gebattelt.«

»Wie?«

»Sie haben Streitgespräche geführt. Polemisch und scharfzüngig – und die Follower stimmen ab, wer die besseren Argumente hat. Einfach nur mit Daddy zu diskutieren, ist doch langweilig und Old School. Man braucht Follower und Claqueure.«

»Ich wollte Ihre Schwester sowieso nach Joshuas Vater fragen«, warf Irmi ein. »Bisher war ihr Zustand jedoch so, dass es mir unpassend erschien.«

»Fränki ist ein seltenes Arschloch«, erklärte Frau Molitor. Das war deutlich.

»Fränki – und wie weiter?«, hakte Kathi nach.

»Weiss mit Nachnamen. Sie kennen ihn vermutlich eher unter seinem Pseudonym F.T.A. White.«

»Nö«, sagte Kathi.

»Seien Sie froh, das spricht für Ihren Literaturgeschmack.«

Kathi grinste. »Um ehrlich zu sein, hab ich gar keinen.« Das war Kathi: ehrlich und offen. Sie hatte auch gegenüber einer Literaturagentin kein Problem damit, sich als Nichtleserin zu enttarnen.

»Besser als Vampire, Schattierungen von Grau und diese ganzen Young-Adult-Ergüsse«, meinte Bettina Molitor lächelnd.

Aber bei Irmi läutete es. »Das ist jetzt aber nicht der Autor dieses Boomer-Romans?«

»Touché! Vielleicht kennen Sie auch sein Buch über Ballerspiele, das er vor vielen Jahren geschrieben hat. Das war auch ein ziemlicher Erfolg.«

»Ach, natürlich, jetzt erinnere ich mich!«

»Aufklärung bitte«, sagte Kathi.

»Luise liest gerade einen Roman von ihm, der offenbar ein Megaseller ist«, erklärte Irmi. »Darin geht es um die Generation der Babyboomer und um assistierten Suizid. Ich hab auch reingelesen, mir war aber nicht bewusst, dass F. T. A. White auch der Autor von diesem Sachbuch ist, in dem er behauptet, Ballerspiele seien gar nicht schädlich für die Kids. Das wurde doch damals auch in Polizeikreisen heiß diskutiert.«

»Richtig!«, rief Kathi. »Jetzt weiß ich es wieder. Was für ein Pfosten!«

»Stimmt«, sagte Bettina Molitor. »Frank Thomas Anton Weiss schreibt unter dem Pseudonym F. T. A. White. Allein diese Frechheit mit der Abkürzung F. T. A. – als wolle er auf E. T. A. Hoffmann anspielen.«

»Ich bin, wie gesagt, literarisch wenig beschlagen. Aber hat er denn mit E. T. A. etwas gemein?«, fragte Kathi.

»Beides Juristen, beide zweifellos scharfe Beobachter. Des Dichters Schwert ist das Wort, der Gesang, hat Hoffmann mal geschrieben. Das hat sich Frank auch auf die Fahnen geschrieben.«

»War E. T. A. Hoffmann nicht ein Vertreter der fantastischen Literatur?«, fragte Irmi und erntete von Kathi einen bewundernden Blick.

»Genau. Er war fasziniert von Geheimbünden und Schauergeschichten. Goethe hasste ihn, die meisten Zeitgenossen konnten wenig mit seinem Werk anfangen. Die Rezeption im Ausland jedoch war ganz anders. Poe, Balzac und Gogol schätzten ihn sehr und ließen sich von ihm inspirieren«, erklärte Frau Molitor.

»Und das Buch jetzt, ist das auch eine Schauergeschichte?«, fragte Kathi.

»Es ist zwar Science-Fiction, ich würde aber durchaus Schauergeschichte dazu sagen«, meinte Bettina Molitor. »Wie finden Sie das Buch denn, Frau Mangold?«

»Ich habe wirklich nur kurz reingelesen. Luise, meine Bekannte, nennt den Autor ruchlos.«

Bettina Molitor sah überrascht auf. »Gut! Das beschreibt ihn gut. F.T.A. ist ruchlos, das war er schon immer.«

»Seit wann sind sie denn getrennt, Ihre Schwester und er?«, wollte Irmi wissen.

»Fränki ist gegangen, als Joshua zehn war. Der Junge war vorher schon ein schwieriges Kind, doch nachdem der Vater weg war, hat sich das potenziert.«

»Hatte er denn Kontakt zum Vater?«, fragte Kathi.

»Lange Jahre nicht. Petra hat ihren Mädchennamen wieder angenommen, und Joshua wollte auch nicht mehr Weiss heißen. Er wollte rein gar nichts mit ihm zu tun haben, hat dann aber mit etwa siebzehn Jahren den Kontakt wieder aufgenommen. Fränki hat ihn immer mal über ein verlängertes Wochenende eingeladen. Die beiden waren eine explosive Mischung.«

Irmi und Kathi schwiegen.

»Meine Schwester ist ein sehr geradliniger Mensch«,

fuhr Frau Molitor fort. »Aber keine Frau mit hochfliegenden Plänen. Sie war immer zufrieden mit ihrem Lehrerinnendasein.«

»Sie etwa nicht?«, fragte Kathi scharf.

»Darum geht es ja nicht. Ich meine nur, dass sie und Fränki nicht zusammengepasst haben.«

»Sie haben aber geheiratet?«

»Wegen des Kindes. Fränki vögelt nämlich alles, was nicht bei drei auf den Bäumen ist. Meine Schwester hat ihn dennoch lange bewundert, ja, die Schuld für die Trennung bei sich gesucht.«

»Hat er es auch bei Ihnen probiert?«, erkundigte sich Kathi.

»Und wenn er der letzte Mann auf Erden wäre – ich würde Abstand nehmen. Ich war glücklich verheiratet, bis mein Mann vor einigen Jahren tödlich verunglückt ist. In der Sahara.«

»Tut mir leid«, sagte Irmi. »Wissen Sie mehr über den Trennungsgrund der beiden?«

»Genau genommen war Fränki schon abwesend, bevor er Petra verlassen hat. Körperlich und emotional. Als sie zusammenkamen, haben sich viele gewundert, warum der schöne Fränki sich gerade für Petra entschieden hat. Meine Schwester war hübsch, aber nie sonderlich gestylt, keine Tussi, keine Sexgöttin. Aber genau so eine Frau brauchte er: eine, die er dominieren konnte, die auf keinen Fall besser oder schöner war als er. Er hat es ausgenutzt, dass sie ihm das Trittbrett gehalten hat.«

»Auch das zur Autorenkarriere? Wann hat er angefangen zu schreiben?«

»Er hat mit seiner Anwaltskanzlei einen Polizisten verteidigt, der mit Drogen aus der Asservatenkammer gedealt hatte. Anschließend hat Fränki ein Buch darüber geschrieben, das ein voller Erfolg wurde. Er hat sich das Pseudonym F.T.A. White zugelegt. Während er als Autor immer erfolgreicher war, wurde er im Privatleben immer egoistischer.«

»Sie sind vom Fach«, meinte Irmi. »Schreibt er denn gut?«

»Ja, er ist wortstark und polemisch.«

»Dann sollten Sie ihn als Autor betreuen, er bringt doch sicher Geld ein«, meinte Kathi.

»Er hat tatsächlich bei mir angefragt. Ich habe abgelehnt«, sagte Frau Molitor kühl. »Er ist nun bei einem anderen Literaturagenten, der all die Autoren und Autorinnen vertritt, die prominent sind, gnadenlose Selbstdarsteller oder im Idealfall beides. Er handelt Fantasiehonorare für sie aus, aber das alles ist nicht mein Ding.«

Irmi nahm den Faden wieder auf. »Und Joshua hat sich also öffentliche Battles mit seinem Vater geliefert?«

»Ja, er hat in seinem Kanal immer neue Folgen publiziert. Fragen Sie mich nicht nach der Menge der Follower, aber es sind viele. Die Community diskutiert mit, das sind echte Grabenkämpfe zwischen den Fans von F.T.A. und denen von Joshua. Und die beiden Seiten schenken sich nichts.«

»Aber inwieweit sehen Sie da ein Mordmotiv?«, fragte Kathi.

»Die Diskussion bewegte sich oft weit unter der Gürtellinie. Da wird auch offen gedroht. Sie sollten sich das auf jeden Fall mal ansehen«, sagte Bettina Molitor.

»Danke für den Tipp. Sind Sie noch länger hier, falls wir noch Fragen hätten?«, fragte Irmi.

»Ich stehe zu Ihrer Verfügung. Bestimmt bleibe ich noch ein paar Tage bei meiner Schwester. Ich habe keine Ahnung, wie ich Petra helfen kann. Immer dieser Schmerz wegen Joshua.«

Irmi und Kathi verabschiedeten sich.

»Sie scheint ihre Schwester wirklich zu lieben und den Neffen eher zu verachten«, sagte Kathi, als sie wieder im Auto saßen. »Ich meine, er ist tot. Was ist das für ein Satz? Immer dieser Schmerz wegen Joshua.«

»Auch wenn der Junge immer schon schwierig war – der Abschied jetzt ist leider endgültig. Der äußerste Schmerz«, sagte Irmi nachdenklich.

»Wenn man tiefer in die Familien blickt, schaut es überall zappenduster aus«, meinte Kathi. »Wir sollten uns in jedem Fall dieses Battle mal ansehen. Ich kann mir das nicht so recht vorstellen.«

»Fahren wir ins Büro.«

Als sie dort ankamen, war Andrea mal wieder in den PC vertieft. Sie sah auf. »Ihr kommt gerade recht. Ich hab einiges zu Joshua gefunden. Er ist im Internet sehr präsent, ähm, er …«

»Er führt Battles mit seinem Vater. F.T.A. White«, ergänzte Kathi.

»Ach, das wisst ihr?«

»Ja, von seiner Tante. Hast du reingeschaut?«, fragte Irmi.

»Ja, und das ist echt heftig.«

»Die Schwester meinte, die beiden schenken sich nichts«, sagte Kathi.

»Das stimmt«, meinte Andrea. »Joshua ist in erster Linie auf YouTube zu sehen, der Vater ist eher in Talkshows unterwegs, bei *Lanz*, in Morgenmagazinen, auch in der *Kulturzeit*. Ein Lieblingsgast, wie es scheint. Ich hab in ein paar Mediatheken reingeschaut. Er ist … hm … wie sag ich das … sehr mitreißend, er kann gut reden. Irgendwas strahlt er aus.«

»Mich würde interessieren, wie der Typ aussieht«, sagte Kathi und begann, auf Andreas Tastatur herumzutippen. »Aha, geboren 1967 in Freising. Für so einen alten Sack sieht er gar nicht schlecht aus. Hier ist der Eintrag auf der Seite seiner Literaturagentur.«

Irmi konnte ihm eine gewisse Attraktivität nicht absprechen. Aber das Autorenfoto konnte natürlich auch ein bisschen geschönt sein.

»Wollt ihr mal eine Passage vom Battle sehen?«, fragte Andrea.

Sie startete ein Video. Joshua schien es in seinem Zimmer aufgenommen zu haben. Da er im Dunkeln stand, während es draußen auf der Terrasse sonnenhell war, sah er aus, als wäre er von einem Heiligenschein umgeben. Seine Stimme war eindringlich und klang älter, als er zum Zeitpunkt der Aufnahme gewesen sein musste. Als Nickname hatte er *Jo S Huah* gewählt.

Meine Generation hat am meisten unter den Corona-Kontaktbeschränkungen gelitten. Wir haben sie eingehalten. Aber unser Kontaktraum ist nun mal auch die Schule, und die war geschlossen. Wir haben vergessen, welcher Wochentag gerade war, weil wir jeden Lebensrhythmus verloren haben. Wir haben in unseren Kinderzimmern gesessen. In traumatischer Einsam-

keit. Diese Restriktionen haben wir eingehalten, weil wir die vulnerablen Alten schützen wollten! Aber dieses Land schützt die Alten doch nur, weil sie die größte Wählerschaft stellen! Wir zählen nicht, weil wir kein Wahlvolk sind. Wir dürfen ja erst ab achtzehn wählen! Aber debile Alte schon, auch wenn die Pflegerin das Kreuz macht. Natürlich bei den Schwarzen und Braunen.

Es ging weiter mit der Reaktion seines Vaters. F.T.A. White hatte sich von woanders zugeschaltet und einen See in Gebirgslandschaft als Hintergrund gewählt. Er war schlank, trug ein Poloshirt und eine Leinenhose. Seine Gestik war wohldosiert, als er sagte:

Ihr wisst doch nichts von Einsamkeit. Ihr seid 24/7 online. Ihr hättet chatten und zoomen können, ja, ihr könntet sogar telefonieren, aber dazu seid ihr zu faul! Was heißt schon Einsamkeit aushalten – ihr Dauerbespaßten? Wir haben in den Achtzigern studiert und besaßen kein Handy. In unseren WGs hatten wir nicht mal ein Festnetztelefon. Zu teuer. Wir mussten zur nächsten Telefonzelle gehen, auch im Winter, wenn der Wind zwischen die Häuserreihen fegte. Und wenn man Pech hatte, musste man stundenlang in der Kälte warten, weil der Typ vor einem ewig mit Istanbul oder Antalya telefoniert hat. Das war Einsamkeit! Die Boomer sind mit dem Rucksack verreist und konnten oft wochenlang keinen Kontakt mit irgendwem aufnehmen. Keine funktionierenden Telefone in Südamerika, kein Telegrafenamt in China. Die Boomer haben gelernt, sich selbst auszuhalten. Also verschone mich mit deinem Gerede von Einsamkeit!

Andrea drückte auf die Pause-Taste. »Das geht noch ewig so weiter«, sagte sie.

»Okay«, meinte Kathi gedehnt. »Das Soferl hat auch beklagt, dass man sich im Studium nicht treffen konnte.«

»Aber die sind doch wirklich alle primär online unterwegs«, sagte Irmi. »Hat dieser F.T.A. nicht irgendwie recht?«

»Ich glaube nicht«, meinte Andrea. »Natürlich kannst du online den Kontakt zu Leuten halten, die du schon kennst. Aber versuch mal, gerade zu Beginn deines Studiums neue Freunde zu finden, wenn die ganz normalen Begegnungsorte fehlen. Außerdem kannst du das nicht vergleichen. Ihr seid ohne Telefon aufgewachsen und wart es nicht anders gewohnt. Die gesamte Kommunikation lief anders. Der Vergleich hinkt.«

Irmi sah Andrea an. »Na ja, ohne Telefon stimmt auch nicht. Wir hatten eins, aber das stand im eiskalten Hausgang. Das Telefon hing an einer Schnur, die leider nicht ins Jugendzimmer reichte, der Vater maulte ständig herum, warum man stundenlang telefonieren müsse, wenn man sich doch gerade eben noch in der Schule getroffen habe. Bei uns gab es sogar ein Schloss für die Wählscheibe. Aber zurück zu unserem Fall: Wie sind denn die Reaktionen der Follower?«

»Teilweise richtig krass«, meinte Andrea und scrollte nach unten.

> ***@ballerman.*** *Ne Portion Mitleid für Daddy. Gut wäre, wenn du damals in der Kälte vor der Zelle verreckt wärst.*

> ***@alfithecrack.*** *Fick dich, F.T.A., wen interessiert deine Jugend, du privilegiertes asshole.*

@lauramausi. *Ich hätte mein Abi fast nicht geschafft. Obwohl ich vor Corona voll gut war. Denk mal mit, F.T.A.!*

@bomber. *Ihr seid faul und fordernd! So einen wie dich hätten sie damals ins Lager gesteckt, Jo S Huah, pass gut auf!*

@laemi. *Ihr seid alles Idioten. Hört ihr euch eigentlich zu?*

@ballerman. @bomber, *der adi hätte so einen wie dich weggeholt*

»Was für ein Abschaum!«, rief Kathi entsetzt.

Das ging so weiter – viel Sprachmüll, wenig differenzierte Kommentare.

»Unglaublich, dass die Leute sich für so etwas Zeit nehmen«, bemerkte Irmi.

»Na ja, viel Zeit nehmen die sich ja nicht, das ist ja das Problem«, entgegnete Kathi.

»Man hat aber schon den Eindruck, dass, ähm, dass Joshua mehr Anhänger hatte als sein Vater«, meinte Andrea.

»Was daran liegen könnte, dass seine Generation im Internet präsenter ist«, mutmaßte Kathi.

»Ich denke, wir machen Schluss für heute«, schlug Irmi vor. »War ein bisschen viel an Fäden. Morgen geht es dann ans Entwirren.«

Während Irmi heimfuhr, erinnerte sie sich an ihre eigene Jugend. Sie war 1958 geboren und wurde Irmgard getauft, nach der Oma. Erst etwas später waren all die Sabinen, Susannen, Petras und Ulrikes gekommen, die Thomasse und die Stefans. In ihrer Grundschulklasse hatten knapp vierzig Kinder gesessen, immer wurden Tische hineingequetscht und Stühle geholt. Außer ihr hatte es noch eine Irmgard gegeben, was den Vorteil gehabt hatte, dass man eine Chance von fünfzig Prozent gehabt hatte, nicht ausgefragt zu werden. Niemand hieß damals Shakira Maria oder Finn Alexander.

Jeder hatte Geschwister gehabt, sie den kleinen Bruder Bernhard, der an Weihnachten als Erster Geschenke auspacken durfte. Außerdem war er der Junge. Irmi hatte nie das Gefühl gehabt, dass irgendetwas auf der Welt exklusiv für sie da war. Und das war womöglich der große Vorteil gewesen – Überfluss hatte es nicht gegeben, und rote Rosen hatte es für sie nie geregnet. Als der Vater einen Ford Taunus gekauft hatte, war das ein Ereignis gewesen, das man mit der Kamera festgehalten hatte. Die Bilder wurden dann bei Photo Porst entwickelt.

Der Fernseher war bei ihnen noch lange schwarz-weiß gewesen, sie hatte ab und zu *Bonanza* schauen dürfen und *Daktari* – natürlich nur, wenn der Vater nicht die *Sportschau* hatte sehen wollen. Irmi hatte *Pan Tau* geliebt, diesen eleganten Außerirdischen, der auf seinen Hutdeckel tippte und dann an der Krempe entlangstrich – und so zaubern konnte. Pan Tau sprach nicht, und Irmi hatte sich von ihm trotzdem immer verstanden gefühlt.

Doch auch die Realität hatte sie auf diesem Weg erreicht:

Noch immer hatte sie die Fernsehberichte von der Entführung der *Landshut* im Kopf, damals hatte sie den Namen Mogadischu zum ersten Mal gehört. In einer Welt mit drei Programmen waren das kollektive Erlebnisse einer ganzen Nation gewesen. Sie erinnerte sich an die Schleyer-Entführung und die Befreiung der *Landshut*, an die GSG 9 und die Selbstmorde der RAF-Mitglieder. Damals hatten überall die Fahndungsfotos der RAF-Mitglieder gehangen, in der Stadtbücherei, am Bahnhof und in jeder Postfiliale. War das der Zeitpunkt gewesen, als sie beschlossen hatte, Polizistin zu werden?

Als sie daheim in die Küche trat, sprang ihr Raffi erst mal in die Kniekehle. Zum Glück war Fridtjof da, dem sie wie ein Klappmesser in die Arme fiel.

»Hoppala, darf ich das als stürmische Begrüßung werten?«, fragte er lachend.

»Bestimmt, dein Anblick zieht mir die Füße weg. Der Geruch der Knoblauchsuppe aber auch.«

»Die reduziert noch etwas«, erklärte er.

Luise saß am Küchentisch und schnitt gerade ein Baguette auf. »Hi, Irmi, magst du ein Bier?«

»Gerne.« Irmi sank auf einen Küchenstuhl.

»Du siehst ein bisschen angespannt aus«, bemerkte Luise.

»Glaub ich gern. Dieses Babyboomer-Thema schafft mich. Erst in deinem Buch und jetzt beruflich. Und ich ertappe mich schon dabei, dass ich Andrea gegenüber die Position der Alten einnehme. Das geht so weit, dass ich allen Ernstes das Wählscheibentelefon im Gang ins Feld führe und die Tatsache, dass wir es auch nicht so leicht hatten.«

Der Hase lächelte. »Stimmt ja auch. Wenn du Anfang

der Achtzigerjahre Abitur gemacht hast und studieren wolltest, was bekamst du zu hören? Akademikerschwemme, einen Job findet ihr nie. Wer sich für Germanistik, Kunstgeschichte oder ein anderes nutzloses Fach eingeschrieben hatte, wurde arbeitslos. Hat aber keine und keinen interessiert.«

»Na ja, aber du hast ja immerhin etwas Sinnvolles studiert!«, sagte Luise.

»Stimmt, aber zusammen mit Hundertschaften von anderen Kommilitonen«, wandte der Hase ein. »Das Audimax quoll über, und Vorlesungen wurden per Video in Nachbarräume übertragen. Es war nicht alles so einfach oder rosig, wie es den Generationen nach uns erscheinen mag. Der Kalte Krieg war ziemlich real, Ende der Siebzigerjahre hätte es jederzeit krachen können. Und es herrschte Krieg, auch im Inneren. Der Linksterror war sehr real. Unser großer Vorteil war wohl nur, dass es diese Informationsflut nicht gab, die dir heute auf allen Kanälen ins Hirn und ins Herz dringt. Letztlich trudelte auch ich durch die Seminare und Vorlesungen, lag im Englischen Garten und war nur kurz beunruhigt.«

Luise grinste. »Tja, wir waren eben die sorglosen Söhne und Töchter der Eltern, die den Krieg überstanden hatten. Sie bauten Deutschland wieder auf, erarbeiteten sich einen bescheidenen Wohlstand und fuhren mit ihren Kindern zum ersten Mal über die Alpen nach Italien. Wir hockten in einem Käfer, meine Eltern rauchten wie die Schlote, und mir war dauerschlecht. Vom Qualm und den Kurven. Aber an der Adria gab es einen Eisbecher, ich bestellte immer Schoko und Orange – und ich bekam sogar mal eine Cola.«

»Die gab's bei uns nie«, sagte Irmi. Und Urlaub hatte es auch keinen gegeben in ihrer Familie. Wer einen Bauernhof bewirtschaftete, konnte sich höchstens mal einen Tagesausflug leisten. Aber auch die waren rar gewesen.

Luise raspelte frischen Meerrettich. »Es gibt die Suppe als Entree und dann Tafelspitz vom Weideochsen mit Sommergemüse«, verkündete sie.

»Ihr seid die Besten«, sagte Irmi lächelnd.

Fridtjof blickte sie besorgt an. »Du siehst wirklich müde aus. Neues von Joshua?«

»Na ja, von ihm und neuerdings auch von seinem Vater.« Irmi berichtete von ihrem Gespräch mit Frau Molitor.

»Also ist F.T.A. White der Vater des Opfers? Das ist ja …« Luise war sprachlos.

»Eine merkwürdige Koinzidenz«, sagte der Hase. »Ich muss das Buch wohl doch mal lesen. Jeder scheint es zu kennen. F.T.A. White klingt ein bisschen wie E.T.A. Hoffmann. Beabsichtigt?«

Klar, dass Fridtjof so etwas sofort auffiel. »Frau Molitor meint, das sei durchaus beabsichtigt«, sagte sie.

»Nun, das macht ihn noch spezieller. Nicht jeder mag E.T.A. Hoffmann, ich persönlich schätze ihn ja. Übrigens mochte er Katzen mit ihrer wunderbaren Gabe, durch das einzige Wörtchen ›Miau‹ Freude, Schmerz, Wonne und Entzücken, Angst und Verzweiflung, kurz alle Empfindungen und Leidenschaften auszudrücken‹«, zitierte der Hase aus dem Gedächtnis. »Ich mag seine Wortwahl. *Das Fräulein von Scuderi* muss ich auch mal wieder lesen.«

»War das nicht mal Schullektüre?«, erinnerte sich Irmi. »Das war damals schon eine Zumutung.«

»Meine Liebe!« Der Hase gab sich theatralisch. »Das war die erste Kriminalerzählung. Irmi, das ist dein Genre! Und Worte wie Oheim, Häscher, Supplik oder Eidam kennst du doch noch.«

Irmi grinste. »Ja, und drum geh ich schnell auf den Abort.«

Als sie zurück war, stand das Essen auf dem Tisch. Es gab einen Welschriesling dazu. Irmi probierte: Die Suppe war gar nicht so knoblauchig, sondern nur cremig. Das Fleisch war butterzart, das Gemüse auf den Punkt gegart. Die beiden waren wirklich Kochgötter.

Sie plauderten ein wenig über dies und das, Luise berichtete von einem Fuchs, der frech durch den Garten spaziert war. Der Hase räumte schließlich ab und kehrte mit drei Grappe wieder. Sie stießen an.

»Noch mal wegen E.T.A. Hoffmann – der F.T.A. schreibt auch lange Sätze. Oftmals wirklich anstrengend«, kam Luise aufs Thema zurück.

»Im Gegensatz dazu haut er aber auch ganz kurze raus, und zwar in einem Battle mit seinem Sohn«, meinte Irmi. »Der ja nun tot ist. Ein Battle, in dem er die Ängste des Sohnes als Lamento abtut, als Beispiel für übertriebene Wokeness.«

Luise sah ratlos aus. »Was für ein Battle?«

»Ein Video-Battle, das man sich auf YouTube anschauen kann. Kathi, Andrea und ich haben vorhin schon kurz darüber diskutiert. Und mich hat es irritiert, weil ich in vielen Punkten spontan eher F.T.A. recht gegeben hätte. Andrea aber nicht. Sie war auf Joshuas Seite. Bin ich doch schon so alt? Schaut euch mal ein paar Sequenzen an, was denkt ihr darüber?«

Der Hase hatte sein Smartphone herausgeholt und tippte eine Weile herum. Dann hielt er sein Telefon so, dass auch Luise und Irmi etwas sehen konnten. Vor ihnen erschien Joshua auf dem Display und verkündete:

Ich kacke auf die von euch geforderte Leistungsbereitschaft, wenn sie nur den Status quo erhält. Denn von dem werdet vor allem ihr profitieren. Mit euren Renten, in den Heimen, wo euch Pfleger aus Osteuropa, Afrika und Asien den Arsch abwischen und auf keinen Fall an Ostern oder Weihnachten nach Hause dürfen. Weil ihr auch an Feiertagen kackt und weil sie sich den Flug gar nicht leisten können. Ihr habt so hart gearbeitet? Ha, ha! Ihr habt den Kapitalismus groß gemacht und das Klima ruiniert. Ich lass mir doch mein Fleisch nicht nehmen – das ist eure Devise. Millennials, die Gen Z und all diejenigen, die danach kommen, müssen ausbaden, was ihr aus Gier, Kurzsichtigkeit und Ignoranz verschuldet habt. Nach euch die Sintflut? So what und wofür? Wir weigern uns, schlechte Arbeitsbedingungen hinzunehmen, wir wagen es, auch mal bezahlte Überstunden zu fordern. Wir suchen nach neuen Arbeitsmodellen, aber dann gelten wir sofort als Leistungsverweigerer. Diese ganzen Ausbeuterkonzerne sind doch nur durch eure Gesetze so erfolgreich, die wir sicher nicht zu verantworten haben, da waren wir nämlich noch gar nicht geboren!

Sein Vater konterte empört:

Ihr kotzt mich an mit eurer Work-Life-Balance! Insbesondere wenn ihr noch nie gearbeitet habt und gar nicht wisst, wovon ihr redet! Euer Leben besteht doch nur aus Chillen. Und wenn ihr ausnahmsweise mal ranmüsst, brecht ihr nach fünf oder sechs Stunden zusammen und geht lieber zum Yoga. Ihr seid unerträglich selbstgerecht und null kritikfähig. Ich halte euch zugute, dass ihr ein Produkt der deutschen föderalen Bildungskatastrophe seid. Aber wir Boomer müssen uns unentwegt für unsere Untaten entschuldigen, die darin bestehen, dafür gesorgt zu haben, dass ihr in Saus und Braus aufwachsen konntet. Ihr wollt nur noch zwei Tage die Woche arbeiten? Prima! Die Handwerksberufe werden allemal aussterben. Die sind ja nicht cool! Das Brot können dann ja die arbeitslosen Soziologen und Politologen backen. Und der Strom kommt ohnehin aus der Steckdose. Aber ein industriefreies Land bei Kerzenschein hat ja auch was Gemütliches, oder? Da kann man dann schön chillen und sich in seiner überragenden moralischen Überlegenheit sonnen.

Dann erschien wieder Joshua auf dem Display.

Sieh dir doch die Zahlen an! Die Gen Z hat im Vergleich zu euch Boomern erwiesenermaßen niedrigere Gehälter und kaum mehr längerfristige Verträge. Millennials haben über vierzig Prozent weniger Vermögen als ihre Eltern. Wir leben viel länger zur Miete, ein Haus kann sich heute keiner mehr leisten. Selbst eine Dreizimmerwohnung kostet in Berlin eine Million, von München ganz zu schweigen.

F.T.A. war zu sehen und rief:

Du Träumer! Nur die obersten zehn Prozent der Boomer haben ihren Reichtum vermehrt, während alle anderen immer ärmer wurden. Menschen, die ihr ganzes Leben gearbeitet haben, ohne eure so lyrisch besungene Work-Life-Balance, gehen zur Tafel, weil ihre Rente nicht ausreicht, und beziehen Bürgergeld. Du forderst Wohneigentum? Ihr seid doch gegen die Flächenversiegelung, wollt neue Wohnkonzepte, kollektiv und ökologisch. Und du kommst mir mit Eigentum? Dafür muss man arbeiten! Die Rechnung ist ganz einfach: Mehr Arbeit, mehr Geld. Weniger Arbeit, nix Häuslebauen.

Joshua erwiderte genervt:

Dann hock dich doch in deinen SUV, hol dir Halsgrat für deinen Weber-Grill, buch eine Kreuzfahrt, und sonn dich im Glauben, dass du deinen Teil beigetragen und dir eine gute Zeit verdient hast. Aber Alter, wir werden nicht für euch zahlen. Ihr habt vierzig Jahre im Vakuum gelebt, scheißegal! Und jetzt, wo die Ressourcen knapp werden, habt ihr ja nicht mehr lange. Für euch wird's schon noch reichen? Seid euch nicht zu sicher! Wir werden weiter auf die Straße gehen, denn eins haben wir euch voraus: Wir tun was! Ihr dagegen seid so unpolitisch wie ein Faschingskrapfen. Ihr macht auf beleidigte Leberwurst. Wir sollen euch dankbar sein. Ja, wofür denn? Dass ihr uns die Klimakrise überlasst und den Kapitalismus? Es braucht Enteignung, bedingungsloses Grundeinkommen und faire Erbschaftssteuern.

Sein Vater antwortete mit einem provokanten Grinsen:

Ach nee? Du willst im eigenen Haus leben wie ein Scheißboomer? Warum wollt ihr dasselbe wie wir? Und kein WG-Zimmer oder Tiny House? Ich soll dir was vererben – warum? Ich habe doch deine Zukunft zerstört. Für die deine Kleberfreunde nach Bali fliegen. Als Privatleute, nicht als Aktivisten. Wenn hier einer kotzt, dann ich. Ihr demaskiert euch doch ganz allein. Das ist so, als wenn ich für den Veganismus in Deutschland kämpfen und privat beim Metzger einkaufen würde. Aufwachen, ist da noch jemand zu Hause in deinem Hirn?

Joshua wirkte bei seiner Antwort fast ein bisschen resigniert:

Egal, was wir tun – wir sind zu wenige. Ihr habt immer noch die Übermacht. Bei der letzten Bundestagswahl waren über ein Drittel der Wählerinnen und Wähler über sechzig, aber nur

3,6 Prozent unter einundzwanzig. Ihr wollt nicht, dass wir ab sechzehn wählen dürfen, warum wohl?

Nun echauffierte sich Joshuas Vater:

Jetzt kotz ich wirklich! Woher kommt das denn mit dem Wahlrecht ab sechzehn? Aus den Schulen! Die Lehrer sind alle froschgrün. Sie infiltrieren euch mit ihren Ideologien. Das liegt doch nur daran, dass den Grünen die Düse geht. Und allen voran Habeck, dem kinderbuchschreibenden Philosophen! Nur wenn die unter achtzehn wählen, sehen die Grünen noch Licht. Bei den Wählern über achtzehn wird es schon schwärzer. Oder gelber, denn fünfzig Prozent der Erstwähler haben die FDP gewählt. Weil die auch Auto fahren wollen und fliegen. Ihr wollt mit sechzehn wählen? Lernt erst mal deutsche Geschichte. Bestimmt hast du das Quiz von MrWissen2Go gesehen. Philipp Amthor windet sich wie ein Aal und textet den Zuschauer zu, doch auch das verbirgt sein Unwissen nicht. Die Krönung ist aber die Abgeordnete der Grünen, Emilia Fester, die leider nicht wusste, wer 1871 zum ersten deutschen Reichskanzler ernannt wurde. Auch der Hinweis, ein Hering sei nach ihm benannt, half dem Schätzelchen nicht. Gut, das Ereignis ist ja auch sooo lange her. Sie fand das »witzig, okay«. Sie findet was witzig? Bismarck oder ihre Blödheit? Mal ganz abgesehen von der unsäglichen grünen Genderdebatte. Kürzlich habe ich gelesen, dass wir jetzt sogar Gerichte gendern müssen. Ein »Gentleman's Cut« beim Steak und ein »Herrengedeck« würden irgendwelche Stereotype nähren. Leute, ist das euer Ernst? Ich musste kürzlich googeln, was Cis-Personen eigentlich sind, und habe dabei gelernt, das sind Menschen, die sich mit dem »zugewiesenen« Geschlecht identifizieren. Mir hat niemand ein Geschlecht zugewiesen! Ich war nie ein Mädchen und wollte auch keins sein!

Jetzt war Joshua wütend:

Das ist billig! Und reißerisch! Wen willst du damit abholen? Kennst du Transmenschen? Du glaubst, das sei ein peripheres Problem, ist es aber nicht. Menschsein ist vielfältig, es gibt halt nicht nur Cis-Menschen. Und ein paar Zahlen nicht zu kennen bedeutet, die Geschichte der deutschen Demokratie nicht zu kennen? Welche Demokratie überhaupt? Typen wie du haben die AfD doch erst möglich gemacht. Dein Lebensstil, dein Geprotze und deine ach so intellektuelle Überlegenheit – so etwas treibt Menschen, leider auch junge Menschen, in die Fänge der AfD. Weil sie Angst haben wegen fehlender beruflicher und sozialer Perspektiven.

Jetzt wirkte sein Vater auf einmal sehr unentspannt:

Es sind die Grünen, die der AfD die Leute zutreiben! Dieses Gendern, eure Lastenfahrräder, das windige Windfähnchen, das die Ampel ist, das treibt die Menschen zur AfD! Du Molch, auf dem Niveau diskutiere ich nicht weiter. Over and out, dream on …

»Puh«, sagte Luise. »Souverän ist der F.T.A. ja nicht gerade. In vielen Punkten muss ich dem Joshua recht geben. Wir Boomer haben's doch verschissen. Was die Energie betrifft, waren wir lange Zeit gar nicht so von Russland abhängig wie jetzt. Wir haben Öl und Gas aus verschiedenen Ländern bezogen. Aber dann sollte es billig sein, unschlagbar billig. Dafür wird man in Deutschland nämlich gewählt, wenn man's billig macht. Die Hauptsache in Deutschland ist, dass etwas nix kostet und ein Schnäppchen ist. Das ist urdeutsch! Das deutsche Absurditätenkabinett.«

Sie schweigen eine Weile.

»Ich muss aber doch eine Lanze für Weiss brechen, weil ...«, hob Irmi an.

»Bist du etwa im Team F.T.A.?«, unterbrach Luise sie lächelnd.

»Nein, aber ich sehe auch ein Problem, wenn man die Arbeit nicht mehr aus Leidenschaft macht. Das Gerede von der Work-Life-Balance klingt doch so, als wäre allein die Freizeit lebenswert, während die Arbeit nur dem Gelderwerb dient. Du musst doch eine Passion für das haben, was du so viele Stunden deines Leben tust. Ohne Leidenschaft für die Arbeit hätten wir doch nicht die Erfinder, die Künstler, die kleinen Mittelständler, die alle viel mehr als achtunddreißig Stunden in der Woche arbeiten. Wir doch auch. In meinem Fall allemal, natürlich denke ich im Auto über einen Fall nach und nehme ihn mit nach Hause. Vieles verschwimmt und vermischt sich, und ich empfinde das nicht als Belastung. Und da stellen sich junge Leute hin, die nur noch drei Tage arbeiten wollen, endlos in Elternzeit bleiben und niemals vom Chef privat angerufen werden wollen. Unsere Wirtschaft geht vor die Hunde, wenn du alles nur in Geldwert aufrechnest.«

»Ich glaube gar nicht, dass die nicht arbeiten wollen«, meinte Luise nachdenklich. »Nur anders, nämlich ohne Zeit im Büro abzusitzen. Lieber drei Tage effizient. Man muss ihnen mit neuen Arbeitszeitmodellen entgegenkommen, mit Homeoffice.«

Der Hase lächelte. »Ich habe eine TV-Diskussion gesehen. Da hat sich der Inhaber einer Eisfabrik geäußert, der es sich schwer vorstellen konnte, einem Mitarbeiter seine tonnenschwere Maschine mit ins Homeoffice zu geben.«

»Natürlich geht das nicht überall, aber in vielen Branchen schon«, meinte Luise.

»Und wer zahlt für vier Tage denselben Lohn wie für fünf?«, fragte Irmi.

»Wenn dieselbe Arbeit gemacht wird?«

»Luise ist eindeutig Team Joshua!«, rief Irmi lachend.

»Die Jungen von heute können diese Forderungen leicht stellen«, ergänzte der Hase. »Ihr dürft auch nicht vergessen, dass wir Boomer immer zu viele waren. Jobs gab es nur für die Besten. Es ging immer darum, sich zu messen.«

»Darüber habe ich auf dem Heimweg auch nachgedacht«, gab Irmi zu. »Junge Menschen werden heute doch mit Handkuss genommen, auch ohne geniale Abschlussnoten. Mir kommt es so vor, als würde das Niveau an den Schulen und Unis immer weiter sinken.«

»Ich stelle es mir schön vor, nicht ständig im Konkurrenzkampf mit allen anderen stehen zu müssen«, erwiderte Luise. »Mir ist klar, dass der Zustand der Welt bedrohlich ist für jene, die noch sechzig Jahre vor sich haben. Ich verstehe die Klimakleber schon, auch wenn ich eine alte weiße Frau bin.«

Der Hase lächelte. »Wusstet ihr eigentlich, dass die Suffragetten das damals auch schon gemacht haben?«

»Wer?«, fragte Luise.

»Die Suffragetten haben in England Anfang des 20. Jahrhunderts für Frauenrechte gekämpft. Und weil das damals niemanden wirklich interessierte, radikalisierten sich die Damen. Sie haben sich in der Downing Street angekettet und Kunst attackiert. Eine von ihnen hieb ein Hackbeil in einen Akt von Diego Velázquez, ich glaube, das war 1914.

Außerdem warfen die Damen Scheiben ein, gossen Säure in Briefkästen und auf Golfplätze und schnitten Telegrafenkabel durch.«

»Die Säure am Golfplatz gefällt mir besonders gut«, meinte Luise grinsend.

»Sie haben sich radikalisiert, um gehört zu werden«, sagte Irmi nachdenklich. »Nicht viel anders als bei den Klimaprotesten.«

»Waren sie denn erfolgreich?«, wollte Luise wissen.

»Ich denke mal, mit ihrer Militanz haben sie sich letztlich etwas ins Abseits begeben, aber ihre Leistung ist es, gezeigt zu haben: Frauen sind nicht dumm, politisch uninteressiert und passiv. Es gab auch damals großes Interesse bei der Presse. Die Frauen traten hinterm Herd hervor.«

»Und die Jugend heute tut etwas Ähnliches? Um den Mythos zu widerlegen, sie seien nichts als faule Gamer?«

Der Hase wiegte den Kopf hin und her. »Man sollte wohl nie eine Generation über einen Kamm scheren. Natürlich sind nicht alle Angehörigen der jungen Generation faul, es sind auch nicht alle Klimakleber oder reisen trotz ihrer hehren Ansprüche mit dem Flieger nach Bali. Das sind immer Einzelne, die in der einen oder anderen Hinsicht auffallen. Das Soferl ist doch ein Beispiel dafür, dass etliche Angehörige ihrer Generation es ganz gut hinbekommen.«

»Sogar sehr gut! Wenn es mehr junge Leute wie sie gäbe, wäre mir um die Zukunft gar nicht mehr so bang«, meinte Irmi.

Sie plauderten noch eine Weile über unverfänglichere Themen. Luise erzählte vom Hofladen, und Irmi war froh, einfach nur zuhören zu dürfen. Am Ende verabschiedete sich der Hase mit einem langen Kuss. Er übernachtete ab und an bei Irmi, doch wenn er es nicht tat, war das auch in Ordnung, und zwar für sie beide. Irmi war froh, dass sie nie angefangen hatten, aufzurechnen, wie oft jeder von ihnen beim anderen war. Und sie hoffte, dass das auch in Zukunft so bleiben würde.

4

Luise hatte schon Kaffee gekocht und war im Stall, um ihre Tiere zu füttern, als Irmi am nächsten Morgen in die Küche kam. Sie nahm sich eine Tasse Kaffee und ging ebenfalls in den Stall. Dabei musste sie um einige Pfützen herumhüpfen, denn es regnete schon wieder. Bernhards alter Kuhstall war nun zur Hälfte Laufstall für zwei Esel und zwei Mulis geworden. Luise saß mit ihrer Kaffeetasse auf einem alten Holzstuhl, und Irmi zog sich den zweiten heran.

Die Schweizerin Fränzi sah kurz hoch.

»Morgen, ihr alle«, sagte Irmi.

Es war so ruhig hier drin, weit weg von der Welt. Mulis kauten lauter als Pferde und rochen auch anders. Details, die Irmi in den letzten Wochen aufgefallen waren. Sie blieb noch eine Weile sitzen und genoss die Stille. Dann verabschiedete sie sich und machte sich auf den Weg in die Polizeiinspektion.

Als sie das Büro betrat, fühlte sie sich stärker als am Vortag.

»Guten Morgen, Andrea und Kathi. Na?«

»Selber na!«, erwiderte Kathi lachend. »Irgendwelche Ideen? Anregungen? Hattest du mal wieder eine deiner Eingebungen?«

Irmi lächelte. »Ganz ehrlich, ich bin auch etwas ratlos. Fridtjof, Luise und ich haben uns gestern Abend noch ein bisschen mehr ins Battle vertieft, doch letztlich hat das unsere Ratlosigkeit eher noch gesteigert. Die Gräben sind tief.«

»Ja, der Schlagabtausch ist ganz schön oft unter der Gürtellinie. Meiner Meinung nach argumentiert Joshua sauberer als sein Vater. Der kommt mir ziemlich unentspannt und gekränkt vor in seinen Reaktionen«, meinte Andrea. »Ich würde ja gern die Identität von @bomber lüften. Der tut sich besonders hervor in seinem Hass auf Joshua. Er droht offen und wird im Verlauf seiner Kommentare immer aggressiver.«

»Warum haben die beiden überhaupt zugelassen, dass das so eskaliert?«, fragte Irmi. »Kann man solche Hasskommentare nicht löschen?«

»YouTube ermöglicht es dem Eigentümer des Videos, die Kommentare zu deaktivieren«, erklärte Andrea. »Aber das wäre bei einem Battle sinnlos, da geht es ja gerade um Likes und Kommentare.«

»Könnte man nicht wenigstens Einzelne blockieren?«, hakte Irmi nach.

»Könnte man, ein YouTuber kann den Besitzer eines bestimmten Accounts sperren, aber das haben anscheinend weder Joshua noch F.T.A. getan. Sie lassen es zu, dass die Community Öl ins Feuer gießt. Ich werde mal versuchen, herauszubekommen, wer sich hinter @bomber verbirgt.«

»Okay, Andrea«, entgegnete Irmi. »Aber wenn wir uns bei der Suche nach dem Mörder nur auf dieses Battle fokussieren, wird das ziemlich uferlos. Und sein eigener Vater wird ihn doch wohl kaum ermordet haben.«

»Warum nicht?«, fragte Kathi. »Bestimmt ist dieser Weiss einer, der nicht verlieren kann.«

Ja, warum nicht? Die meisten Morde passierten im Kreis von Verwandten und Bekannten.

Und Weiss war ruchlos, dieses Wort hatte sich in Irmis Kopf festgesetzt.

»In jedem Fall müssen wir Kontakt zum Vater aufnehmen«, meinte Irmi.

»Ich habe im Netz nach seinen Kontaktdaten gesucht, aber auf seiner Homepage verweist er nur auf seine Agentur«, sagte Kathi.

»Müsste es nicht eigentlich auf jeder Homepage ein Impressum mit Adresse geben?«, fragte Irmi.

»Müsste. Eigentlich. Konjunktiv. Wer kontrolliert das schon? Als ich vorhin in der Agentur angerufen habe, hat mich so eine Zerbera abgewimmelt. Sie will aber heute noch zurückrufen«, berichtete Kathi.

Irmi lächelte. »Du bist heute so sprachgewaltig? Und genderst auf höchstem Niveau?«

»Ich habe gestern Abend Buchstabensuppe gegessen. Die Tochter unserer Nachbarin wurde fünf, da gab es Buchstabensuppe und Wienerle.«

»Ich hätte da noch was anderes«, sagte Andrea. »Ich habe mit Sepp alles an Kameras ausgewertet, was wir kriegen konnten. Wir haben Aufzeichnungen von den Verkehrskameras auf der Strecke Murnau–Saulgrub und auf der B 2 Weilheim–Murnau. Und auf der Bundesstraße ist in der Mordnacht um zwei Uhr zwölf ein offener Pritschenwagen Richtung Murnau gefahren und seltsamerweise wenige Minuten später wieder in die Gegenrichtung. Das kommt mir irgendwie verdächtig vor.«

»In jedem Fall ist er nicht in Uffing angekommen, um etwas aufzuladen«, meinte Kathi. »Und der Fahrer kann auch nicht Joshua umgebracht haben.«

»Ich finde das auch nicht seltsam, wenn irgendein Pritschenwagen nachts durch die Gegend fährt«, sagte Irmi. »Schöner wäre es, wenn es der Pick-up gewesen wäre, den der Zeuge gesehen hat.«

»Pritschenwagen oder Pick-up – die sehen ähnlich aus. Und rumfahren darf er natürlich, aber wenn er auf einen alten Kumpel von Joshua zugelassen ist, der als One-Man-Show-Handwerker unterwegs ist, dann interessiert mich das schon«, sagte Andrea mit Triumph in der Stimme. »Das Auto gehört Matthias Lutz, der unter dem Namen *Mattes Heimservice* firmiert. Der Typ hat eine Maurerlehre gemacht und ist jetzt ein Männchen für alles.«

»Okay? Und woher weißt du, dass der ein Kumpel von Joshua ist?«

»Irmi! Über Facebook und Instagram. Und in ihrer Jugend waren sie im selben Fußballverein.«

»Du bist genial, Andrea, aber das weißt du ja.« Irmi lächelte. »Sollen wir ihn fragen, wo er bei seiner Nachtfahrt hinwollte?«

Andrea wurde etwas rot. Sie konnte nicht gut mit Komplimenten umgehen. »Ich denke schon. Wenn er eine banale Erklärung hat, ist ja alles gut. Und, ähm, noch was: Ich habe mal auf diversen Verkaufsportalen Baumaterialien gecheckt. Sehr oft tritt da ein gewisser Mastermister als Verkäufer auf.«

»Mastermister? Hast du seine Identität?«, fragte Kathi.

»Nein, dazu bräuchten wir die Auskunft der Verkaufsplattform, das ist nicht so einfach. Aber ich hab mich mal für Dachplatten interessiert. Er verkauft hochwertige Platten, frost- und hitzebeständig, das Stück für neun Euro neunzig, was ziemlich günstig ist. Ich hab geschrieben, dass ich einen Doppel-Carport decken will und dringend diese Platten brauche.«

»Hat er zurückgeschrieben?«

»Jep! Das ist die Adresse, wo ich die Platten abholen kann.« Andrea schob einen Zettel rüber.

»Na, dann nichts wie los, Andrea!«, sagte Irmi und las die Adresse. »Mittenwald? Bisschen näher wäre auch nett gewesen.«

»Willst du nicht mit Kathi hinfahren?«, fragte Andrea.

»Deine Dachplatten, dein Auftritt«, meinte Kathi. »Ich werde die Zeit für einen kurzen Ausflug zum Zahnarzt nutzen. Es wummert oben rechts.«

Während Kathi in der Zahnarztpraxis anrief, machten sich Irmi und Andrea auf den Weg nach Mittenwald. Die Strecke war anmutig, zumindest bei besserem Wetter als heute. Richtung Scharnitz lagen die Heustadel wie kleine Bauklötze auf die Wiesen gestreut. Früher hatte man im gut belüfteten Stadel das Heu eingelagert, doch viele von ihnen waren Neubauten gewichen. Die Bauern mähten die Wiesen für Silage und brauchten die Stadel nicht mehr.

»Gute Lage«, meinte Irmi. »Wer schaut in dieser Gegend schon so genau hin, wer da herumfährt? Da ist immer mal einer unterwegs, da fallen auch Nachtfahrten nicht auf, und wenn, dann schert sich keiner drum.«

Andrea hatte die GPS-Koordinaten geschickt bekommen. Bald hielten sie an einem größeren Stadel. Davor parkte ein Pritschenwagen, auf dessen Seite *Mattes Heimservice* stand. Und darunter eine Handynummer.

Irmi grinste Andrea an. Volltreffer!

Aus dem Stadel traten zwei junge Männer. Der Kleinere hatte rotblonde Haare und ein Bartgewächs mit kahlen Stellen, das eine leichte Hasenscharte nur unzureichend abdeckte. Der Zweite hatte ein hübsches Gesicht. Er war groß, kräftig und obenrum mit einem engen Unterhemd bekleidet. Seine Muskeln waren durchaus sehenswert, fand Irmi, auch wenn es für diese luftige Kleidung viel zu nasskalt war, aber vielleicht litt er ja an fliegender Hitze.

Er schaute sie fragend an.

»Mir ham telefoniert wegen dene Platten«, sagte Andrea und packte ein breites Boarisch aus, das sie sonst nicht sprach.

»Griaß di. I bin Matte«, sagte der Große. »Hast die Oma dabei?«

Das versetzte Irmi einen Stich. Mama wäre ja okay gewesen, aber Oma?

»Du host inseriert? Als Mastermister?«, hakte Andrea nach.

»Naa, des war der Beni. Der macht das mit'm Internet. Mir san aber a Team«, erklärte Matte und deutete auf den Rotbärtigen.

»So, und wo san die Plattn?«, fragte Andrea.

»Host es eilig?«

Da Andrea nichts sagte, schickte sich Matte an, eine Schiebetür zu öffnen. Irmis Blick fiel in einen Raum mit Hochregalen, wie ein Baustoffhandel vom Feinsten.

»Nettes Lager hier«, meinte Irmi.

»Recycling, secondhand – mir schaun halt auf die Umwelt«, behauptete Bene.

»Ach was? Auch auf den Baustellen, wo ihr das Zeug klaut?« Irmi lächelte ihn freundlich an.

»Des is a Unterstellung!«

»Jungs, ich kann jetzt eine Hundertschaft hier auflaufen lassen, die alles von unten nach oben dreht. Wir können euer Zeug mit gestohlen gemeldeten Baustoffen abgleichen. Da solltet ihr euch warm anziehen.«

»Die Bullerei«, staunte Matte.

Irmi setzte darauf, dass die beiden keinen Anwalt holen würden, denn eine Hundertschaft würde sie bei der Personalnot garantiert nicht aufbieten können, und einen Durchsuchungsbeschluss hatte sie auch nicht.

»Genau genommen interessiert uns das gar nicht«, fuhr sie fort. »Was uns aber interessiert, ist die Nacht auf Sonntag. Was war da los? Ihr wolltet zu einem Haus in Uffing, oder?«

»A Informant hot uns do was von der Baustelle gflüstert«, sagte Bene schließlich. »Wo des Zeug rumflackt. Dass es oaner ghert, die wo a reiche Schnepfe is.«

»Des macht's besser?«, bemerkte Andrea.

»Mir … mir besorgen die Sachen nur do, wo's ned wehtut«, erklärte Matte. »Und aa nur kleine Partien. Mir täten nie von oaner Familie, die wo scharf kalkulieren muass, was besorgen.«

Besorgen war ein schönes Wort, dachte Irmi. Ihr war klar, dass die Käufer mit einkalkulierten, dass da vorher was Halbschariges passiert war. Immerhin ehrte es die beiden, dass sie Joshua nicht verpfeifen wollten. Und die Tatsache, dass sie es nur von den Reichen nahmen.

»Wie Robin Hood, oder wie?«, rief Andrea. »Geht's noch bei euch?«

Die beiden schwiegen.

»Jungs, euer Informant ist Joshua Heiligensetzer«, sagte Irmi. »Das Haus gehört seiner Tante. Er hat vorgegeben, die Baustelle zu bewachen. In Wirklichkeit war das nur Tarnung für einen Bruch. Das wissen wir alles.«

Sie schwiegen, als Mastermister war man ja nicht zwingend ein Mastermind.

»Mir waren ja gar ned do«, sagte Bene schließlich.

»Und warum nicht?«, fragte Irmi.

»Na, mir waren schon am Weg, do ruaft der Joshua an und sagt, dass mir ned kommen solln«, sagte Matte. »Weil er glei a Date hot und des grad gar ned passt. Da san mir umdraht. Der Hirsch, der.«

Das deckte sich mit den Kameraaufnahmen.

»Was für a Date?«, fragte Andrea.

»Der Josh draht a weng ab«, erklärte Bene. »Der is echt schräg drauf. Unzuverlässig aa.«

»Und das liegt an seinen Aktivitäten fürs Klima? Oder an seinem Battle mit seinem Dad?«, fragte Andrea, die ins Hochdeutsche zurückgefunden hatte.

»Bullshit, des alles, wennst mi frogst!«, rief Bene. »Klimadeppen. Host koa Hirn und Arbeitgeber, wirst du eben Klimakleber. Des ist ned unser Ding, oder, Matte?«

Der Hübsche nickte.

»Er hot a neie Freindin am Start«, fuhr Bene fort. »Ois ganz geheim. Aber seither ist er so verplant.«

»Er hatte ein Date mit seiner neuen Freundin im Garten, und deshalb durftet ihr nicht kommen?«, fragte Irmi nach.

»Hert sich so oo. Er draht echt ab.«

»Und wer ist diese Freundin?«

»GGG, ganz großes Geheimnis«, meinte Matte. »Koa Ahnung ned.«

Irmi glaubte ihm das und sah zu Andrea hinüber.

»Habt ihr Joshua seitdem gesprochen?«, fragte die.

»Naa, der geht ned ans Telefon. I sog doch, der draht ab.«

Die beiden wirkten vollkommen arglos.

»Das kann er auch gar nicht«, erklärte Irmi, »denn er wurde in just der Nacht getötet, in der ihr mit ihm verabredet wart.«

Matte brauchte ein Weilchen. »Ihr sagts jetzt ned, dass er dod is?«, meinte er schließlich.

»Doch, das sagen wir. Getötet, ermordet. In dem Garten, wo der Bruch geplant war«, wiederholte Irmi.

»Mir ham damit nix zum tun!«, rief Matte.

»Wo wart ihr denn dann, nachdem ihr umgedreht seid?«

»I hob den Beni hoamgfahrn, auf Eberfing.«

»Aha, und du?«

»Bin aa hoam.«

»Zeugen?«

»Was für Zeugen?«, fragte Matte.

»Na, jemand, der euch gesehen hat.«

»Mi hot mei Mama gseng«, sagte Beni. »Die war da grad in der Küch.«

»Um drei in der Nacht?«

»Landwirtschaft«, erwiderte Bene schlicht.

»Und was ist mit dir?«, fragte Irmi und sah Matte an.

»I hob a Apartment in der Zugspitzstraße in Garmisch. Koa Ahnung, ob wer gseng hot, wann i hoam bin. Aber mir warn des ned! Der Josh is a Freind von uns.«

Das klang entwaffnend, und Irmi glaubte den beiden. Damit schwamm aber leider auch eine Spur davon wie ein paar Blätter in einer gewaltigen Wasserpfütze.

»Und was passiert jetzt?«, fragte Bene.

»Ihr kommt morgen aufs Revier und macht eine Aussage. Ihr sucht euch einen Anwalt, am besten einen guten. Ihr macht eine Selbstanzeige, sonst müssten wir …«

»Ihr habts doch gar nix gseng«, meinte Matte.

»Doch.« Irmi hielt ihm lächelnd das Handy entgegen.

»Ihr habts fotografiert? Aus der Hüftn gschossn?«

»Ja, wie John Wayne.«

»Des derfts ihr gar ned.«

»Ich glaube kaum, dass ihr in der Position seid, euch hier aufzumandeln!« Irmi musste nun doch die Stimme erheben. »Morgen Vormittag seid ihr in der Polizeiinspektion Garmisch. Geht das rein in eure Schädel?«

Beni nickte, Matte stampfte auf und sah zu Boden.

»Gut, wir sind dann mal weg«, sagte Andrea.

Auf dem Weg zum Auto konnten sie sich ein Grinsen nicht verkneifen. Es wäre sicher schön gewesen, sich umzudrehen und die Gesichter der beiden zu sehen, aber sie verzichteten darauf.

Als sie im Auto saßen, musste Irmi laut lachen. »Baut sich der noch vor uns auf!«

»Glaubst du, sie kommen morgen?«

»Ja, das werden sie. Und ich hoffe, sie besorgen sich einen

guten Anwalt. Womöglich kann man die Diebstähle ja runterrechnen.«

Andrea grinste. »Sympathie mit Robin und seinem Gesetzlosen?«

»Klar.«

Sie wurden wieder ernst. »Glaubst du ihnen, was sie zur Mordnacht gesagt haben?«, fragte Andrea.

»Du?«

»Ja.«

»Ich auch. Dem Hübschen trau ich so eine Tat nicht zu. Der Schiedere ist pfiffiger, aber auch ganz sicher kein Mörder.«

»Schieder?«

Irmi grinste. »Das ist ein schönes altes Wort, das kahl bedeutet. Durchscheinendes Fell oder Haar.«

»Again what learned. Damit ist die Spur mit dem Baustoffhandel aber gestorben, oder?«

»Ich denke schon. Was Kathi freuen wird, sie hält ja immer noch die Heinrichs für potenzielle Täter. Immerhin wissen wir jetzt, dass es eine dubiose Freundin gibt, mit der Joshua in der Mordnacht womöglich verabredet war.«

Als sie ins Büro kamen, war Kathi auch wieder da. Sie sah leidend aus.

»Mutti! Er hat überhaupt nicht gebohrt!«, kommentierte Irmi.

Kathi und Andrea sahen sie verständnislos an.

»Ähm, ja, das war eine Colgate-Werbung. Schon länger her«, meinte Irmi und fühlte sich uralt. Sie konnte immer noch Werbesprüche singen wie: *Nichts geht über Bärenmarke, Bärenmarke zum Kaffee!* oder: *Haribo macht Kinder froh und*

Erwachsene ebenso! Oder natürlich*: Schönes Haar ist dir gegeben, lass es leben mit Gard!* Das war wahrscheinlich in den Achtzigern gewesen. »Was ist jetzt mit dem Zahnarzt?«

»Er ist eine Sie, und sie hat sehr wohl gebohrt. Hab ich eine dicke Backe?«

Andrea grinste. »Bisschen.«

»Und wie war's bei euch?«, fragte Kathi.

Irmi ließ Andrea den Vortritt, die von ihrem Besuch bei Matte und Beni erzählte.

»Glaubhaft?«, fragte Kathi.

»Denken wir schon«, meinte Andrea, und auch Irmi nickte.

»Seht ihr, da hat mich mein Gefühl nicht getrogen«, bemerkte Kathi. »Da geht's um was anderes.«

In diesem Moment läutete ihr Anschluss. Kathi hob ab. Es war die Zerbera von der literarischen Agentur. Kathi schaltete den Lautsprecher an.

»Moment, ich stelle Sie zu meinem Chef durch«, erklärte die Dame am anderen Ende.

Wenig später war der Agent höchstpersönlich in der Leitung. »Frau Reindl, ja? Sie möchten F.T.A. White sprechen? In welcher Sache? Herr White gibt momentan nämlich nur Interviews in Leitmedien, die …«

»Schön, wir gehören nämlich zu den Hochkarätern und haben als solche immer Prio eins«, unterbrach ihn Kathi. »Ich bin von der Kriminalpolizei.«

Es war kurz still, dann räusperte er sich. »Verzeihen Sie, ich dachte, bei Garmisch, Sie wären … nun ja …«

Was denn? Nur die Journalistin einer Regionalzeitung? Keine Edelfeder von der *Zeit?*, überlegte Irmi. Keine Influencerin oder Content-Creatorin mit einer Million Followern?

»Grüß Gott, mein Name ist Irmgard Mangold, Hauptkommissarin«, schaltete sie sich ins Telefonat ein. »Sie waren so freundlich, die Kollegin zurückzurufen. In der Tat müssten wir Herrn Weiss sprechen, und zwar als Zeugen. Wir brauchen seine Kontaktdaten. Es geht um seinen Sohn.«

»Den Sohn, ja, also ja, den hat er.«

Das klang nicht gerade nach einem Pulitzerpreis-verdächtigen Satzbau. Der Agent schwieg eine Weile. Dann nannte er eine Telefonnummer und eine Adresse am Tegernsee.

»Darf ich Ihren Anruf ankündigen?«

»Das tun Sie doch sowieso«, meinte Kathi eisig.

Er verabschiedete sich höflich, aber kühl, und Irmi war klar, dass in ihm alle Alarmglocken schrillten. Sein Goldesel hatte mit der Kripo zu tun, das war nie gut.

»Warten wir ein paar Minuten?«, schlug Kathi vor.

»Sicher.«

Nach fünf Minuten wählte Irmi die Nummer des Autors, der sofort dranging. Er meldete sich mit F.T.A., englisch ausgesprochen.

»Guten Tag, Herr Weiss. Hier ist Irmgard Mangold von der Kriminalpolizei Garmisch. Wir müssten Sie sprechen. Ihr Agent hat Sie sicher schon informiert.«

»Hat er. Worum geht es?«

Irmi fand seine Stimme überraschend angenehm.

»Um Ihren Sohn.«

»Auch das hat mein Agent angedeutet. Hat er Scheiße gebaut?«

»So würde ich das nicht formulieren. Wann hatten Sie denn zuletzt Kontakt?«

»Vor einigen Tagen.«

»Wäre es für Sie möglich, zu uns nach Garmisch auf die Polizeiinspektion zu kommen? Sonst können wir Sie auch gerne am Tegernsee besuchen.«

Es war kurz still. »Ich komme. Um fünfzehn Uhr. Danach müsste ich aber bald wieder weg. Ich habe heute Abend eine Veranstaltung in München.«

»Das sollte passen«, sagte Irmi nur und legte auf.

»Der scheint noch gar nichts vom Tod seines Sohnes zu wissen, oder?«, meinte Kathi.

»Anscheinend nicht«, sagte Andrea. »Mit dem Sohn hatte er wohl nur im Internet zu tun. Woher sollte er es wissen?«

»Hätte seine Ex-Frau ihn nicht anrufen müssen? Immerhin ist es ja auch sein Kind«, bemerkte Kathi.

»Sie ist völlig durch den Wind und nimmt Beruhigungsmittel«, meinte Irmi. »Wir warten das Gespräch mit ihm ab, dann wissen wir mehr. Bis dahin würde ich noch Bürokram aufarbeiten. Du, Kathi, pflegst deine Backe, und Andrea geht was essen.«

Kathi grinste. »Ja, Mutti!«

Wenige Minuten vor drei traf Herr Weiss ein. Irmi kannte ihn zwar von den Videos auf YouTube und den Fotos auf seiner Website, aber als er vor ihnen stand, war sie doch überrascht, denn er war größer als erwartet und tatsächlich noch attraktiver als im Netz. Er brauchte weder Maske noch Photoshop. Von ihm aber ging eine ungeheure Präsenz aus, und er war ein schöner Mann, anders konnte man das nicht formulieren. Graues welliges Haar, akkurat gestutzter Bart, braune Augen. Die Zornesfalte auf der Stirn verlieh ihm etwas Eigenwilliges. Er hielt sich auch nicht mit Small Talk auf und schien wenig beeindruckt zu sein, dass er bei der Polizei vorgeladen war.

»Ich habe meine Ex-Frau angerufen. Allerdings war meine Schwägerin Bettina am Apparat. Joshua ist tot. Er wurde erschossen.«

»Unser Beileid. Dann haben Sie es also auf diesem Weg erfahren?«, fragte Kathi. Ihre Backe war abgeschwollen, und sie sah etwas besser aus.

»Sie waren ja nicht in der Lage, mir den wahren Grund Ihres Anrufs zu offenbaren. Warum bin ich hier?«

»Wir empfanden es als unpassend, Ihnen die Nachricht am Telefon zu übermitteln«, erklärte Irmi.

»Nun habe ich sie aber auch telefonisch erhalten!«

»Das tut uns leid. Hätte Ihre Ex-Frau Sie denn nicht informieren müssen?«, fragte Kathi.

»Müssen? Können? Wollen? Bettina sagte, sie habe mich heute noch anrufen wollen. Petra ist wohl momentan nicht dazu in der Lage. Sie kann das alles nicht begreifen. Ich übrigens ebenso wenig! Was ist passiert? Wurde Joshua tatsächlich erschossen?«

»Ja, leider«, erklärte Irmi. »Wir ermitteln in einem Mordfall. Und Sie sind hier, weil wir mit Ihnen über Ihren Sohn reden müssen. Wir brauchen Informationen aus seinem Umfeld.«

»Es ist Monate her, dass ich ihn zuletzt gesehen habe. Ich habe nur mit ihm telefoniert.«

»Aber augenscheinlich sind Sie zumindest im Netz sein Sparringspartner«, sagte Kathi kühl.

Er sah sie durchdringend an. »Ach, das Battle. Ja, ich kommentiere den Weltschmerz meines Sohnes und die Wokeness seiner Generation. Aber das ist nur ein Battle, ein verbaler Schlagabtausch, nicht mehr.«

»Was heißt das? Alles nur ein Joke?«, konterte Kathi. »Spiegeln Ihre Argumente denn nicht Ihre Meinung wider?«

Er hatte die Augen etwas zusammengekniffen, seine Position leicht verändert. Es war eine Talkshow-Pose. »Doch, das tun sie. Aber dieses Battle mit Joshua ist überspitzt, pointiert, und das Medium, in dem es stattfindet, wohl kaum ernst zu nehmen.«

»Ach, Sie agieren auf YouTube, nehmen das aber nicht ernst?« Kathi sah ihn so intensiv an, als wollte sie ihn hypnotisieren.

»Sie generieren mehr Dislikes als Likes«, ergänzte Irmi. »Unter den Kommentatoren sind Leute, die sich nicht unter Kontrolle haben. Sie sind hochaggressiv.«

»Sie glauben doch nicht etwa, dass einer so weit gehen würde, meinen Sohn zu töten, weil er dessen Positionen nicht mag?«, fragte er und klang nun wirklich überrascht.

»Warum nicht? Wir erleben das tagtäglich: Aus Drohungen im Netz wird reale Gewalt«, sagte Irmi. »Unter ihrem Battle stehen teils verstörende Kommentare. Dabei könnten Sie das ohne Weiteres blockieren.«

»Aber es geht doch um den Dialog.«

»Das ist kein Dialog, das ist blanker Hass! Sie kalkulieren die Eskalation ja regelrecht ein!«, rief Kathi.

»Aber Sie können doch nicht ernsthaft davon ausgehen, dass mein Sohn wegen dieses Battles sterben musste.«

»Doch, das können wir«, sagte Irmi. »Glauben Sie nicht, dass Sie die Macht der Sprache unterschätzen? Gerade Ihnen als Schriftsteller müsste doch bewusst sein, was eine sprachliche Äußerung auslösen kann. Den Kommentatoren ist es bitterernst.«

»Es ist doch meine Aufgabe als Schriftsteller, die Menschen aufzurütteln! Etwas in Bewegung zu setzen! Eine gesellschaftliche Diskussion zu entfachen!«

Irmi empfand ihn nicht einmal als arrogant, nur als ungeheuer selbstsicher. Dieser Typ Mann verursachte ihr Unbehagen. Zu schön, zu perfekt, zu selbstbewusst. Wenn man mit so einem Mann zusammen war, wurde man vermutlich dauernd an die eigenen Unzulänglichkeiten erinnert.

»Wie in Ihrem letzten Buch?«, fragte Irmi.

»Ach!« Er sah sie direkt an. »Haben Sie es gelesen?«

»Ich habe nur hineingelesen. Es ist polemisch und stößt mich ab«, sagte Irmi und wunderte sich, dass sie so privat wurde. Es lag wohl an dieser fatalen Stärke, die von Weiss ausging.

»Sehen Sie, alles richtig gemacht. Es löst etwas in Ihnen aus. Und genau das müssen Bücher. Sie dürfen nicht einfach nur nett sein. Bücher, die man liest, weglegt und sofort vergisst, will ich nicht schreiben!«

Was sagte man darauf? Irmi fixierte ihn. »Ist Ihr Buch nicht einfach Kalkül? Es richtet sich an die geburtenstarken Jahrgänge, die demnächst in Rente gehen.«

»Selbstredend! Ich wäre dumm, das nicht zu nutzen.

Mein Verlag wäre dumm. Ein Schreckgespenst steht vor den Pforten der Versagerrepublik Deutschland. Und keiner will es gesehen haben! Dabei kennt man die Bevölkerungsentwicklung seit Jahren. Was sind Sie eigentlich für ein Jahrgang, Frau Mangold? Auch 1962 wie meine Protagonisten?«

Das war ja fast charmant, dass er sie jünger machte, wobei das sicher auch Kalkül und Manipulation war. Irmi blieb ihm die Antwort schuldig.

»Die Babyboomer sind zahlenmäßig noch immer die größte Alterskohorte, je nach Definition etwa die Jahrgänge 1957 bis 1969 oder nach anderen Definitionen auch nur die von zwischen 1962 und 1966«, fuhr er fort. »Sie besetzen Führungspositionen in Politik, Wirtschaft und den Medien. Je nach Berechnungen wird es 2039 gut zwanzig Millionen Rentner geben. Wer soll das bezahlen? Wer hat so viel Geld?«

Er zitierte ein Karnevalslied. Auch das war ruchlos. Sie schwiegen, was ihn dazu animierte, weiter zu dozieren.

»Frau Mangold, der Generationenvertrag stammt aus Adenauers und Erhards Zeiten. Das Motto: Kinder gibt's immer. Der herrliche Aufstieg der deutschen Wirtschaft mündete in einen ungeahnten Fortpflanzungsdrang. Im Land herrschte Vollbeschäftigung. Da war Platz in neuen Häusern und Wohnungen, und man konnte es auf den Rücksitzen der fabrikneuen Käfer treiben. Selbst in der DDR ging es im Trabant zur Sache. Leider nicht ewig, Frau Mangold! Es folgte der Pillenknick, 1973 lobte Willy Brandt wegen der Ölkrise ein Sonntags-Fahrverbot aus, und dann noch die RAF – es knirschte im Getriebe. Aber der Deutsche ist groß im Ignorieren und Aussitzen. Der Generationenvertrag steht nirgends geschrieben. War ja lieb gemeint: Wer heute arbeitet, zahlt Rentenversicherungsbeiträge, die benutzt werden, um die Renten von heute zu bezahlen. Und später, wenn man alt ist, gibt es immer noch junge Leute, die dann Rentenversicherungsbeiträge zahlen. Trugschluss! Die Jungen sehen sich nicht mehr in der Pflicht, denn sie nehmen an, dass sie eh keine Rente mehr bekommen. Warum sollen sie für die lustigen Rentner von heute zahlen? Mein Buch ist gar nicht polemisch, sondern arbeitet mit der Logik: Wer anderen zur Last fällt, muss weg.«

»Glauben Sie das wirklich? Oder ist das auch nur Provokation? Wie Ihr Battle?«, fragte Irmi.

»Lassen Sie die Fakten sprechen: Im Februar 2020 urteilte das Bundesverfassungsgericht, dass das allgemeine Persönlichkeitsrecht ein Recht auf selbstbestimmtes Sterben umfasst. Dieses Recht schließt die Freiheit ein, sich das Leben zu nehmen und hierbei auf die freiwillige Hilfe Dritter zurückzugreifen. Rechtlich befinden wir uns seither in einer Grauzone. Um beim Wort Kalkül zu bleiben: Ich unterstelle dem politischen System Kalkül. Und ich prognostiziere in meinem Buch, dass von politischer Seite die ersten unterschwelligen Empfehlungen in Richtung Babyboomer kommen, doch das neue Angebot zu nutzen, bevor man der Gesellschaft zur Last fällt. So steht es da geschrieben. Nur das Wann ist offen, Frau Mangold.« Er lächelte. »Jetzt schon betreiben viele Organisationen Legalisierungsarbeit. Und das fruchtet auch. Es gibt etliche Organisationen weltweit, die für dieses Recht kämpfen. Für die Suizidassistenz, Schweizer sagen Freitodbegleitung. Die Hilfe zur Selbsttötung hat etwas mit Würde zu tun. Wann Freiwilligkeit über eine Grauzone hinaus zum Zwang wird, wer weiß das schon?«

»Bei Ihnen im Buch ist es schon 2032 so weit.«

»Fiktion? Der Blick des Sehers? Ich habe mich in das Thema vertieft und zwei Jahre lang recherchiert. Frau Mangold, was ich weiß, ist nicht dazu angetan, optimistisch in die Zukunft zu blicken. Diese Flut an Rentnern werden wir nicht ernähren können. Einige werden arbeiten, bis sie umfallen, andere werden sterben, weil Medikamente zum Luxus für einige wenige Hyperreiche mutieren werden. Und etliche, die zäh an ihrem Leben hängen, müssen weg. Ein fairer Deal. Eine Woche der Fülle als Belohnung – und das gute Gefühl, mit dem eigenen Dahinscheiden sogar noch etwas Gutes zu tun.«

Irmi konnte darauf nichts sagen.

»Das ist ja alles ganz interessant, aber wir schweifen ab«, meinte Kathi. »Wir wollten von Ihrem Sohn sprechen. Wer war er? Hatte er Feinde? Sie zum Beispiel?«

Das war frech, und Weiss war für eine Sekunde aus dem Konzept gebracht.

»Wie könnte ich der Feind meines Sohnes sein?«, sagte er dann. »Wir sind nicht immer einer Meinung, das stimmt. Doch das passiert weltweit zwischen den Generationen. Und er ist schließlich mein Sohn. War mein Sohn …« Er wirkte zum ersten Mal etwas angefasst.

»Bettina Molitor nannte Ihren Sohn verhaltensoriginell«, meinte Kathi. »Und Ihre Ex-Frau ließ auch durchblicken, dass Joshua schwierig gewesen sei.«

»Für Petra ist jeder schwierig, der nicht gerade wie ein Schlagbaum in seiner Fassung liegt.« Der Punkt ging an ihn. Er hatte wieder Fuß im Gesprächsgrund gefasst. »Mein Sohn ist tot, dürfte ich da nicht auf ein bisschen mehr Mitgefühl hoffen?«

»Hoffen darf man immer«, konterte Kathi. »Und glauben Sie mir, es nimmt auch uns mit, wenn ein so junger Mensch sterben muss. Mich in dem Fall vielleicht ganz besonders. Meine Tochter ist genauso alt wie Ihr Sohn. Umso wichtiger ist es, seinen Mörder zu finden. Ihr Sohn war in Diebstähle von Baustoffen verwickelt, wissen Sie davon?«

»Natürlich nicht!«

»In der Mordnacht befand er sich im Garten Ihrer Ex-Schwägerin. Sie baut da ein Haus um, das …«

»Die fidele Dorfgemeinschaft goutiert ihr Projekt nicht, ich weiß«, unterbrach er Kathis Ausführungen. »Aber ich bin viel zu weit weg, um mehr darüber sagen zu können.«

»Wissen Sie denn etwas über die Freundin Ihres Sohnes?«, fragte Irmi. »Er soll eine neue Freundin haben.«

Weiss wirkte kurzzeitig überrascht. »Nein, aber ich wäre bestimmt nicht der Erste gewesen, bei dem er sich gemeldet hätte, um von seiner neuen Liebe zu erzählen.«

»Meinen Sie, er hat Ihre Ex-Frau ins Vertrauen gezogen?«

»Fragen Sie Petra doch bitte selber. Oder haben Sie das schon getan?«

»Nein, ihr Zustand ist noch nicht sehr stabil.«

»Ich glaube auch nicht, dass Sie da etwas erfahren würden. Joshua war sehr verschlossen. Uns beiden gegenüber.«

»Gab es einen besten Freund? Irgend so etwas?«, fragte Kathi.

»Dieselbe Antwort, ich bin zu weit weg.«

Andrea lugte zur Tür herein und winkte Irmi und Kathi zu sich heraus.

»Entschuldigt, aber das könnte wichtig sein«, sagte sie leise, als die Kolleginnen im Gang standen und die Tür hinter sich zugezogen hatten. »Ich hab mir mal seine Termine angeschaut, was bei so öffentlichen Personen ja leicht ist. Er war am Abend, bevor sein Sohn starb, beim ORF im Landesstudio Tirol in Innsbruck, es gab eine Diskussionsrunde zum Thema Sterbehilfe. Er hat im *Grauen Bären* übernachtet, wo ihn der Nachtportier gegen dreiundzwanzig Uhr gesehen hat, als er ins Hotel kam. Er sah ihn auch wieder rausgehen, ähm, ja, aber danach ist er nicht mehr zurückgekommen.«

»Wie, nicht mehr zurückgekommen? Er ist in derselben Nacht noch gefahren, oder was?«, fragte Kathi.

»Wäre möglich.«

Irmi sah Andrea an. »Wie hast du das auf die Schnelle herausgekriegt?«

»Ich habe mich als seine Assistentin ausgegeben und behauptet, er hätte einen wichtigen Ordner im Hotel vergessen. Ob der gefunden worden sei. Da sind wir halt ins Gespräch gekommen«, erklärte Andrea lächelnd.

»Clever!«

»Von Innsbruck ist man in eineinhalb Stunden in Uffing«, sagte Andrea leise.

»Du glaubst wirklich, er fährt durch die Nacht und ermordet dann den eigenen Sohn?«

»Es kann ja ein Streit gewesen sein, womöglich eine Art Unfall«, schlug Andrea vor. »Matte hat von einem Date gesprochen, und wir sind alle davon ausgegangen, dass er sich mit seiner Freundin getroffen hat. Aber könnte das nicht auch sein Vater gewesen sein?«

Kathi pfiff durch die Zähne. »Gar nicht so abwegig, ich trau dem Typen alles zu.«

»Fragen wir ihn doch gleich mal!«, sagte Irmi.

Wenig später saßen sie ihm wieder gegenüber. Er sah etwas weniger frisch aus. Wenn keine Maske zwischendurch mal Puder auflegte, zeigte auch er körperliche Schwächen, was Irmi fast beruhigend fand.

»Herr Weiss, wir müssen Sie das fragen: Wo waren Sie in der Nacht von Samstag auf Sonntag?«

»In Innsbruck auf einer Veranstaltung«, sagte er sehr ruhig.

»Und da haben Sie dann auch übernachtet?«

»Im *Hotel zum Grauen Bären*, ja.«

Kathi hieb auf den Tisch. »Der Nachtportier hat gesehen, dass Sie kurz auf dem Zimmer waren und dann wieder weggegangen sind.«

»Dann war ich wohl noch was trinken.«

»Wann haben Sie Innsbruck denn verlassen?«

»Frühmorgens. Ich breche am liebsten gegen halb sechs morgens auf, um nicht in den Berufsverkehr zu kommen.«

Kathi beugte sich über den Tisch. »Ich wette mit Ihnen, dass es in der Tiefgarage, in der Sie gestanden haben, Kameras gibt. Und wenn Sie doch noch in der Nacht gefahren sein sollten, kriegen wir das raus. Im nächtlich stillen Innsbruck stehen noch mehr Kameras.«

»Junge Frau, von mir aus. Ich denke nach, ich memoriere.«

Das war nun doch etwas zu theatralisch, fand Irmi.

»Ja, stimmt«, fuhr er fort. »Ich bin noch heimgefahren, aus dem schlichten Grunde, dass ich lieber im eigenen Bett schlafe. Ich hatte ein furchtbares Zimmer mit Blick auf eine Häuserwand, sehr unsexy.«

»Was man in der Nacht ja brutal merkt«, kommentierte Kathi in schneidendem Ton.

»Daran sieht man, warum Sie eine Frau Kommissär geworden sind und ich ein Künstler. Meine Seele, meine Imagination verträgt solche Zimmer nicht.« Er lachte. »Und außerdem hatte ich am nächsten Tag am späten Vormittag einen Termin mit meinem Agenten und war froh, München schon etwas näher gerückt zu sein.«

»Wann waren Sie denn dann zu Hause?«, wollte Irmi wissen.

»Gegen ein Uhr, denke ich. Oder etwas später.«

»Wie sind Sie gefahren?«, hakte Kathi nach. »Welche Strecke?«

»Über den Achensee.« Er blickte Kathi fast mitleidig an. »Geografisch ist das doch recht sinnreich.«

»Keinen Abstecher gemacht?«

»Wozu?«

Um Joshua zu treffen, dachte Irmi. Zu gerne hätte sie gewusst, wann der Vater zuletzt mit ihm telefoniert hatte. Aber um das herauszufinden, bekamen sie keinen Beschluss, und das Handy und das Tablet von Joshua fehlten ja nach wie vor. Andrea war immer noch dran, die Anruflisten vom Netzbetreiber zu bekommen. Das Handy war jedenfalls offline, so viel wussten sie. Selbst wenn Weiss kurz vor dem Tod des Jungen noch mit ihm telefoniert haben sollte, was würde das schon beweisen? Ein F.T.A. redete sich bestimmt heraus.

»Ich habe zu Hause noch einen Kräutertee getrunken, das mache ich immer«, fuhr Weiss fort. »Zum Runterkommen. Ich bin dann um neun aufgestanden und war um elf in München. Fragen Sie meinen Agenten. Wir haben beim Italiener gegessen. Wollen Sie wissen, was ich bestellt habe?«

»Arrabiata?«, fragte Kathi. »Sie haben es doch gerne pikant.«

»Chapeau«, sagte er.

»Herr Weiss, wie die Kollegin schätze auch ich das intelligente Geplänkel«, mischte sich Irmi ein. »Aber wir suchen den Mörder oder die Mörderin Ihres Sohnes, und es wäre sehr schön, wenn Sie uns helfen würden.«

»Wüsste ich etwas, würde ich es Ihnen sagen. Wofür halten Sie mich?«

Für einen manipulativen Sprachkünstler, dachte Irmi. »Es wäre wohl angebracht, Ihr Battle auf YouTube zu löschen, zu deaktivieren. Es ist auch so noch genug Hass im Netz. Und Ihr Sohn ist tot. Ihr Battle ist Geschichte.«

Er schwieg eine Weile. »Ich würde gerne gehen«, sagte er schließlich.

»Bitte«, meinte Kathi.

Er stand auf, sah sie beide intensiv an und sagte: »Leben Sie wohl.«

Irmi und Kathi schauten ihm nach.

»Was für ein aalglatter Typ, oder?«, meinte Kathi, als die Tür hinter ihm zugefallen war. »Der verarscht uns doch. Lügt uns ins Gesicht und macht dann Zugeständnisse.«

»Er will uns glauben machen, dass er als Künstler schon mal vergessen kann, wann er wo übernachtet hat. Er ist ja viel unterwegs, aber vergisst man so was wirklich?«

»Er ist so kontrolliert und professionell. Natürlich vergisst er so was nicht«, sagte Kathi. »Und jetzt?«

»Keine Ahnung. Ich tue mich schwer zu glauben, dass er seinen eigenen Sohn getötet haben soll. Zeitlich würde es natürlich passen. Aber kann das wirklich sein?«

»Vielleicht ein Fall von narzisstischer Kränkung? Womöglich war er mit Joshua verabredet, dann ist das Treffen eskaliert. Kann ja alles sein bei so einem. Der tut doch nur so kontrolliert«, schimpfte Kathi.

»Kann sein. Wir müssen auf jeden Fall noch mal zu Petra Heiligensetzer. Wenn wir diesem Battle so viel Bedeutung zumessen, dann müssen wir mehr über die Vater-Sohn-Beziehung erfahren«, meinte Irmi.

»Ja, müssen wir, aber bitte nicht mehr heute. Meine Schmerztablette wirkt nicht mehr«, erklärte Kathi.

»O weh! Dann morgen früh? Ich schlage vor, wir treffen uns dort«, sagte Irmi.

»Alles klar. Ich bin dann mal weg«, sagte Kathi und verschwand.

Irmi beendete eher mechanisch ein paar Arbeiten, war gedanklich aber bei F.T.A. White. Wäre er wirklich in der Lage, seinen Sohn zu erschießen? Und nun, da sie ihn kannte oder zumindest erlebt hatte, bekam das Buch eine ganz neue Schwere. Vielleicht sollte man die Autoren von Büchern besser gar nicht kennenlernen?

Irmi war kürzlich mit Luise und Lissi auf einer Lesung gewesen. Eine Autorin hatte ihren Kurzgeschichtenband vorgestellt, mit Erzählungen über Pflanzen. Irmi hatte eine gelesen und fand sie recht poetisch. Die Frau hatte dann aber so schlecht gelesen und war so unsympathisch dahergekommen, dass Irmi bereut hatte, überhaupt hingegangen zu sein.

Anstatt heimzufahren, legte Irmi einen Zwischenstopp in Eschenlohe ein und setzte sich im *Athen* in den Biergarten. Ihr Blick fiel auf ein paar Bekannte von Bernhard, die auch dort saßen. Sie blieb kurz stehen und versprach, ihn vom Schorschi, vom Paul und vom Egon zu grüßen.

Ach, Bernhard, wahrscheinlich hast du rechtzeitig die Kurve gekriegt, dachte Irmi. Zwar hätte sie nicht mit ihm tauschen und nach Ungarn gehen wollen, doch allmählich begann sie auch an ihrem eigenen Land zu zweifeln.

Irmi bestellte sich einen Vorspeisenteller und ein alkoholfreies Weißbier, wollte abschalten, doch es gelang ihr nicht. Joshua hatte in vielen Punkten recht. Die absurde Räumung von Lützerath war das beste Negativbeispiel für dieses Verharren in der Vergangenheit. Wie retrograd konnte man sein? Jetzt noch Wunden in die Böden zu schlagen und Mondlandschaften zurückzulassen – wegen dieses kläglichen Restes an Braunkohle? Man beharrte auf einer Umweltsünde und schickte junge Polizisten hin, die angeblich prügelnd über die Guten hergefallen waren. Sie beneidete keinen der jungen Kollegen, die womöglich wirklich glaubten, etwas Gutes für ihre Mitbürger zu tun. Doch Polizei, Feuerwehr oder Rettungskräfte wurden nicht nur dort behindert und attackiert. Diejenigen mit den hehren Zielen bekamen in der Folge einen Burn-out, die Arschlöcher radikalisierten sich. Irmi schauderte, wenn sie an die große

Anzahl von Polizisten unter Rechtsradikalen und Reichsbürgern dachte.

Irmis Essen kam. Sie tunkte das Brot ins Zaziki – bestimmt vertrieb der Knoblauch auch böse Geister. Aber die Auseinandersetzung zwischen Joshua und seinem Vater hatte sich in ihr festgesetzt und war auch nicht mit Knoblauch zu vertreiben. Von den Boomern waren einige mehr als selbstgefällig und verließen nie ihren eigenen Tellerrand. Irmi neigte nicht zum Fremdschämen, aber im Fall von Christine Lambrecht war ihr nichts anderes übrig geblieben. Diese Serie von verbalen Havarien und kompletter Wahrnehmungsverzerrung hatte Irmi erschüttert. Die Verteidigungsministerin hätte viel früher zurücktreten müssen. Zumindest konnte sie sich weiter teure High Heels kaufen. Nach Amtsende gab es noch drei volle Monatsgehälter und anschließend für weitere einundzwanzig Monate die halben Bezüge, insgesamt weit über zweihunderttausend Euro. Irmis Kernfrage lautete: Will ich weiter Vertreterin eines solchen Staates sein?

Langsam verzehrte sie ihr Essen, erlaubte sich einen Ouzo und fuhr schließlich heim. Luise war sicher drüben bei Lissi, und Irmi hätte natürlich hinübergehen können, aber ihr war nicht nach Reden zumute. Sie griff nach dem Buch von F.T.A. White und blätterte an die Stelle, an der sie aufgehört hatte.

Rita hob ihr Champagnerglas. »Prosit!«

Auch die anderen hielten ihre Kelche in die Höhe. Nur Emily, die junge Frau mit den langen glatten Haaren und der schwarzen Brille, erhob ein Wasserglas.

»Ihr tut das Richtige, und wer möchte, kann der Gruppe gerne verraten, warum er oder sie hier ist«, sagte sie. »Das hilft oft, die eigene Position zu festigen.«

»Das kann ich euch sagen«, meinte Rita. »Amyotrophe Lateralsklerose, eine unheilbare neurologische Erkrankung, bei der immer mehr Muskeln ihre Kraft verlieren. Spätestens dann, wenn die Atemhilfsmuskulatur und die Schluckmuskulatur betroffen sind, ist der Tod durch Ersticken nicht weit. Alles bei vollem Bewusstsein, liebe Freunde. Das dauert Monate bis Jahre.«

»Schrecklich«, sagte Gerhard. »Bei mir ist es Chorea Huntington, ihr seht ja meine Bewegungsstörungen. Ich kann meinen Körper nicht mehr steuern. Meine Frau hat mich verlassen, weil sie mit meinen psychischen Auffälligkeiten nicht mehr leben konnte. Ich werde der weiteren Entwicklung zuvorkommen, die in der Demenz enden würde.«

Er sah in die Runde, Emily nickte ihm bestätigend zu.

»Ich kann mit Creutzfeldt-Jakob dienen«, sagte Thomas. »Kommt ganz selten vor und geht schnell, sehr schnell. Man redet von Monaten. Die Frau ist auch mir abhandengekommen. Allerdings durch ein Glioblastom. Gut, dass sie meine Erkrankung nicht mehr miterleben musste.«

»Was ist ein Glioblastom?«, fragte Marlene.

»Ein unheilbarer bösartiger Hirntumor«, erläuterte Rita. »Den hatte übrigens auch der Schriftsteller Wolfgang Herrndorf. Er hat seine fortschreitende Erkrankung in einem Blog dokumentiert. Am Ende hat er Suizid begangen. Er wäre sicher bei uns, hätte es 2013 dieses Angebot schon gegeben.«

»Sein Blog ist unter dem Titel Arbeit und Struktur *auch als Buch erschienen«, sagte Sabine. »Sehr eindrücklich.«*

Rita nickte. »Magst du etwas sagen?«

»Bei mir ist es nur ein austherapierter Magenkrebs.«

»Ich habe MS«, sagte Karl. »Chronisch-entzündlich. Bei meinem Verlauf lässt sich kaum noch etwas verlangsamen und abschwächen.«

Emily nickte wieder. »Ihr seid nicht allein, es ist auch keine Strafe oder persönliches Versagen. Es ist, was es ist.«

»Jawoll!«, rief Rita. »Hoch die Tassen.«

Martin fühlte sich unwohl, er empfand diese Auflistung an tödlichen Krankheiten als zu plakativ. Es war nie seine Sache gewesen, die Erkrankung nach außen zu tragen. Stattdessen hatte er den Schmerz in sich verschlossen oder ihn maximal zynisch kommentiert. Er erhob sich und ging hinaus. Irgendetwas trieb ihn in die Tiefgarage. Vielleicht folgte er einfach der sentimentalen Aufwallung, sein Auto noch einmal sehen zu wollen, dieses formschöne elektrifizierte Wesen, das er nun nicht mehr brauchen würde.

In der Garage befanden sich auch Müllcontainer, die ein kräftiger junger Mann gerade in Richtung des Ausgangs schob. Martin hob lächelnd die Hand zum Gruß. Der junge Mann grüßte zurück und schob seine Last weiter. Martin folgte ihm langsam, trat ins Freie hinaus, sah ihm nach, wie er um die Ecke bog, und horchte dem Scheppern nach, das immer leiser wurde. Es schneite ganz leicht, und er sog die Bergluft ein. Während die Südseite des Hotels mit riesigen Fensterfronten und Balkonen in die Berge blickte, befand sich Martin auf der Nordseite, wo man in Richtung der Zufahrtsstraße sah, die sich durch den Wald wand und auf dem Plateau endete.

Der junge Mann kam zurück, ohne den Container.

»Wird mehr Schnee kommen?«, fragte Martin.

»Wir glauben nicht. Wäre auch nicht gut«, antwortete der junge Mann. Sein Tonfall hatte etwas Melancholisches.

Es galt längst als unhöflich, Menschen nach ihrer Herkunft zu fragen, unten im Tal hätte er das auch nie getan, aber hier oben war es egal – wie alles andere auch.

»Sind Sie Mongole?«, erkundigte sich Martin.

»Ich komme aus Tadschikistan«, sagte der Hotelangestellte.

»Dann sind Sie Berge gewohnt, hohe Berge, dünne Luft.«

»Bin ich. Muss ich für Arbeit hier. Soll aber nicht reden mit Gästen.«

»Ich werde Sie nicht verraten«, versprach Martin. »Zumal mir nur wenig Zeit bliebe, das zu tun.«

»Warum hier? Sie sehen gesund aus!«

»Das täuscht. Mein Gehirn wird sich schon sehr bald mit all seinen Funktionen verabschieden. Und Sie?«

»Den Job hier können nicht alle. Musst du guter Bergsteiger sein. Und Kraft haben. Früher hat mein Vater mit viele Rumänen in Schlachthaus gearbeitet. Hier keine Schweine, aber Menschen. Nicht immer so schön.«

»Sie meinen das Heraufholen?«, fragte Martin.

»Ja, Leute nicht immer ganz tot. Manchmal funktioniert Trank nicht ganz. Das ist schade.«

Das war grausam – auch für den jungen Mann, der in die Schlucht hinuntersteigen und die zerschmetterten Menschen bergen musste, die womöglich ihr letztes Lebenslichtlein nicht ganz ausgehaucht hatten.

»Aber fast immer klappt gut«, fügte der Hotelmitarbeiter eilig hinzu.

»Ist der Job denn gut bezahlt?«

»Geht. Wir nehmen ab und zu Sachen mit. Verkaufen wir. Kleines Zubrot. Sagt man Zubrot?«

Martin nickte. »Jacken, Stiefel, Schmuck?«

»Ja. Ist verboten, aber muss.«

»Recycling. Ist doch sinnvoll«, meinte Martin. »Die Käufer müssen ja nicht wissen, woher die Jacken kommen.«

Martin empfand Mitleid mit dem jungen Mann.

Er hatte vor seinem Aufenthalt im Berghotel alles geregelt. Das war die Bedingung. Es hatte eine Untersuchung der Zurechnungsfähigkeit gegeben, und sein Todeswunsch war notariell hinterlegt. Alles war dokumentiert, auch der Verbleib seines Autos.

Martin sah die anderen vor sich und hörte sie über ihre Krankheiten sprechen. Da war ein Keim des Zweifelns, über den sie natürlich gesprochen hatten mit Emily. Sie hatte sie darin bestärkt, Zweifel zuzulassen, um sie zu überwinden. »Ihr tut das Wahre«, hatte sie immer wieder gesagt. »Für euch und die Welt.«

Aber nun rumorte etwas in ihm. Er war nie bereit gewesen, einfach in alles einzuwilligen. Er hatte die Dinge immer hinterfragt. Nicht einwilligen. Damit eine Hoffnung bleibt – das war sein Motto gewesen.

Jetzt nickte er dem jungen Mann zu und ging langsam zum Haus zurück, während über dem Plateau unaufhörlich Schnee fiel.

Irmi legte das Buch weg. Weiss hatte es wieder einmal geschafft, sie zu verstören. Ihr wurde bewusst, wie sehr auch sie im Alltag verdrängte, was jenseits ihres kleinen Biotops geschah. Sie hatte Vorwände zwischen sich und die Welt geschoben, um sich nicht mit dem Zustand der heutigen Gesellschaft befassen zu müssen. Irmi musste so viel arbeiten, sie hatte Luises Einzug vorbereitet, sie war nicht mehr die Jüngste und sollte ein bisschen auf sich schauen.

Der unaufhörliche Schnee … Nicht einwilligen. Damit eine Hoffnung bleibt. Eine Sprachmelodie setzte sich in ihrem Kopf fest. Sie hatte wie viele junge Frauen eine Lyrikphase gehabt und kannte das Gedicht noch Zeile für Zeile.

Zwischen uns und den Frieden
haben wir Vorwände geschoben,
Sonst würden wir ihn entdecken,
mitten auf der Ebene,
über der unaufhörlich Schnee fällt,
verlassen und bereit, sich zu nähern.

Sie hatte die Gedichte von Walter Helmut Fritz geliebt, und sie waren ihr bis heute nahe, in ihrer anmutigen und doch so klaren Sprache.

Nicht einwilligen.
Damit uns eine Hoffnung bleibt.

Irmi ging davon aus, dass auch F.T.A. diese Gedichte kannte und damit gespielt hatte, und sie hasste ihn dafür. Abgesehen davon war es nicht fair, ein Buch zu schreiben, das sie um ihre wohlverdiente abendliche Hirnleere brachte. Sie hätte einfach nicht anfangen dürfen zu lesen, dachte sie und legte das Buch weg.

An diesem Abend schlief sie dennoch schnell ein und träumte zumindest nichts, was sich so einprägte, dass sie sich am nächsten Morgen noch daran erinnert hätte.

5

Irmi erwachte um halb sieben, weil Raffi ihr das Gesicht wusch.

»Danke schön!«, rief sie.

Raffi schaute sie unschuldig aus seinen Knopfaugen an.

Luise hatte schon Kaffee gemacht und las die Zeitung, als Irmi in die Küche kam. Sie waren wahrscheinlich die letzte Generation, für die eine gedruckte Zeitung zum Start in den Tag gehörte. Die Jüngeren vertrauten längst auf Smartphone und Tablet.

»Morgen, Irmi!«

»Guten Morgen. Der Kaffee ist schon fertig, toll!«

»Du isst ein kleines Brot dazu«, sagte Luise streng.

»Ja, Mama!«

Sie lachten. Es war für Irmi neu und immer noch ungewohnt, so umsorgt zu werden.

Als sie schließlich ins Büro fuhr, regnete es schon wieder, es war allmählich zermürbend. Irmi war wahrlich keine Freundin von Hitzetagen, aber das Dauergrau setzte sogar ihr zu. Im Radio lief *No Milk Today.* Im Gegensatz zu anderen, die Internetradio hörten, gab es bei ihr noch klassische Sender. Und wenn ihr ein Lied nicht gefiel, tippte sie einfach auf einen anderen Sender. Meistens zappte sie zwischen SWR 3, Antenne Bayern und BR 1 hin und her.

Andrea kam ihr auf dem Gang im Büro entgegen. »Morgen, Irmi!«

»Guten Morgen! Du hast was Neues, so wie du aussiehst, oder?«

»Ja, ich weiß, wer *@bomber* ist.«

»Ein Reichsbürger aus Thüringen mit umfangreicher Waffensammlung?«

Andrea lächelte. »Das wäre zu schön, um wahr zu sein, aber es ist ganz anders.«

»Gut, dann halt ein Rechtsradikaler aus Oberbayern?«

»Irmi, *@bomber* ist eine Nageldesignerin aus Mannheim, fünfundfünfzig Jahre alt. In der Mordnacht war sie im Krankenhaus. Mit einem gebrochenen Schlüsselbein.«

»Nee, oder?«

»Doch, ich hab das verifiziert. Sie ist ein großer Fan von F.T.A. White und hat ihn schon mehrfach auf Lesungen erlebt. Ihrer Meinung nach hätte er einen anderen Sohn als Joshua verdient.« Andrea verzog das Gesicht.

»Eine Literaturstalkerin mit rechtsgerichteter Ideologie?« Irmi war völlig platt.

»So in etwa. Sie fand ihre Kommentare auch gar nicht so schlimm. So schreibt doch jeder, sagte sie. Ihren Dialekt kann ich leider nicht nachmachen.«

Irmi schüttelte den Kopf.

Kathi stieß zu ihnen und war auch ziemlich fassungslos, als Andrea ihr von der Dame in Mannheim erzählte. »Gut, dass ich mir nie die Nägel machen lass, da weiß man ja nicht, wo man da hingerät.« Sie überlegte. »Wollen wir jetzt wirklich alle Hater überprüfen?«

»Momentan nicht«, sagte Irmi. »Ich fürchte, wir können Petra Heiligensetzer die Begegnung mit ihrer Vergangenheit nicht ersparen. Wir müssen sie auf ihren Ex-Mann ansprechen. Zumindest wenn wir in Erwägung ziehen, dass er seinen eigenen Sohn getötet hat.«

»Ich ziehe das immer noch in Erwägung!«, sagte Kathi mit Nachdruck.

»Na, dann los«, meinte Irmi.

Vor dem Haus in Uffing stand diesmal nicht das Cabrio von Bettina Molitor. Irmi läutete, und Petra Heiligensetzer öffnete. Etwas hatte sich in ihrem Gesichtsausdruck verändert. Die ungläubige Verzweiflung war einer Hoffnungslosigkeit gewichen.

»Frau Heiligensetzer, dürfen wir stören?«, fragte Irmi. »Wie geht es Ihnen? Ist Ihre Schwester gar nicht da?«

»Viele Fragen. Bettina ist zu ihrem Haus gefahren, sie muss da einiges klären. Wie es weitergeht.«

Das Haus, das verdammte Haus, wo alles begonnen hatte.

»Kommen Sie«, sagte Petra Heiligensetzer.

Sie setzten sich wieder an den hübschen Tisch. Mechanisch stellte Frau Heiligensetzer eine Karaffe mit Wasser und Gläser vor sie hin.

»Und? Haben Sie seinen Mörder?«, fragte sie.

»Glauben Sie uns, wir tun alles, was in unserer Macht steht, um ihn zu finden. Dazu gehört auch, dass wir mit Joshuas Vater gesprochen haben«, sagte Irmi zögerlich.

Frau Heiligensetzer schwieg.

»Er hat es von Ihrer Schwester erfahren«, fuhr Irmi fort.

Joshuas Mutter nickte. »Ja, ich wollte ihn anrufen, aber ich konnte nicht … Wir sind seit über zehn Jahren getrennt«, sagte sie, als sei das eine Erklärung.

»Ihr Sohn hatte aber seit einiger Zeit Kontakt zum Vater«, bemerkte Kathi.

»Ja, das war sein Wunsch.«

»Die beiden hatten dieses Battle auf YouTube, ich nehme an, Sie wissen davon?«, fragte Irmi.

»Ja, Frank versucht, ihn vorzuführen, aber Joshua schlägt sich gut. Er ist sehr sprachbegabt.«

Irmi entging nicht, dass sie noch immer im Präsens von ihrem Sohn sprach. Die rhetorische Gewandtheit hatte Joshua zweifellos von seinem Vater.

Petra Heiligensetzer sah Irmi an. »Der Junge hat seine sprachliche Begabung vom Vater – das denken Sie gerade, oder?«

»Im Prinzip ja.«

»Das kann gut sein. Aber Frank manipuliert mit Sprache. Joshua ist wahrhaftiger.«

»Frau Heiligensetzer, den Eindruck hatten wir auch. Im Gespräch mit Ihrem Mann …« Irmi brach ab. Sie konnten ihr ja kaum sagen, dass sie Weiss verdächtigten.

Kathi übernahm. »Im Netz kochen die Emotionen ziemlich hoch, das dürfen wir nicht außer Acht lassen.«

»Ach? Mir gegenüber haben Sie die Attacken im Netz heruntergespielt. Jetzt auf einmal nicht mehr?«

Touché, dachte Irmi. Sie maßen wirklich mit zweierlei Maß.

»Wir haben uns noch mal ganz genau angeschaut, was in diesen Kommentaren steht«, erklärte Kathi. »Und deshalb möchten wir mit Ihnen über Ihren Ex-Mann sprechen. Auch wenn das für Sie schmerzhaft sein mag.«

»Es ist lange her, alles ist lange her.«

»Wir wollen nicht in irgendwelche Intimitäten eindringen, aber Ihre Schwester hat angedeutet, dass …«

»… keiner verstanden hat, warum mein Mann ausgerechnet mich genommen hat?« Petra Heiligensetzer lachte bitter auf. »Bettina ist sehr schnell mit ihren Urteilen. Sie war immer die Abenteurerin von uns beiden. Ich war die Langweilerin. Bettina war exaltiert, ich verlässlich. Bettina war freizügig, ich zugeknöpft. Sie fand immer, ich würde nicht zu ihm passen. Hat sie ihn Fränki genannt?«

Kathi nickte.

»Das hat er gehasst. Frank war attraktiv, eloquent, aber im Studium noch gar nicht so selbstbewusst wie heute. Er hat gehadert und viel gezweifelt. Nicht auf Feten, nicht im Kreise seiner Bewunderinnen, aber später im Stillen. Dann war ich da, als Hafen für seine Selbstzweifel«, sagte Petra Heiligensetzer leise.

»Ihre Schwester meinte, er hätte Sie ausgenutzt?«

»Mag sein, vielleicht ist er an mir gewachsen und über mich hinaus. Er war nach dem Examen kurzzeitig in einer renommierten Kanzlei, hat manisch gearbeitet, hatte aber durchaus Versagensängste. Ich fand es nicht schlimm, ihn aufzufangen. Eigentlich waren wir ein gutes Team. Mir hat es an nichts gefehlt. Wir hatten gute Gespräche, auch guten Sex. Es gibt mehr Paare, bei denen der eine eine Bühne braucht und der andere die Fundamente dafür legt.« Sie klang trotzig.

Irmi dachte, dass es bei ihr und dem Hasen ganz ähnlich war. Sie selbst war ziemlich geerdet, der Hase hingegen ein intellektueller Kosmopolit.

»Laut Ihrer Schwester war er nicht sonderlich treu?«, fragte Kathi.

»Das behauptet sie. Bevor wir zusammen waren, stimmte das auch. Doch in der Zeit unserer Beziehung war er sicher nicht promiskuitiv.«

»Aber woran sind Sie denn dann gescheitert? An seiner Schriftstellerei? Doch an den Groupies? An den Auftritten?«, wollte Kathi wissen.

»Nein, eigentlich an den Ereignissen des Jahres 2011.«

Das klang kryptisch. Irmi und Kathi warteten.

»Das war eine schwere Zeit, die schwerste überhaupt.« Frau Heiligensetzer stockte. »Danach habe ich gedacht, es könnte nicht schlimmer kommen. Doch jetzt sehe ich, dass es das sehr wohl kann. Gott straft mich.« Sie sah zum Tisch. »Joshua hat es noch nie leicht gehabt, aber danach war Joshua wie ausgewechselt.« Wieder eine lange Pause. »Wir waren alle in einer Art Schockstarre. Ich hätte Joshua mehr helfen müssen, aber ich war so mit mir selber beschäftigt.«

Die beiden Kommissarinnen konnten sich keinen Reim auf ihre Äußerungen machen, doch sie schwiegen. Sogar Kathi zähmte ihre impulsive Ungeduld.

Schließlich begann Petra Heiligensetzer zu sprechen. Leise und mit äußerster Konzentration, als wolle sie keinen Fehler machen.

»Es war der Tag des Schulfests, das wie immer die Kinder, die Lehrer und auch ein paar Mütter und Väter vorbereiteten. Es wurde dekoriert, wir hatten jedes Jahr ein Motto aus einem Buch oder Film. Im Jahr 2011 war es *Wickie und die starken Männer*, also wurde Wikingerdekoration vorbereitet. Die Kinder hatten im Werkunterricht schon vorgearbeitet, ein Vater, Architekt von Beruf, baute ein Wikingerhaus, ein Opa brachte ein altes Boot, das wikingermäßig verziert wurde. Es war alles ziemlich hektisch, aber da war auch so viel Energie und Vorfreude. Ab Mittag sollten Eltern und Verwandte dazukommen. Natürlich ist man bei so etwas immer zu spät dran, dann flog eine Sicherung raus, es dauerte, bis der Hausmeister den Strom wiederherstellen konnte. Ja, es war ein ziemlicher Trubel.« Petra Heiligensetzer atmete tief durch. »Einem Mädchen fiel irgendwann auf, dass Joshua fehlte. Sie hätte mit ihm zusammen nämlich Styropor in diese Faschingswikingerhelme aus Plastik kleben sollen, weil die teilweise zu groß waren.« Wieder eine bleierne Pause. »Solche Aktionen waren typisch für ihn. Er machte eine Weile mit, dann wurde ihm langweilig, irgendetwas gefiel ihm nicht. Wenn die übrigen Kinder ein Problem anders angehen wollten als er, dann haute er eben ab. Ich begann zu suchen und zu rufen, und er kam mir dann auch gleich am Parkplatz entgegen. Er blutete am Kopf, nicht schlimm, aber doch so, dass ich ihn verarzten wollte und mit ihm ins Sekretariat ging. Er war bockig wie immer und erzählte mir nur nach vehementem Nachfragen, dass er hatte pinkeln wollen, und weil er die Schultoilette eklig fand, sei er halt raus. Schnell über die Straße. Er sei ausgerutscht und hätte sich den Kopf angeschlagen. So was passierte ihm oft. Er hat sich oft verletzt.« Sie schluckte.

Ein paar Schweißperlen traten auf ihre Stirn, und Irmi hoffte, dass sie nicht wieder zusammenklappen würde.

»Wir waren noch im Sekretariat, als eine andere Lehrerin hereinkam und Joshua fragte, ob zufällig Emil bei ihm gewesen sei, was Joshua verneinte. Er sagte, er wisse nichts von Emil. Dieser war auch in einer ganz anderen Gruppe eingeteilt gewesen, einer Gruppe, die das Büfett vorbereiten sollte. Emil hatte die Aufgabe, Besteck zu polieren, er saß in einem Nebenraum der Küche.«

»Kein spannender Job für diesen Emil«, bemerkte Kathi.

»Nein, aber Emil wollte das so. Er war generell ein Träumer, der öfter mal irgendwo hockte und die Zeit vergaß. Erst als Kinder aus der Büfettgruppe Emil etwas zu trinken bringen wollten, fiel ihnen auf, dass er weg war. Ich schickte Joshua zurück zu seinem Team und begann mit Margit zu suchen. Keine Spur von Emil! Langsam wurden wir unruhig, ich meine, ich war die Konrektorin, ich hatte die Oberaufsicht und ein Kind verschwindet!«

Nun hakte Kathi ein: »Wie hätten Sie denn auf alle Kinder aufpassen können?«

»Ja, ich weiß. Weil Emil auf dem Schulgelände nirgends war, dachten wir, er sei heimgegangen. Da war er aber nicht. Auch nicht bei der Oma, bei der er öfter mal war. Ein Kollege ging seinen Heimweg ab. Wie gesagt, der Emil war so verträumt, der konnte auch mal eine Stunde lang irgendwo sitzen, einem Vogel zusehen, vom Hochufer in den Lech starren. Aber er war wirklich nirgends. Es war Mittag geworden, wir konnten das Fest nicht mehr absagen. Und während alle sich amüsierten und die Kinder durch die Wikingerküche und Bastelsachen ordentlich Geld einnahmen – wir spendeten das jedes Jahr an ein Schulprojekt in Burkina Faso –, blieb Emil verschwunden. Seine Eltern telefonierten mittlerweile alle Bekannten und Verwandten ab, wir riefen dann schließlich die Polizei.« Ihre Stimme bebte.

Irmi versuchte zu ermessen, wie das damals für sie gewesen sein musste. Ein Horrortrip, einerseits ein Schulfest leiten zu müssen, Ruhe zu bewahren und Freude zu verbreiten und andererseits dem Verschwinden eines Kindes nachzugehen. Eine furchtbare Situation.

»Emil war weiterhin nirgends zu finden. Natürlich wurden Ärzte und Kliniken abtelefoniert, die Polizei wertete Kameras am Bahnhof aus, ein Polizist meinte, Kinder würden schon mal weglaufen. Sie zogen dann abends ungeheuer viele Leute zusammen, und es gab zwei Spürhunde. Emils Vater brachte ein Sweatshirt von Emil mit, und der Hund nahm eine Fährte auf. Sie führte bis in den Wald, gar nicht weit weg von der Schule, aber von Emil war nichts zu sehen. An der Stelle, wo sie endete, sah es so aus, als hätte jemand mit einem Ast Spuren verwischt. Am Waldrand gab es jede Menge Reifenspuren, weil das ja auch ein Naherholungsgebiet ist. Und es war damals wahnsinnig trocken, man konnte nichts finden. Natürlich dachten wir nun alle an ein Verbrechen. Polizei und Freiwillige durchkämmten tagelang später noch die Region. Doch Emil blieb verschwunden. Bis heute.«

Irmi zuckte innerlich zusammen. »Bis heute?«

Petra Heiligensetzer nickte.

»Hatten Sie auf dem Schulgelände denn keine Kameras?«

»Es gab eine, die auf den Parkplatz zeigte. Sie machte alle zehn Minuten ein Foto, weil einige Eltern Angst gehabt hatten, dass wer die Kinder anspricht.« Sie schluckte.

»Die Bilder wurden natürlich ausgewertet. Auch ich war auf einem davon zu sehen, mit Joshua, und natürlich viele weitere Besucher des Schulfests. Auch zwei Lieferwagen, aber nichts deutete drauf hin, dass Emil dort war. Alles wurde überprüft, aber es gab keinerlei Hinweise auf den Verbleib des Jungen.«

»Und wurden die Kinder befragt?«, fragte Kathi.

»Polizei und Psychologen waren in der Schule. Sie sprachen mit den Lehrern und den Kindern. Man konnte ziemlich genau den Zeitpunkt des Verschwindens eingrenzen. Emil hatte um neun Uhr mit dem Polieren seines Bestecks angefangen, die Kinder hatten ihn da auch später sitzen sehen, doch als sie ihm um kurz vor elf was zu trinken bringen wollten, war er weg.« Sie atmete schwer. »Alle wurden befragt, auch sein bester Freund Maxi wusste nichts.«

Irmi sah Kathi an, die schließlich sagte: »Bitte verzeihen Sie die Frage, aber Joshua war nicht vielleicht doch mit ihm zusammen? Weil er doch kurzzeitig gefehlt hatte?«

»Das habe ich mich auch gefragt. Ich habe ihm gesagt, es sei nicht schlimm, wenn er gelogen hätte. Aber Josh war nur pinkeln gewesen. Mehr nicht. Als ich ihn auf dem Parkplatz getroffen hatte, war es zwanzig nach zehn. Das hat auch die Kamera aufgezeichnet, und zu dem Zeitpunkt saß Emil ja noch in seinem Kämmerchen. Joshua hat Emil natürlich nicht gesehen, wie auch? Und selbst wenn sie zusammen gewesen wären, er hätte Emil ja auch nicht wegzaubern können. Oder verschleppen. Wie denn? Wohin denn?« Sie schluckte. »Das Schlimmste für mich war, dass Frank nicht da war. Josh war schon so enttäuscht gewesen, dass er nicht zum Schulfest kommen konnte. Er war in einer Schreibklausur in den Bergen. Das machte er öfter für ein paar Tage. Er ging dann auch nicht ans Telefon. Ich habe ihn mit Nachrichten bombardiert, und natürlich kam er schließlich, aber erst zwei Tage später. Das waren zwei harte Tage für den Jungen.«

Natürlich, nicht nur er hätte seinen Vater brauchen können, auch Petra hätte ihn als Partner gebraucht, dachte Irmi.

»Als Frank dann kam, waren wir alle so hilflos.«

Hilflos war wahrscheinlich ein Euphemismus, dachte Irmi. Was musste diese Frau durchgemacht haben? Schließlich hatte sie die Verantwortung für das Fest gehabt.

Frau Heiligensetzers Lippen bebten ein wenig, sie trank hektisch einen Schluck Wasser. Eine Weile herrschte Stille, dann sprach sie weiter: »Für uns war es besonders schlimm, dass Emils Familie unsere Nachbarn waren.«

»Wie?«, fragte Kathi.

»Die Wagners wohnten im Haus schräg gegenüber. Wir waren nicht direkt befreundet, aber unsere Söhne waren gleichaltrig. Sie gingen allerdings in unterschiedliche Klassen, und Josh fand, dass Emil ein Weichei sei. Emils Schwester Lara war zwei Jahre älter und auch an unserer Schule. Sie war mit Josh ab und zu auf dem Trampolin und in unserem Garten. Er mochte sie, aber sie war ein Mädchen. In dem Alter spielt man nicht dauernd mit Mädchen.« Wieder eine Pause. Man sah der Frau an, wie weh ihr das alles bis heute tat. »Lara litt am meisten. Sie war eh schon ein stilles Mädchen und wurde noch stiller. Sie versank quasi im Schweigen und sprach nur noch das Nötigste. Wir haben mit den Nachbarn dann nicht mehr geredet und die nicht mit uns.«

»Haben Emils Eltern Ihnen denn Vorwürfe gemacht?«, fragte Kathi überrascht.

»Nein, das nicht. Aber es war so furchtbar. Wir konnten nicht mehr reden. Diese Ungewissheit … Ich habe öfter gehofft, man würde wenigstens Emils Leiche finden. Verstehen Sie? Ich habe mich dafür gehasst.«

Irmi nickte.

»Katrin und Josef haben mir wirklich keine Vorwürfe gemacht, das war ich schon selber! Ich hatte in meiner Aufsichtspflicht versagt. Das Schulamt war eingeschaltet, ich stand im Fokus. Am Ende war ich rehabilitiert, weil ich nicht überall sein konnte. Die Kollegin, in deren Gruppe Emil gewesen war, quittierte wenig später den Schuldienst.«

»Und das war hier, an Ihrer Schule?«, fragte Kathi.

»Nein, im Fuchstal, im Raum Landsberg. Wir haben damals dort gelebt, aber dieser Sommer 2011 hat unser aller Leben völlig aus den Fugen gehoben. Ich war viel zu wenig für Joshua da, Frank auch. Im Oktober brachte sich Emils Mutter um. Wir waren alle wie erstarrt. Josef ging mit Lara noch Mitte Dezember in die Nähe von Augsburg, und am zweiten Weihnachtsfeiertag zog Frank aus. Weil er es nicht mehr ertrug, dass ich in meinen Selbstvorwürfen versank. Er zog auch aus, weil der Umgang zwischen ihm und Joshua immer kälter geworden war. Joshua wehrte alle Versuche ab, die Frank unternahm, um ihn aus der Reserve zu locken.«

»Haben Sie sich beurlauben lassen? Oder waren Sie auf Kur?«, fragte Kathi.

»Ich habe Stunden reduziert und auch den Posten als Konrektorin abgegeben, aber weitergearbeitet. Um nicht wahnsinnig zu werden.«

Oder um dich zu bestrafen?, fragte sich Irmi im Stillen.

»Und dann?«, fragte Kathi.

»Als Frank weg war, wurde Joshua irgendwie ruhiger, fast so, als sei er froh, dass sein Vater ihn nun nicht mehr zu irgendwas animieren wollte. Er war auch gar nicht so schlecht in der Schule, aber dann wurde er bei einem Diebstahl im Supermarkt erwischt und wenig später an der Tankstelle. Ich war mit ihm bei einer Psychologin. Er sprach von Langeweile als Grund für seine Klauerei. Die Psychologin meinte, dahinter stecke ein Trauma, er leide an einer Art posttraumatischer Belastungsstörung, aber sie kam auch nicht an ihn heran. Ich befürchtete, er könnte weiter entgleisen. Und als sei es ein Wink des Schicksals, fielen Bettina im Sommer 2012 diese Häuser zu, und wir bezogen das eine. Es war eine Zäsur, nicht immer auf das Haus von Emils Familie schauen zu müssen, in das inzwischen ein Rentnerehepaar aus Düsseldorf gezogen war. Sie hatten den ganzen Garten verändert, alle Spielgeräte abgebaut, es war wie ein Verrat an Emil und Lara. Das hat Josh so auch mal gesagt. Es war gut, dass wir aus der traumatischen Umgebung entfliehen konnten. Seither leben wir hier, und ich konnte mich versetzen lassen.«

Sie sah in den Garten und dann den beiden Kommissarinnen in die Augen.

»Deshalb ist Frank gegangen, wir konnten das nicht ertragen, uns nicht mehr ertragen. Wir waren beide ungerecht.

Ich weiß, dass Bettina der Meinung ist, dass Frank sich aus dem Staub gemacht hat, wo ich ihn gebraucht hätte. Aber wir konnten einfach nicht mehr zusammenleben.«

»Hat der Umzug denn geholfen?«, fragte Kathi.

»Ja, allerdings heilt die Zeit nicht alle Wunden. Aber Joshua tat es gut, er trat in den Fußballverein ein, er wurde ruhiger, sein Interesse für Politik und Umwelt keimte auf, und das ist ja nichts Schlechtes. Er war in der Umwelt-AG der Schule, dann bei Fridays for Future. Er hat dort eine Art Heimat gefunden, ist in deren Ortsgruppe aktiv geworden. Es war immer ein Zweifler, ein Auflehner, keiner, der einfach so einwilligt. Es hat ihm geholfen, für ein Ziel zu kämpfen.«

Da war es wieder, das Thema, dachte Irmi. Nicht einzuwilligen.

»Was ja in der Tat nicht schlecht ist«, sagte Kathi. »Allerdings anstrengend für denjenigen, der zweifelt. Denken kann belasten.«

Petra Heiligensetzer lächelte ganz leicht. »Da haben Sie recht, zumal das bei Joshua immer auch mit Wut einherging. Die hatte er aber mittlerweile besser kanalisiert.«

»Sein Battle ist aber schon sehr wütend«, sagte Irmi.

»Ja, weil Frank ihn so sehr herausgefordert hat. Es lag auch an dieser unguten Energie zwischen den beiden. Ich glaube, mit einer anderen Person wäre es nicht so wütend, so endgültig geworden.«

Irmi sah Kathi an, dass ihr die Frage auf den Lippen lag: Hätten Sie das als Mutter nicht unterbinden können? Aber Kathi fragte nicht, weil sie die Antwort kannte. Es wäre ein schlichtes »Nein« gewesen.

Wieder schwiegen sie eine Weile. Irmi sah das schöne Gesicht des Jungen vor sich. Was hätte aus ihm alles werden können! Vielleicht hätte er gelernt, seine Wut zu kanalisieren. Sein Weg wäre womöglich steinig geblieben, aber es wäre wenigstens ein Weg gewesen.

»Und Sie hatten nach dem Verschwinden Ihres Mannes aus Ihrem Leben keinerlei Kontakt zu Ihrem Ex-Mann?«, fragte Kathi.

»Ab und an. Wegen finanzieller Dinge. Er hat immer mehr als genug für Joshua bezahlt, falls Sie das wissen wollen.« Sie stockte. »Und ich habe ihn natürlich auch beim Scheidungstermin gesehen.«

»Und Joshua? Der hatte dann irgendwann wieder Kontakt zum Vater?«, fragte Kathi weiter.

»Ja, nachdem er zuerst jeden Umgang mit seinem Vater verweigert hatte, wollte er ihn mit siebzehn wiedersehen. Es entwickelte sich ein lockerer Kontakt. Er hat mir wenig erzählt von Frank, er war nur manchmal ziemlich aufgewühlt, wenn er heimkam.«

»Nun, wenn man sich das Battle ansieht, wenn ich da schon wieder darauf zurückkomme, wundert mich das auch nicht«, sagte Kathi.

»Wie gesagt, sie sind beide unnachgiebig. Ich glaube aber, dass Frank bewusst provoziert. Es sind vielleicht gar nicht unbedingt seine Positionen. Er war immer der Typ, der auch in Studentenzeiten einfach mal eine andere Meinung angenommen hat, auch wenn es gar nicht seine war. Aus Lust an der Debatte.«

»Wir hatten den Eindruck, er nähme das Battle weniger ernst als sein Sohn«, sagte Irmi.

Darauf antwortete Petra Heiligensetzer nicht. Eine ungute Gesprächspause trat ein.

»Was wurde denn aus Ihren Nachbarn?«, fragte Kathi schließlich. »Hatten Sie zu denen je wieder Kontakt?«

»Nein, auch ein Thema, das nicht mehr angerührt wurde. Aber ich weiß, dass Josefs Schreinerei wohl ganz gut läuft und dass Lara trotz allem das Abi bravourös bestanden hat, dass sie Tiermedizin studiert, ein Auslandssemester macht.« Sie stockte und fuhr dann fort: »Das weiß ich von einer ehemaligen Nachbarin aus dem Fuchstal, die ich zufällig getroffen habe. Wie es ihr und Josef wirklich geht – keine Ahnung. Ich hätte wohl …«

»Nein, hätten Sie nicht!«, unterbrach Kathi. »Sie haben nämlich auch ein Recht darauf, dass alte Wunden nicht aufgerissen werden.«

Kathi konnte Irmi immer wieder und immer noch überraschen. So ungestüm ihre Kollegin auch war, verfügte sie durchaus über Mitgefühl.

»Wie auch immer«, sagte Frau Heiligensetzer. »In der Rückschau ist man immer klüger, hätte manche Dinge anders gemacht. Das Jahr 2011 war unser aller Kipppunkt. Ich bin meiner Schwester sehr dankbar, dass sie mich aufgefangen und uns das Haus gegeben hat. Dass sie auf Frank einhackt, ist ihre Sicht der Dinge, aber nicht ganz fair.«

Jeder hatte eine andere Realität, dachte Irmi. Man konnte eben niemandem hinter die Stirn sehen. »Danke für Ihre Offenheit. Darf ich Sie noch etwas fragen?«

Frau Heiligensetzer nickte.

»Hat Frank seinen Sohn geliebt?«

Joshuas Mutter sah hoch. »Warum fragen Sie das? Sie

glauben doch nicht etwa, Frank hätte etwas mit dem Mord zu tun?«

»Nein, nein«, beeilte sich Irmi zu sagen.

»Er hat dieses Battle nur so unglaublich schonungslos geführt«, ergänzte Kathi.

»Das lag aber auch an Joshua. Der wollte keine Schonung. Er sah sich als ebenbürtiger Gegner.«

Irmi nickte. Da hatten sie die Kurve gerade noch gekriegt. Denn natürlich verdächtigten sie Weiss, und genau genommen war die Frage auch dumm gewesen. Menschen töteten auch das, was sie liebten. Manchmal gerade, weil sie es liebten.

»Sie informieren mich, wenn Sie weiterkommen?«, fragte Petra Heiligensetzer.

»Natürlich«, versicherte Irmi. »Wir wünschten, wir können Ihnen mehr sagen. Wirklich.«

Petra Heiligensetzer begann, die Gläser zusammenzustellen, sie wirkte erschöpft. Sie hatten ihr viel abverlangt. Hatten schwere Türen geöffnet. Türen zu dunklen Kellern.

Sie verabschiedeten sich und gingen schweigend zum Auto.

Kathi stöhnte. »So ein Scheiß! Wie fies kann das Leben noch sein?«

»Wir sollten uns die Akten zum Fall Emil besorgen«, schlug Irmi vor. »Ich glaube mich zu erinnern, dass das damals durch die Medien ging. Das Bild des Jungen war doch überall in unseren Computern.«

Im Büro stießen sie natürlich auf den damaligen Fall. Emil Wagner, zehn Jahre, von einem Schulfest spurlos verschwunden.

»Furchtbar, die arme Frau«, sagte Andrea, als sie ihr die Geschichte erzählt hatten. »Lebt in dieser ständigen Selbstanklage! Erst verliert der Junge seine Nachbarn, dann geht auch noch sein Vater. Und nun musste er selber sterben. Wie sinnlos! Ich glaube, dieser Joshua, ähm, aus dem hätte was werden können. Wenn er seine Intelligenz hätte kanalisieren können.«

Das waren auch Irmis Gedanken gewesen. Sie nickte Andrea zu.

»Das ist tragisch, aber inwiefern helfen uns die neuen Erkenntnisse weiter?«, meinte Kathi. »Wir wissen jetzt, warum der Vater abgehauen ist und warum Joshua so schwierig geworden ist. Die Mutter war wahrscheinlich in ihre Welt aus Selbstvorwürfen verstrickt. Kinder beziehen so was gerne auf sich. Dabei wäre es eigentlich logischer, wenn Weiss ein schlechtes Gewissen hätte, sein Kind in so einer wichtigen Phase verlassen zu haben. Warum sollte er es Jahre später umbringen?«

»Wir wissen nicht, was die beiden sich an den Kopf werfen, wenn die Kameras ausgeschaltet sind«, sagte Irmi. »Womöglich haben die sich beide hinterher ins Fäustchen gelacht. Auch Joshua hat durch dieses Battle Follower und Fame bekommen. Wer war Joshua? Nur ein wütender junger Mann?«

Kathi warf Irmi einen befremdeten Blick zu. Irmi ahnte, was Kathi jetzt dachte: Die Alte dreht langsam ab.

»Und wer ist Weiss?«, fuhr Irmi fort. »Laut Petra Heiligensetzer ist er gar nicht so ruchlos. Bettina Molitor hingegen hält ihn für ein narzisstisches Arschloch. Und wie haben wir ihn erlebt?«

»Als Manipulator«, sagte Kathi. »Ich trau dem Typen nicht.«

Irmi wandte sich an Andrea. »Bitte ruf mal in Landsberg an. Wir brauchen Akteneinsicht in den Fall Emil.«

»Was soll das bringen?«, fragte Andrea.

»Ich weiß es nicht!«, rief Irmi ungehalten, was eigentlich gar nicht ihre Art war.

Andrea zuckte regelrecht zusammen.

Kathi zog ein klein wenig den Kopf ein. »Na dann, schönen Abend«, sagte sie und trollte sich.

Irmi hatte ein ungutes Gefühl. Normalerweise reagierte sie nicht so heftig.

Da ploppte eine SMS in ihrem Handy auf. *Ich bin laufen. Bisschen weiter. Kommst du heute ohne mich aus?*

Irmi lächelte. Wenn der Hase ein bisschen weiter lief, entsprach das von der Strecke her in etwa einem Marathon. Oder den Höhenmetern eines Matterhorns.

Gerade so. Viel Spaß dir, schrieb sie zurück.

Es kamen drei Herzchen und zwei Bussis.

Irmi schickte fünf bunte Herzen zurück – in Rot, Orange, Gelb, Grün und Blau. Ein blaues Herz sah irgendwie komisch aus, fand sie.

Zu Hause stürmte Raffi auf sie zu. Er hatte ölige Ohren.

»Unter welchem Bulldog bist du denn wieder rumgekrochen?«

Er blieb ihr eine Antwort schuldig und folgte ihr ins Haus. Neben dem Herd stand eine Karotten-Ingwer-Suppe, am Topf lehnte ein Zettel: *Aufessen, ein Baguette liegt im Brotkasten. Ich bin mit Luise ins Allgäu gefahren. Einen Laden ansehen.*

Die beiden informierten sich bei anderen Hofläden, ließen sich inspirieren und woben an Netzwerken. Es war schön, Fridtjof und Luise im Hintergrund zu wissen.

Die Suppe war köstlich, fand Irmi. Nach dem Essen nahm sie sich das Buch wieder vor.

Es rumorte und polterte weiter in ihm, während er schnell auf sein Zimmer ging, sich das Gesicht wusch und in den Spiegel sah, aus dem ihm ein vergleichsweise gut erhaltener Mann in den Siebzigern entgegenblickte. Die Äuglein waren etwas weiter in die Höhlen gerutscht, der Hals war faltiger geworden, aber er hatte volles, wenn auch graues Haar, das er in einem Kurzhaarschnitt trug, und eine gesunde Gesichtsfarbe, die weder auf rotädrigen Alkoholismus deutete noch auf fahlgraue Herzinsuffizienz.

Im Speiseraum trat er ans Büfett, wo sich Sabine gerade einen Salat holte.

»Ich habe mir schon überlegt, welche Unterwäsche ich in drei Tagen anziehe«, sagte sie. »Früher habe ich immer gedacht, man könne ja verunglücken, und dann läge man womöglich mit einem labbrigen und nicht mehr blütenreinen Slip im Röntgenraum. Oder Schlüpfer, meine Mutter sagte immer Schlüpfer.«

»Meine auch. Schöne Wörter, die mit uns aussterben werden«, meinte Martin lächelnd.

»Wie CD, Festnetztelefon und Brockhaus.«

»O ja, der gute alte Brockhaus mit seinem gewichtigen Wissen. Wikipedia ist da natürlich leichter und günstiger. Oder man fragt gleich die KI. Wir werden verschwinden – zusammen mit unseren altmodischen Wörtern. Wir waren die Herren und Herrinnen der westlichen Welt, wir haben die Alltagskultur geprägt.«

»Und heute wundern wir uns, dass die jungen Menschen unsere Ikonen von Aerosmith bis Zappa nicht mehr kennen«, meinte Sabine. »Erinnerst du dich noch an die Rocky Horror Picture Show?«

Martin lächelte. »Take a jump to the left!«

»In drei Tagen wohl eher a jump forward«, bemerkte Sabine trocken und versenkte ihre Gabel im Rote-Bete-Salat.

Er konnte nicht anders und flüsterte ihr zu: »Zweifelst du gar nicht?«

»Wer Zweifel sät, wird Auflehnung ernten«, entgegnete Sabine.

Vergeblich versuchte er, ihren Blick zu erhaschen, der in den Roten Beten verharrte.

Gestern hatte es wieder einen Film gegeben, der einzig und allein dazu diente, alle Zweifel im Keim zu ersticken, sie niederzubügeln, wie es diese elektrisch betriebene Pistenraupe draußen vor den Fenstern mit dem Schnee tat. Der Film erzählte die Geschichte der Bundesrepublik seit 1950 und beschrieb, wie sehr die zunehmende Saturiertheit ab 1980 in eine Phase der Lähmung geführt hatte. Sie erfuhren, dass alternden Gesellschaften jede innovative Kraft fehle. Nicht umsonst seien vielen Wissenschaftlern und Künstlern die ganz großen Würfe in jungen Jahren gelungen, während in höherem Alter nichts Innovatives mehr hinzugekommen sei. Das hatte Martin nicht überzeugend gefunden – da waren ihm gleich mehrere Gegenbeweise eingefallen. Der Film vermittelte außerdem, dass auch die Einwanderung die immer zahlreicheren und immer älteren Menschen nicht retten könne. Und das bedeutete letztlich, dass sie eine gute Entscheidung getroffen hatten: Take a jump.

Martin ging ebenfalls zum Büfett und bediente sich an den

Vorspeisen, die dekorativ angerichtet waren und zum Weißburgunder in seinem Glas ganz wunderbar munden würden. Als Hauptgang konnte man sich für Lammrücken oder Gemüsecurry entscheiden. Sie wählten beide das Curry.

»Kein Lamm?«, fragte er.

»Ich sehe kleine flauschige Lämmer mit Wackelschwanz vor mir. Die kann ich beim besten Willen nicht essen, zumal ich einmal im Piemont eines gegessen habe, dessen Mutter auf der Wiese neben der Restaurantterrasse nach ihrem Kind rief«, erklärte Sabine.

Die hübsche, osteuropäisch wirkende Serviererin schenkte ihnen vom Weißburgunder nach. Sie wirkte auf Martin so, als stünde sie unter irgendeiner Droge, die ihr einen schwebenden Gang und einen Blick verlieh, der irgendwohin ging, wo die Verheißung lag.

»Und du, hast du …?«, wollte Martin wissen.

»Kinder? Nein, ich war auch nie verheiratet. In der Wahl meiner Beziehungspartner war ich eher glücklos. Ich dachte lange, eine Beziehung funktioniert nur, wenn man den Grat zwischen Nähe und Ferne entlanggehen kann, ohne dass einem schwindlig wird. Wenn man das Vertrauen hat, auf dem schmalen Pfad mutig voranzugehen, weil am Ende jemand steht, der einem die Hand entgegenstreckt. Anfangs bin ich mutig vorwärtsgegangen, später zögernder, aber da war keine Hand. Ich habe das nie geschafft, dieses Balancieren zwischen Nähe und Ferne. Mein Timing war immer schlecht.«

»Keine große Liebe?«, fragte Martin und war verwundert, dass ihm so eine Frage entschlüpft war.

»Doch, Ende der Achtzigerjahre. Er war für mich der schönste Mann der Welt, schöner als alle Topmodels aus der Werbung. Ich

liebte seinen Körper, aber wir hatten zu wenig Sex. Während meine Freundinnen davon redeten, dass ihre Freunde letztlich nur eine Bettbeziehung gewollt hätten, fehlte mir der Sex. Wir waren Freunde, keine Lover. Dabei hätten wir besser zusammengepasst als die meisten anderen. Wir hätten einen Schatz am Ende jedes Regenbogens finden können, aber ich hätte deutlicher werden müssen, was ich will. Ich war zu tolerant, ich habe nie geklammert. Meine Nachfolgerin hat das getan – sie bekam sofort ein Kind von ihm und legte einen Forderungskatalog vor.«

Martin starrte in sein Curry.

»Werde ich dir zu privat?«, fragte sie.

»Nein.«

»Und du?«

»Ich war auch verheiratet, aber meine Frau wurde nicht schwanger. Unsere Kinderlosigkeit hat letztlich zur Trennung geführt. Sie wollte weiter gehen – mit Kliniken und Hormonen und künstlicher Befruchtung im Ausland. Den Weg konnte und wollte ich nicht mitgehen. Mein Nachfolger hat es getan. Die beiden haben Zwillinge bekommen.« Er lächelte.

»Und danach gab es keine Liebe mehr in deinem Leben?«

»Nur Liebschaften, ich habe viel gearbeitet. Acht Jahre lang war ich in Kanada im Baugewerbe. Weit oben im Norden. Fast nur unter Männern. Und selber?«

»Einige Versuche, die früher oder später scheiterten. Es gab einen wichtigen Mann, der mir Fragen gestellt hat. Er hat mir Platz in seinen Gedanken und in seiner Seele eingeräumt, deshalb ging ich davon aus, dass er meine Gedanken hören wollte.«

»Wollte er das nicht?«

»Doch, aber er wollte keine Distanz. Er brauchte ein Zuhause,

nicht bloß emotional, sondern auch räumlich. Einen Ort, wo er hingehen und die Vorhänge zuziehen konnte. Mir hätte es gereicht, die Anwesenheit des anderen zu spüren, ohne dabei aufeinanderzuhocken.«

»Und dann?«

»Wie immer – es kam eine andere, die ihm geben konnte, was er brauchte. Ihr Humor war wenig subtil, sie hatte keine Facetten, sie balancierte nie auf schmalen Brettern zwischen den Stühlen so wie ich. Aber Männer scheinen so etwas Klares zu brauchen.«

War das wirklich so?, fragte er sich.

»Als Journalistin auf den vielen Reisen musst du doch jede Menge Männer getroffen haben. Und du als Beauty ...«

»O danke, früher vielleicht einmal. Natürlich gab es Männer, aber Reisen sind Zauberberge, die mit der Realität wenig gemein haben. Es gab zu viel Alkohol und zu wenig Schlaf, und ich hatte womöglich immer zu viele Fluchtmöglichkeiten. Ich war viel unterwegs, doch dann wurde ich krank. Jetzt ist es gut, dass ich niemanden belasten muss. Santé, Martin! Es freut mich sehr, dich kennengelernt zu haben.«

»Dito.«

Irmi sah hoch. Beschrieb Sabine nicht auch ein klein wenig ihr eigenes Liebesleben? Lange Jahre hatte sie mit Jens eine Fernbeziehung geführt. Und letztlich hatte sie sich entschieden, mit Fridtjof eine Beziehung zu leben, aber nicht mit ihm zusammenzuwohnen. Würde ihm das auf die Dauer reichen?

Außerdem empfand Irmi einen immer stärkeren Widerwillen gegen diesen Roman. Die beiden Protagonisten schienen gut zueinanderzupassen, hätte dieser verdammte Weiss nicht einfach ein Buch über eine späte Liebe schreiben können? Es gab doch diese Stoffe über Hundertjährige, die aus Fenstern stiegen, über das Marigold Hotel oder über irgendwelche Rentnercops. Sie wollte nicht, dass Sabine und Martin starben. Sie wollte deren Tod nicht vor Augen geführt bekommen. Dabei hatte doch gerade sie als Kommissarin den Tod ständig vor Augen. Wie man es drehte und wendete und sich einflüsterte, das sei doch nur ein Buch: Weiss war in ihr Innerstes eingedrungen.

6

Auch am nächsten Morgen wurde Irmi von Raffis feuchter Zunge geweckt. Wenig später stand sie in der Küche, wo Luise gerade den Kater fütterte.

»Guten Morgen, Luise, wart ihr erfolgreich?«

»Ja, im Westallgäu scheint es jede Menge wunderschöner Hofläden zu geben. Und nebenan dann scheußliche Neubaugebiete, in denen die Mähroboter kreisen. Es muss sich doch herumgesprochen haben, dass diese Geräte lebensgefährlich für Igel und andere Kleintiere sind? Viele der Gartenbesitzer haben kleine Kinder. Wollen sie denn nicht wenigstens für ihre Kinder die Natur erhalten?«

»Die würden vermutlich antworten: Die Natur wäre ja sowieso ausgestorben«, sagte Irmi und fühlte plötzlich eine schwere Trauer.

»Ein Scheißargument! Solche Prozesse laufen normalerweise sehr, sehr langsam, nun aber geht es rasend schnell. Das Anthropozän hat das Artensterben in einer Weise beschleunigt, die beängstigend ist«, sagte Luise. »Wir haben doch gar keine Ahnung, was es bedeutet, wenn Arten verschwinden. Es verschwinden auch solche, von deren Existenz wir womöglich gar nichts wussten. Wenn wir das Artensterben nicht aufhalten, haben wir weit größere Probleme, als wir es uns jetzt überhaupt ausmalen können!«

»Du weißt das, ich weiß das«, meinte Irmi. »Viele wissen das, doch die meisten machen dicht. Geht mich nix an, wird schon wer anderer retten. Hattest du keine Waffe dabei, um die Roboter abzuballern?«

»Ich wünschte, ich hätte eine dabeigehabt. Ach, Irmi, sind wir wirklich so weit, dass wir die Welt nicht mehr verstehen?«

Irmi blieb ihr die Antwort schuldig, wünschte ihr einen schönen Tag und fuhr dann ins Büro. War das Problem nicht eher, dass sie zu viel wussten?

Als sie ins Büro kam, war Andrea schon da. Sie hatte bereits einiges an Material aus Landsberg gesichtet.

»Guten Morgen, sorry wegen gestern, ich war irgendwie durch«, sagte Irmi. »Der Weiss schafft es ständig, mir die Petersilie zu verhageln.« Kaum ausgesprochen, spürte Irmi, dass das schon wieder ein Spruch aus dem Reich der Greise war.

»Alles gut«, meinte Andrea. »Ich finde auch, dass wir im Fall Emil nachbohren sollten. Schließlich hat der verschollene Junge die Familien letztlich auseinandergerissen. Ich konnte aber nichts finden, was auf schlampige Ermittlungen der Kollegen hindeutet. Sie haben auch Joshua befragt und seine Kopfwunde thematisiert.«

»Was, wenn Petra Heiligensetzer doch mehr weiß?«

»Wie mehr weiß?«

»Na, zum Sturz des Jungen! Was, wenn auch Emil involviert war?«

Andrea starrte sie an. »Aber Irmi, es ist doch absurd, dass Petra Heiligensetzer etwas mit Emils Verschwinden zu tun haben soll.«

Irmi vertiefte sich eine Weile in die Ausdrucke der Akte.

»Bisschen schlampig ist das ja schon«, sagte sie dann.

»Niemand scheint genauer nachgefragt zu haben, wo der Sturz von Joshua genau stattgefunden hat. Und es hat wohl auch keiner nach Blut gesucht.«

Kathi kam herein. »Ich hab vorhin auch in die Akte reingelesen, Irmi«, sagte sie. »Verrenn dich nicht! Wie soll denn Joshua etwas mit dem Verschwinden von Emil zu tun gehabt haben? Wir reden von einem Zehnjährigen! Und wie hätte er einen anderen Zehnjährigen bis heute verschwinden lassen sollen? Die haben doch tagelang, ja, wochenlang alles durchkämmt. Auch Petra Heiligensetzer hat wohl kaum Gelegenheit gehabt, den Jungen während des Schulfestes verschwinden zu lassen!«

»Eine Mutter schützt ihr Kind. Ich finde, wir müssen alles in Erwägung ziehen«, insistierte Irmi.

»Da stimme ich dir zu, aber das haut rein zeitlich nicht hin«, meinte Kathi. »Und dass sie gelitten hat, womöglich über Gebühr gelitten hat, lag an ihren Schuldgefühlen, weil sie ihre Aufsichtspflicht verletzt hat. Die Kollegen in Landsberg haben detaillierte Tagespläne aller Verantwortlichen erstellt und diese durch Zeugen abgeglichen. Petra Heiligensetzer war maximal zehn Minuten mit Joshua allein. Da haben sie den Emil dann zerstückelt und weggefahren? In den Lech geworfen? Irmi, deine Intuition in Ehren, aber jetzt geht es mit dir durch!«

Kathi hatte recht, dachte Irmi. Sie war wirklich angefasst, und das lag nicht zuletzt an diesem Buch. So wie sie agierte, hatte sie ja fast schon die Querulantenrolle von Kathi übernommen. Irmi war froh, dass Sailer reinkam.

»I hätt da was Interessantes.«

»Ja?«

»Des Auto von dem Weiss, des is hinter dem Farchanter Tunnel blitzt worn.«

»Ja, und?«

»Sie miassen frogn, wann des war!«

»Sailer! Bitte!«

»Des war in der Nacht, wo der aus Innsbruck hoam is. Um 00:21 Uhr. A scheens Foto, guat troffn.«

»In der Nacht nach der Lesung? In der Mordnacht? Uns hat er erzählt, es sei über den Achensee gefahren, weil das ja auch geografisch sinnvoll sei. Dieser miese Lügner!«, rief Kathi. »Jetzt haben wir ihn!«

»Er fährt also von Innsbruck heim an den Tegernsee, und zwar über Garmisch?«, fasste Andrea zusammen. »Und sagt, er wäre über den Achensee gefahren? Ich meine, wenn man es landschaftlich schön mag, fährt man über die Mautstraße, von mir aus auch noch über Kochel. Aber doch nicht über Garmisch!«

»In der Nacht ist es wurscht, ob es landschaftlich schön ist! Der hat diese Route genommen, weil er noch was zu tun gehabt hat«, sagte Kathi. »Der hatte ein Date. Im Garten. Mit dem Sohnemann.«

»Und eine Waffe dabei?«

»Warum nicht? Andrea, überprüf mal, ob er Sportschütze ist oder Jäger und ob er eine Waffenbesitzkarte hat!« Kathi war euphorisch. »Den F.T.A., den packen wir uns!«

»Ja, mach ich gleich.« Andrea eilte aus dem Raum.

»Das soll der uns erklären! Ich will den sehen!«, rief Kathi.

»Ja«, sagte Irmi, dabei hatte sie so gar keine Lust auf ein Wiedersehen mit Weiss.

Andrea war schnell zurück. »Nichts mit Waffen in seiner Vita«, sagte sie.

»Das heißt doch nichts. Der Typ ist überall unterwegs. Kennt Gott und die Welt. Der kommt leicht an eine illegale Waffe«, meinte Kathi. »Wir laden ihn vor.«

»Die Zeit haben wir nicht, bis wir einen gerichtlichen Beschluss haben«, sagte Irmi. »Es dauert doch ewig, bis da ein Termin feststeht.«

»Dann fahren wir hin, auf gut Glück.«

»Rechtlich alles auf dünnem Eis«, bemerkte Irmi. »Und was, wenn er nicht da ist? Oder uns nicht reinlässt?«

»Risiko! Los!«

Kathi ließ es auf der A 95 ziemlich krachen, auch auf der Bundesstraße war sie zu schnell unterwegs, sie ignorierte alle Geschwindigkeitsbeschränkungen, und ihre Überholmanöver waren grenzwertig. Doch Irmi sagte nichts.

Nach einer knappen Stunde standen sie in Gmund vor dem Haus des Autors. Es lag etwas außerhalb, östlich des Ortskerns, wo sich die gediegenen Häuser reihten. Es war kühl, ein paar kleine Fetzen von blauem Himmel trauten sich heraus, wurden aber schnell wieder von Wolkengebirgen verdeckt. Diese kurzen Sonnenflecken aber zeigten, wie viel Kraft die Sonne schon hatte, würde sie sich nur endlich einmal durchsetzen.

Rechts vom Haus lag eine Garage, deren Tor weit offen stand und den Blick freigab auf einen BMW X 7 und eine Harley. An der Wand hingen zwei Gravelbikes.

Kathi läutete an, und ein melodischer Gong erklang. Schritte waren zu hören. Weiss öffnete in Jeans und weißem Slim-Fit-T-Shirt. Irmi musste neidlos anerkennen, dass er zu den Männern gehörte, die in diesem Alter so etwas durchaus noch tragen konnten.

»Kommen Sie zum späten Frühstück, die Damen?«

»Wir haben vergessen, Croissants mitzubringen«, konterte Kathi. »Dürfen wir kurz reinkommen?«

»Ich muss Sie nicht reinlassen.«

»Stimmt«, sagte Irmi.

»Kommen Sie schon.«

Sie folgten ihm in einen Wohn-Ess-Raum, der in einen Wintergarten überging. Die Einrichtung war zurückhaltend und weniger protzig, als Irmi erwartet hätte. Auf einer Theke zur Küche stand eine teure Siebträgermaschine, kein Vollautomat.

»Espresso?«

Kathi nickte.

Er zog eine Schublade auf und holte drei Tässchen heraus, in drei Farben.

»Ihnen habe ich das rote zugedacht«, sagte er und sah Kathi an.

»Und Sie nehmen das schwarze? Passend zu Ihrer Seele?«, entgegnete Kathi.

Er lächelte. »Entschuldigen Sie mich bitte kurz.«

Er ging hinaus, man hörte eine Tür klappen.

»Was macht der?«, flüsterte Kathi. »Lädt der seine Waffe durch?«

»Ich glaube, seine Waffe ist das Wort. Vermutlich ruft er seinen Anwalt an.«

Wenig später war er zurück. Die schwarze Tasse landete vor Irmi, er nahm die weiße.

»Herr Weiss, da Ihre Zeit sicher begrenzt ist, komm ich

gleich zur Sache. Hübsches Bild von Ihnen!« Kathi warf das Blitzerfoto schwungvoll vor ihm auf den Tresen.

Er sah es an. »Ja, und?«

»Möchten Sie sich das Datum ansehen? Es ist die Nacht, in der Ihr Sohn getötet wurde. In der Sie angeblich die Strecke über den Achensee gefahren sind«, sagte Kathi schneidend.

Er ließ sich nichts anmerken, brauchte aber etwas länger für eine Antwort. Es war nicht zu übersehen, dass er seine Chancen abwog.

»Und deswegen machen Sie so einen Bohei?«, fragte er schließlich. »Dann bin ich eben den Zirler Berg hoch, ich wollte über Tölz fahren und habe erst in Kaltenbrunn bemerkt, dass ich gedankenverloren geradeaus gefahren bin. Ein Umweg, natürlich. Ich habe dann auf die Tube gedrückt, zu sehr, wie man sieht.«

»Und das sollen wir Ihnen jetzt abnehmen?«, erwiderte Kathi. »Uns haben Sie erzählt, Sie wären über den Achensee gefahren. Eine dreiste Lüge!«

»Verstehen Sie mich nicht, Frau Kommissarin? Ich bin im Jahr bestimmt zweihundert Tage unterwegs und nachts auf irgendwelchen Straßen. Ich bin voller Adrenalin, wenn ich meine Veranstaltungen verlasse, ich fahre oft mechanisch, da vergesse ich schon mal eine Fahrt, eine Routenwahl. Soll ich etwa für Sie ein Fahrtenbuch führen?«, bemerkte er süffisant.

»Und Ihr Navi hat auch nichts bemerkt?«, fragte Irmi.

»Ich fahre nur in Notfällen mit dem Navi. Ich hasse diese Bevormundung.«

Das konnte Irmi nachvollziehen. Auch sie fuhr fast nie

mit Navi. Dafür hatte sie immer ihr Retro-Navi dabei, einen alten Straßenatlas. Es kam hinzu, dass sie selten in ihr unbekannten Gegenden kurvte.

»So witzig ist das nicht!«, maulte Kathi.

»Ist das eine offizielle Vernehmung? Ohne Vorladung?«

»Wir verdächtigen Sie des Mordes an Ihrem Sohn«, sagte Kathi schlicht.

»Dann warten wir jetzt auf meinen Anwalt«, erklärte er.

»Ach, den haben Sie schon informiert?«

»Natürlich, ich stehe in der Öffentlichkeit, ich muss mich absichern.«

»Und der kommt woher? Berlin, New York, Timbuktu?«

»Er kommt aus Bad Tölz.« Wie aufs Stichwort läutete es auch schon an der Tür.

Wie es zu erwarten gewesen war, zerpflückte sie der Anwalt zu kleinen Konfettis, weil sie keine rechtlich korrekten Wege eingehalten hatten. Er behielt sich eine Beschwerde und Rechtsmittel vor. Und zertrat den Vorwurf als solchen. Natürlich bewegten sie sich auf dünnem Eis. Eine falsche Route angegeben zu haben, war per se noch kein Verbrechen. Wenn man Weiss direkt in Uffing geblitzt hätte, dann hätten sie Oberwasser gehabt, aber so reichte das nie und nimmer für eine Verhaftung. Der Anwalt setzte sie quasi vor die Tür. Nicht ohne nochmals mit Konsequenzen zu drohen.

»Ihr Espresso war die Fahrt in jedem Fall wert«, kommentierte Kathi zum Abschied.

Erst als sie im Auto saßen, rief sie: »Scheiße! Der war das, der hat seinen Sohn getötet! Aber wie kriegen wir ihn dran?«

»Durch gute, alte Polizeiarbeit wie Klinkenputzen vielleicht«, schlug Irmi vor. »Wenn jemand sein Auto oder sogar ihn selbst in Uffing gesehen hätte, dann hätten wir eine Chance. Wir wissen ja nun, was er für ein Auto fährt.«

»Ja, einen BMW X7, das ist eine Riesenkarre! Könnte man den nicht mit einem Pick-up verwechseln?«

»Na ja, Kathi, ich fürchte, da ist eher der Wunsch Vater des Gedankens. Es war leider Nacht, und da sind bekanntlich alle Katzen grau.«

»Aber der Heinrich war wach. Und der Mann mit dem Beagle. Und wir haben zwei Parteien noch gar nicht angetroffen. Womöglich ist da doch noch was zu holen. Viele haben senile Bettflucht oder gehen sehr spät ins Bett«, gab Kathi zu bedenken.

Von dieser Bettflucht war Irmi bislang gottlob verschont geblieben. Sie war zwar ein Morgenmensch, aber ihre sieben bis acht Stunden schlief sie doch meistens.

Sie fuhren zurück, in etwas zivilerer Geschwindigkeit. Um Viertel nach eins waren sie wieder in Garmisch und berichteten. Andrea ließ es sich nicht nehmen, den Anwalt aus Bad Tölz zu googeln.

»Das ist ein ganz scharfer Hund. Ein Promi-Anwalt, da legen wir uns natürlich auch mit einem der Besten an.«

Auch das war nicht dazu angetan, Irmis Laune zu heben.

»Ich erklär mich mal bei der Staatsanwaltschaft«, sagte sie und setzte sich ans Telefon. Der Anschiss war moderat, man versprach ihr auch, in den Startlöchern zu stehen, wenn sie mehr zu bieten hätte. Und sie mussten etwas finden!

Irmi trommelte das Team zusammen.

»Ich kann euch nur bitten, noch einmal in Uffing Klinken zu putzen. Es bleibt uns momentan nur die Ochsentour.« Andrea nickte, Kathi zog eine Schnute. Sailer und Sepp nahmen es gelassen. »Und nachher, am frühen Abend, sind auch die Berufstätigen eher daheim. Ich muss passen, ich habe höllische Kopfschmerzen«, sagte Irmi.

Kathi warf ihr einen zweifelnden Blick zu, denn Irmi hatte sonst nie Kopfschmerzen.

»Das liegt am Wetter. Das schafft einen«, sagte Andrea. »Soll ich dir eine Schmerztablette holen?«

»Ja, das wäre nett.« Irmi hoffte nur, dass Kathi nicht kontrollieren würde, ob sie die Pille auch wirklich schluckte.

Schließlich waren alle fort, und es war plötzlich ganz still. Irmi nahm sich die ausgedruckten Kommentare zum YouTube-Battle vor. Andrea hatte sie ganz retro auf Papier gebracht, damit sie sich nicht die Finger blutig scrollen mussten.

Von Anfang an waren sie irgendwie durch diesen Fall gestolpert, dachte Irmi. Ihre Thesen hatten mal in Richtung Nachbarn tendiert, dann zu den Baustoffdieben und nun zu Weiss und dem Battle mit seinem Sohn. Und irgendetwas an diesem Battle ließ Irmi einfach nicht los. Beim Lesen der Kommentare zu den Videos stellte sie fest, dass sich immer wieder dieselben zu Wort meldeten. Längst nicht alle äußerten sich so aggressiv wie die Nageldesignerin @bomber. Joshua hatte einen richtigen Fanclub, und manche seiner Follower brachten durchaus bedenkenswerte Argumente. Besonders viele Kommentare kamen von einem Fan namens @laemi, sie waren gespickt mit kleinen Herzen und Bussi-Emojis. Wer mochte hinter @laemi stecken? Anscheinend hatte Joshua nicht nur Klicks, sondern auch Verliebtheit generiert.

Irmi verschränkte die Arme hinter dem Kopf und griff dann zu ihrem Handy. Sie fand @laemi auf Instagram. Hinter dem Nickname verbarg sich eine Influencerin mit dreizehntausend Followern, denen sie auf ihrem Account die Welt der Pferde erklärte. Als Irmi den Namen der jungen Frau las, war sie plötzlich hellwach. Lara Wagner.

Sie gab in der Suchmaschine ihres PCs die Stichworte »Josef Wagner« und »Schreinerei« ein. Während sie die Nummer wählte, hoffte sie fast, dass der Angerufene nicht abnehmen würde.

»Schreinerei Wagner.«

»Herr Wagner, mein Name ist Irmgard Mangold aus Garmisch, darf ich Sie kurz stören?«

»Ja, bitte, aber ich sag Ihnen gleich, meine Auftragsbücher sind voll. Falls es um ein Möbelstück geht. Wobei Sie da unten ja wohl auch Schreiner haben.«

»Es geht um etwas anderes. Herr Wagner, bitte verzeihen Sie mir, ich bin von der Kripo.« Irmi zögerte. »Und es geht um Joshua Weiss.«

Es war still in der Leitung.

»Herr Wagner?«

»Ja, der Name, er …«

»Er löst böse Erinnerungen aus, ich weiß. Es tut mir sehr leid. Wir wissen vom Verschwinden Ihres Sohnes.«

»Sie haben ihn aber nicht gefunden?«, fragte Wagner. Er klang alarmiert.

»Nein, leider nicht. Aber …«, Irmi gab sich einen Ruck, »… Joshua wurde tot aufgefunden. Er ist einem Gewaltverbrechen zum Opfer gefallen, und jetzt beleuchten wir, nun ja, sein früheres Leben.«

»Joshua ist tot?«

»Ja.«

Er schien um Fassung zu ringen. »Ich kann das gar nicht glauben. Wann ist das passiert?«, fragte er schließlich.

Warum fragte er das?

»Am 7. Mai«, antwortete Irmi.

Es knackte in der Leitung.

»Herr Wagner?«

»Entschuldigung, das war mein Handy. Der Joshua. Tot …«

Irmi wartete.

»Das ist schlimm, aber was wollen Sie von mir?«

Ja, was wollte sie? Einer vagen Intuition nachgehen?

»Sie kannten den Jungen und seine Familie.«

»Wir waren Nachbarn, ja. Aber das ist Jahre her. Was soll ich heute zu Joshua sagen?«

»Ihre Einschätzung seiner Familie würde mir schon weiterhelfen«, sagte Irmi und fand sich wenig überzeugend.

»Meine? Wozu? Wie gesagt, das ist ewig her. Aber bitte: Petra war eine Lehrerin mit Hingabe, sie lebte für die Schule, sie hat sich engagiert. Frank war ein bisschen ein Angeber. Ich hab ein paarmal mit ihm ein Bier in meiner Werkstatt getrunken, da war er dann weniger abgehoben. Joshua war wie sein Vater. Nach außen hat er den großen Macker gespielt, aber er war eigentlich ein netter Junge. Joshua war öfter mal bei Lara drüben. Emil haben sie meist ausgeschlossen.« Er schluckte. Der Name seines Sohnes schien ihm schwer über die Lippen zu gehen.

»Haben Sie je Hass empfunden? Vorwürfe geäußert?«, fragte Irmi.

»Was soll das? Niemand aus meiner Familie hat ihm Vorwürfe gemacht, und ich hatte nie einen Groll gegen die Familie Weiss. Worum geht es hier eigentlich?«

»Nur um eine Einschätzung«, sagte Irmi und verfluchte sich. »Wer war Joshua? Er galt als schwierig, oder?«

»Kann sein. Aber ich hatte genug eigene Probleme.« Seine Stimme brach. »Ich war mit dem Mädchen allein.«

»Aber Ihrer Tochter geht es gut? Sie studiert?«

»Ja, Tiermedizin. Sie macht gerade ein Auslandssemester in Schweden. An der Sveriges Lantbruksuniversitet in Uppsala. Pferde sind ihr Ding.« Stolz klang aus seiner Stimme, und er schien geübt zu haben, um die Uni richtig auszusprechen.

»Das ist großartig, Ihre Tochter ist eine Pferdefreundin?«

»Ja, sie will unbedingt in diese Sparte. Ich hab sie schon gewarnt, dass Pferdebesitzer schlecht zahlen. Aber sie will, dass Pferde ein besseres Leben haben. Drum macht sie da auch was im Netz.«

»Ein Blog?«

»Ja, sie bloggt und stellt kurze Beiträge auf Instagram. Also keine Beiträge über Halfter und Glitzer, sondern medizinische Tipps, wenn so ein Pferd krank wird. Geld verdient sie damit keins, sie ist da nicht so geschäftstüchtig. Wenn sie Halfter und so fotografieren würde, dann bekäme sie Geld, aber ihr geht es um das Wohl der Tiere. Ist alles nicht so meine Welt mit dem Internet und so.«

»Meine auch nicht, aber diese Tierliebe spricht doch für Ihre Tochter«, sagte Irmi.

»Ja, sie ist ein gutes Mädchen. So klug und empathisch. Sie, sie …«

Irmi wartete.

»Sie widmet das alles ihrem Bruder. Drum heißt ihr Nickname auch Laemi. Lara und Emil.«

Irmi schnürte es die Kehle zu. Sie traute sich nicht, ihm die Frage zu stellen, ob Lara und Joshua Kontakt gehabt hatten. Bestimmt wusste er gar nicht, dass Lara seine Beiträge kommentiert hatte. Und es musste ja auch gar nicht heißen, dass Joshua seinerseits die Identität von @laemi kannte.

»Und was nutzt Ihnen das jetzt?«, riss Wagner sie aus ihren Gedanken.

»Wir brauchen möglichst viele Informationen, damit wir uns ein Bild machen können.« Irmi merkte selber, wie lahm das klang.

»Und Joshua ist wirklich tot?«

»Ja, leider.«

»Schlimm!« Er klang tatsächlich erschüttert. »Damit habe ich … damit rechnet man ja nie.«

Was hieß das? Man rechnete nicht damit, dass Kinder starben? Wahrscheinlich, sie sollten einfach nicht vor ihren Eltern gehen müssen.

»Vielen Dank, Herr Wagner, dass Sie sich die Zeit genommen haben, mit mir zu sprechen. Alles Gute.«

»Danke, Ihnen auch.«

Als Irmi auflegte, fühlte sie sich schlecht. Vielleicht hatte Wagner gelernt, mit dem Schmerz zu leben, doch sie hatte an der Kruste gekratzt, die sich über der Wunde gebildet hatte.

Sie rief Laras Blog auf, in dem es um Pferdegesundheit, Training und Fütterung ging. In ihrem Podcast mit dem Titel *Kompetenz Pferd* gab sie gute Tipps, die sie auch immer aus der Biologie des Pferdes heraus begründete. Irmi hatte zwar wenig Ahnung von Pferdethemen, aber was Lara da von sich gab, schien Hand und Fuß zu haben. Das Mädchen kam kompetent und sympathisch rüber. Bildhübsch war sie außerdem – kaum geschminkt, aber mit perfekten Gesichtszügen, dazu langes braunes Haar mit leichten Wellen. Wenn man so aussah, musste einem eigentlich die Welt zu Füßen liegen. Irmi vertiefte sich in weitere Kommentare zum Battle, aber ihre Gedanken waren bei Lara Wagner.

Nach drei Stunden war das Team wieder da. Die Kollegen wirkten wenig euphorisch.

»Zeugen! Ich hasse Zeugen!«, rief Kathi wütend.

»Gab es denn gar nichts Brauchbares?«

»Nein, ein Ehepaar, das bei unserer ersten Runde im Urlaub war, hat gar nichts mitbekommen, und eine junge Mutter mit einem kleinen Sohn war an dem Wochenende bei der Oma am Starnberger See.«

»Mist!«

»Aber der Heinrich will ein komisches Quietschen gehört haben oder ein Sirren oder was auch immer, kurz nachdem der Schuss gefallen ist.«

»Das hat er beim ersten Mal aber nicht erwähnt«, meinte Irmi. »Da war von Stimmen die Rede, dann vom Schuss und dass er sich nicht hatte in den Kugelhagel begeben wollen.«

»Das Quietschen ist ihm wohl entfallen, diesem arroganten Sack.«

»Und was für ein Quietschen? Tür oder Tier?«

»Weiß er nicht.«

Das half leider alles sehr wenig, aber was hatten sie auch erwartet?

»Und du? Geht es deinem Kopf schon besser?«, erkundigte sich Andrea.

»Ja, danke für die Tablette.« Irmi gab sich einen Ruck. »Sag mal, Andrea, du kennst dich doch mit Pferden aus, oder?«

»Ja, wieso?«

»Folgst du auch wem? Ich meine, irgendwelchen Influencerinnen?«

Kathi sah sie an, als hätte sie nun völlig den Verstand verloren.

»Ja, mach ich«, erzählte Andrea. »Da gibt es viel Schrott, aber schon auch gute Sachen. Ein Social-Media-Auftritt überzeugt mich vor allem dann, wenn jemand authentisch ist und sich auf einen respektvollen Austausch mit den Followern einlässt. Und so schön die rosarote *Wendy*-Welt ist, finde ich, dass Influencer auch auf Risiken und Gefahren eingehen sollten.«

»Okay«, sagte Irmi. »Wer ist denn gut?«

»Na, eben diejenigen, die darauf hinweisen, wie wichtig die persönliche Weiterbildung im Bereich Fütterung, Training und Haltung ist. Im Pferdegesundheitsbereich sollte man immer, ähm, hinterfragen, woher Influencer ihr Wissen überhaupt haben. Also, ob sie eine qualifizierte Ausbildung in diesem Bereich haben oder ob sie sich das alles per Selbststudium angeeignet haben. Ich finde es immer gut, wenn das Tierärzte sind oder auch Tiermedizinstudentinnen.«

»Wie @laemi?«

»Wie kommst du auf @laemi? Der folge ich tatsächlich!«

»Dreht ihr jetzt komplett ab?«, fragte Kathi.

»@laemi ist die Schwester von Emil. Sie hat Joshuas Beiträge kommentiert«, sagte Irmi und genoss nun doch die Überraschung der beiden Kolleginnen.

»Okay«, sagte Andrea gedehnt. »Kennt sie ihn dann besser?«

»Das wüsste ich gerne. Kannst du sie über Instagram anschreiben und um Rückruf bitten, Andrea?«

»Ja, kann ich. Aber was soll ich sagen?«

»Die Wahrheit, dass du von der Polizei bist und sie sprechen müsstest.«

»Sag mal, Irmi, was soll das?« Kathi starrte sie an.

»Ich habe mir gedacht, ich sehe mal nach, wer von Joshuas Followern besonders viel Kommentare geschrieben hat. Dabei ist mir @laemi aufgefallen. Und ich weiß noch was. Ich habe Josef Wagner angerufen, den Vater von Lara und Emil …«

»Du hast was?«, rief Kathi entgeistert.

Irmi ignorierte den Zwischenruf. »Er hat mir erzählt, dass der Nickname @laemi eine Abkürzung von Lara und Emil ist. Diese Lara widmet ihre Aktivitäten im Internet ihrem verstorbenen Bruder. Warum folgt sie ausgerechnet Joshua, der doch damals ziemlich nah dran war, als Emil verschwunden ist? Das ist doch alles ziemlich merkwürdig, oder?«

Kathi war sichtlich irritiert. »Irmi, auf welchem Trip bist du eigentlich? Hast du was genommen?«

Irmi wog kurz ab, ob sie die Chefin herauskehren sollte, und entschied sich dafür, so unangenehm es ihr auch war. »Ich verbitte mir diesen Ton. Deine Einschätzung interessiert mich in diesem Fall nicht.«

»Ist das bei dir jetzt schon Altersstarrsinn?« Kathi sprang auf und rannte aus dem Raum.

»Aua«, sagte Andrea leise.

»Würdest du bitte Lara Wagner anschreiben und mich informieren, sobald sie sich meldet?«

Andrea nickte und ging hinaus.

Irmi fühlte sich schlecht. Entgleiste da gerade ihr Führungsstil? Sollte sie sich vielleicht doch schon mal vorsorglich in so einem Camp wie dem von Sabine und Martin anmelden? Sie verschränkte die Hände im Nacken und ließ den Blick durch den Raum wandern. Und warum ließ sie sich von Kathi so erschüttern?

Da klopfte Andrea an und streckte den Kopf herein. »Lara Wagner hat mir ihre Telefonnummer geschrieben. Soll ich sie gleich anrufen?«

»Ja.« Und dann fügte sie mit Nachdruck hinzu: »Ja, bitte.«

Andrea meldete sich von Irmis Diensttelefon aus, schaltete den Lautsprecher an und stellte sich erst mal vor.

»Ich hab mich über deine Nachricht gewundert«, sagte Lara Wagner. »Warum die Polizei in Garmisch? Du folgst mir auf Insta. Geht es um irgendwelche Beiträge von mir oder was?«

Irmi nickte Andrea zu und registrierte, dass Kathi hereinkam und sich an den Schreibtisch lehnte.

»Erst mal wollte ich dir sagen, dass ich deine Beiträge super finde«, sagte Andrea und sah Irmi an. Die nickte und machte eine Geste, um Andrea zum Weiterreden zu ermutigen. Es war gut, wenn sie Lara erst einmal etwas ins Gespräch zogen. »Wir haben ja schon lange Pferde in der Familie, aber auf deinem Blog und in deinem Podcast lerne ich immer noch was.«

»Danke schön.«

»Viele machen ja nur Werbung für Equipment oder zeigen, wie man dem Pferd in dreißig Minuten das Steigen beibringt. Blöd nur, wenn dann die Reiterin drauf sitzt, wenn das Pferdchen am Putzplatz steigt. Umso besser gefallen mir so seriöse Beiträge wie bei dir.«

»Danke. Früher sind die Pferdemädels stundenlang auf der Weide gesessen, haben sich die Pferde angesehen und womöglich ein Pferdebuch gelesen. Sie waren selig, wenn sie Ponys putzen oder Ställe ausmisten durften. Heute beziehen die Mädels ihre Infos aus der *Wendy* oder von YouTube-Videos. Da reiten die jungen Mädchen in luftigen Sommerkleidchen über die Felder – auf Pferden ohne Sattel, nur mit Halsring, maximal mit einer gebisslosen Zäumung. Sieht schön aus, ist aber selten die Realität in den Reitbetrieben. In den Videos trägt kein Mädel einen Helm, was dann die trotzige Achtjährige auch nicht mehr will! So was höre ich oft.«

»Meine Tochter wollte auch mal reiten«, mischte sich Kathi ein. »Sie hatte mehrere Schulfreundinnen, die geritten sind, und ständig hatten wir diese Helmdiskussion, weil irgend so eine Tussi im Netz auch keinen aufhatte. Gottlob hielt die Pferdephase nicht lange an. Ach ja, ich bin übrigens Kathi Reindl, eine Kollegin von Andrea.«

Auch Irmi stellte sich kurz vor.

»Sie drei wollten mit mir aber nicht über meinen Kanal reden, oder?«, fragte Lara.

»Auch. Sie als Influencerin …«

»Eher Content-Creatorin«, sagte sie.

»Auch gut«, sagte Irmi. »Wir haben gesehen, dass Sie auch anderen folgen, zum Beispiel Jo S Huah, der auf seinem YouTube-Kanal ein Battle mit F.T.A. White führt.«

Es war kurz still.

»Ja«, sagte Lara schließlich.

»Sie wissen, wer die beiden im wirklichen Leben sind, oder?«

»Sie wissen es auch, oder? Rufen Sie deshalb an? Haben Sie Emil gefunden?« Da war so viel Hoffnung in ihrer Stimme.

»Wir wünschten, wir wüssten es, damit Sie endlich Gewissheit hätten. Aber leider nein. Uns geht es um Joshua.«

»Warum?«

»Er ist tot«, sagte Kathi.

»Tot? Quatsch.«

»Doch, er ist einem Gewaltverbrechen zum Opfer gefallen«, berichtete Irmi. »Und weil dieses Battle so aggressiv geführt wurde, versuchen wir herauszufinden, wer den beiden gefolgt ist. Wusste Joshua, wer sich hinter dem Nickname @laemi verbirgt?«

»Josh kann nicht tot sein. Sie müssen sich irren!«

»Wir sind uns leider sicher. Sie wussten also nicht, dass Joshua tot ist, Lara?«

»Nein. Ich, ich …« Es knackte.

»Lara?«

Sie hatte aufgelegt.

»Scheiße!«, rief Kathi. »Wir bringen hier die Leben von Menschen durcheinander. Holen sie in finstere Zeiten zurück. Für nix und wieder nix. Wozu das alles, Irmi?«

Eine berechtigte Frage. »Weil Lara Wagner womöglich mehr über ihn weiß. Vorausgesetzt, dass sie in Kontakt gewesen sind. Wenn sie befreundet waren, dann hat er mit ihr womöglich über Sachen geredet, über die er mit niemand anders geredet hat. Er hatte anscheinend nur wenige Freunde, und mit seinen Eltern scheint er auch kaum gesprochen zu haben.«

»Und da nimmt Frau Irmgard Mangold an, dass er ausgerechnet mit seiner alten Sandkastenfreundin chattet? Also echt!«

»Na ja«, sagte Andrea. »Das könnte ja schon sein. Sie kennen sich von früher, haben sich im Netz wiedergetroffen.« Und weil Kathi so krätzig schaute, schickte sie hinterher: »So als Theorie.«

»Aber diese Lara hockt in Schweden irgendwo am Polarkreis und wollte in Ruhe studieren, und jetzt kommen wir angeschissen!«, rief Kathi.

»Uppsala liegt nördlich von Stockholm, nicht am Polarkreis«, sagte Andrea.

»Hauptsache, ihr seid schlau! Ich will keine Erdkundestunde, sondern diesen Weiss festnehmen!«

»Kathi, das will ich auch, wenn er es war. Und deshalb dachte ich mir, dass Lara mehr wissen könnte.«

»Fuck!« Kathi ging ohne weitere Worte hinaus.

Irmi sah Andrea an. »Ist das denn so abwegig?«

»Nein, aber Kathi hat natürlich auch recht. Jetzt haben wir das Mädchen total verstört.«

»Andrea, schreib ihr bitte. Oder hinterlass ihr eine Nachricht. Entschuldige dich auch in meinem Namen und bitte sie, uns zu kontaktieren, wenn sie etwas weiß, was uns weiterhelfen könnte. Machst du das?«

»Ja, klar.«

»Es ist spät. Morgen ist Samstag, aber lass uns telefonieren, wenn du was von Lara gehört hast, ja?«

»Ja, dann erst mal gute Nacht.«

»Gute Nacht, Andrea.«

Kathi schien sich nicht mehr verabschieden zu wollen.

Es war halb zehn, als Irmi in die Küche kam. Luise sah sie prüfend an.

»Allmählich mache ich mir Sorgen. Du siehst jeden Abend noch bescheidener aus«, sagte sie.

»Danke, du verstehst es, mir das Gefühl von *Home Sweet Home* zu geben!«

»Irmi, ich mach mir wirklich Sorgen!«

»Musst du nicht. Ich merke nur, dass ich Fehler mache.« Sie ergänzte innerlich: Die ich früher nicht gemacht habe.

»Jeder macht Fehler. So ist das Leben«, sagte Luise.

»Ja, aber ich habe eigentlich immer auf meine Intuition vertraut, sie scheint aber wegzufliegen wie ein Zitronenfalter.«

Luise reichte Irmi ein Glas Prosecco. »Das denke ich nicht. Glaub an dich. Der Zitronenfalter faltet auch keine Zitronen, und das stört ihn nicht.«

»Ach, Luise! Andrea und Kathi verstehen meinen Weg nicht mehr. Und ich irgendwie auch nicht.«

»Müsstest du nicht alt genug sein, um zu wissen, dass man nicht allen gefallen kann, Irmi?«

»Aber das sind meine Kolleginnen, und wenn die mein Handeln nicht mehr mittragen wollen, dann knirscht es im Team.«

»Lass es knirschen. Und wann warst du mit Kathi schon mal einer Meinung? Sie ist ein Tornado. Was ist denn überhaupt passiert?«, fragte Luise. »Falls du mir davon erzählen darfst.«

Durfte sie? Doch selbst wenn nicht, wusste sie, dass Luise nie tratschen würde. Und sie konnte ihre Erzählung vage halten.

»Ich habe zwei Menschen angerufen, die Joshua von früher kennen, Vater und Tochter«, erzählte sie. »Beide wussten nicht, dass Joshua tot ist. Das hat natürlich alte Wunden aufgerissen. Insbesondere Kathi fand das unnötig und nicht zielführend.«

»Seit wann sind Kathi die Gefühle von Menschen wichtig?«

»Da tust du ihr unrecht. Sie ist gar nicht so herzlos. Sie ist nur manchmal zu schnell.«

»Und warum hast du diese beiden Menschen angerufen?«

»Übersprunghandlung? Weil ich nicht mehr weiterwusste?«

Luise sagte nichts.

»Weil ich spüre, dass da mehr ist«, meinte Irmi fast trotzig.

Luise lächelte. »Na also, da ist sie doch, die Irmi! So kenne ich dich. Verlass dich auf dein Gespür. Lass dich davon nicht abbringen. Kommst du mit, Mulis putzen? Das beruhigt.«

»Mitten in der Nacht?«

»Komm!«

Die Tiere waren etwas überrascht, dass so spät noch Besuch kam. Sie nahmen es aber gelassen und konnten die spätabendliche Putzeinheit auch gut vertragen, denn noch immer war nicht alles Winterfell verschwunden. Die Tätigkeit hatte in der Tat eine kontemplative Wirkung, und Fränzi war Irmi schon während ihres Almsommers zu einer Seelengefährtin geworden.

»Wir könnten endlich mal wieder ausreiten«, sagte Luise.

»Das ist bei mir ewig her«, meinte Irmi.

»Na, dann wird's Zeit.«

»Luise, ich falle nicht mehr so elegant wie früher.«

»Fränzi wird dich doch niemals absetzen!«

Irmi grinste. »Ich befürchte, dass ich ganz ohne ihre Einwirkung in Ermangelung von Körperspannung und Knieschluss zur Seite fallen werde.«

»Lass uns morgen zum *Ähndl* reiten und dort einkehren.«

»Luise, du spinnst! Das sind zehn Kilometer einfach! Ich dachte maximal an eine Runde ums Haus.«

»Irmi, du musst mal raus. Wegdenken. Wegfühlen. Das hilft! Morgen machen wir einen Ausflug. Neun Uhr Aufbruch.«

Da es sinnlos war, Luise zu widersprechen, stimmte Irmi dem Ausflug zu und ging zu Bett. Es war inzwischen elf geworden, und eigentlich hätte sie es nach diesem Tag besser wissen müssen. Sie hätte das Buch einfach Buch sein lassen und schlafen sollen, aber etwas faszinierte sie eben doch an diesem Roman.

Der Lift war schnell. Martin roch ihr Parfüm, dann sah er in ihre Augen, und es war diese eigentümliche innere Bindung, die ihn alle Vorsicht vergessen ließ. In einem anderen früheren Leben hätte er sie auf einem Fest zielsicher herausgesucht, weil es in der Luft lag und er wusste, dass auch sie es spürte. Es tat ihm fast weh, sie zu beobachten und zu sehen, dass sie die gleichen Fehler machte wie er. Er war verbindlich und hatte doch Probleme, seine wahren Gefühle zu zeigen, gab sich ruppig und ironisch und hatte im Laufe seines Lebens eine ganze Reihe von Leuten vor den Kopf gestoßen, was vermeidbar gewesen wäre, hätte er ein klein wenig diplomatischer und opportunistischer agiert. Aber die lange Zeit im Norden Kanadas hatte ihn auch nicht gerade gesellschaftsfähiger gemacht. Und plötzlich wünschte er sich sehnlichst, sie nur für einige Stunden zu befreien und den Teil zu sehen zu bekommen, den andere niemals sehen würden.

»Würdest du noch einen Absacker mit mir trinken?«, fragte er.

Sie lächelte. »Sind wir aus dem Alter nicht heraus? Auch aus dem Alter der Verklausulierungen?«

Er schwieg.

Der Aufzug hielt ruckelnd, die Tür glitt auf, und sie traten hinaus.

»Meine Haut ist schlaff und voller Cellulite«, bemerkte sie.

»Du schottest dich so sehr ab, dass du andere vor dir warnst. Das habe ich auch immer getan. Ich koche nicht, habe ich behauptet, ich trage den Müll nie runter, ich heirate niemals mehr, ich mag keine Kinder, bin unordentlich und untreu.«

»Hat es funktioniert?«, fragte sie.

»Ja, und es hat mich eine große Liebe gekostet. Ich war gut darin, sie in die Flucht zu schlagen, obwohl sie sich lange gewehrt hat, Beleidigungen ausgehalten, Unzuverlässigkeiten weggelächelt. Bis sie schließlich doch ging, was in den darauffolgenden Jahren zu unseligen Affären und halbherzigen oder gar herzlosen Beziehungen geführt hat. Wahrscheinlich dachte ich immer, das Leben finde später und anderswo statt.«

»Ja, wir haben geglaubt, dass wir noch genug Zeit hätten. Das war fatal. Ich habe nach meinen Fehlversuchen immer die Rüstung angelegt. Aber ich brauchte eben nie einen Versorger und auch keinen Helden, von dessen Glanz etwas auf mich abgestrahlt hätte. Ich musste keinen Mann antreiben, Karriere zu machen, weil ich selber eine hatte. Bestimmt war es mit mir nicht leicht für die Männer. Ich wollte auch nicht mehr mit jemandem zusammenleben, weil ich zwei getrennte Wohnungen gar nicht so schlecht fand.« Sie lächelte. »Ich habe an zwei eigenständige Leben geglaubt, die doch eine unverrückbare Basis von Zukunft und Loyalität hatten. Anscheinend war das eine Liebesutopie!«

»Kein Mann hat dein Konzept verstanden?«

»Nein, und auch nicht mein Spiel mit der Sehnsucht! Ich hielt die räumliche Trennung für ein probates Mittel gegen Langeweile. Eine solche Trennung ist wunderbar, wenn die Sehnsucht auch körperlicher Natur ist. Ihr Männer habt ein Madonna-Huren-Problem. Ihr glaubt noch immer, es gäbe die Madonna fürs Leben und die Hure fürs Bett. Ihr habt Frauen geheiratet, die schnell keine Lust mehr hatten oder euch das Gefühl gegeben haben, euch mit Sex eine Gnade zu erweisen.«

Er sah sie lange an. »Du warst also die Femme fatale?«

»Ich mochte Sex, und das hat die Männer erschreckt.«

»Hast du mir nicht gesagt, mit deiner großen Liebe hättest du zu wenig Sex gehabt?«

Sie lächelte wehmütig. »Genau das war das Problem. Nähe, Ferne, Sehnsucht und ihre Erfüllung – es geht immer um das richtige Maß, das ich leider nie fand. Es war nie leicht für mich. Ich war nie leicht für andere. Leicht war ich nur auf Skiern.«

Er sah sie an. Sie war so ungewöhnlich. Was antwortete man darauf? »Das mit dem Skifahren verstehe ich, weil die Geschwindigkeit alle Probleme wegwischt, weil Skifahren pures Glück ist, weil die Kälte empfindsamer macht. Einerseits so sanft und spielerisch ist und andererseits so gewaltig und kraftvoll.«

»Redest du nun nicht doch von Sex?«, fragte sie und folgte ihm in sein Zimmer. Es war dunkel, doch er schaltete das Licht nicht ein. Sie stand so nahe neben ihm, dass er ihren Atem spüren konnte wie einen leisen Luftzug. Sie küsste ihn, ihre Lippen waren ein bisschen rau, die Lippen einer Winterfrau. Er umfasste sie und spürte, wie schmal sie war, aber er fühlte auch ihre Muskeln am Rücken. Er hatte den Satz, er habe nichts mehr zu verlieren, so oft gesagt, aber heute hatte er wirklich nichts mehr zu verlieren, sondern nur zu gewinnen.

Irmi atmete tief durch. Sie hasste den Autor. Warum tat er das? Sie las weiter und fürchtete sich vor der Sexszene, die sie in Büchern höchst selten gelungen fand, aber F.T.A. White blieb schwebend und behutsam. Er gab den beiden Zeit und Raum und ließ ihnen den Schutz der Dunkelheit.

»Es ist wie Skifahren, man verlernt es nicht«, sagte sie leise, verzwirbelte ihren Finger in seinem Brusthaar. »Ich muss gehen. Danke.«

Irmi legte das Buch auf den Nachttisch, löschte das Licht und starrte ins Dunkel. Sie hasste auch Sabine, die vom Entwurf der zwei Leben gesprochen hatte. Genau das, was sie und Fridtjof jetzt praktizierten. Genau das, woran sie aber immer wieder zweifelte. Würde Fridtjof auch irgendwann davonlaufen? Und warum kam ihr dieser Gedanke immer wieder?

Da sprang etwas auf ihre Beine. Es war der Kater, der ein paarmal kreiselte, bis er einen Platz gefunden hatte, der Irmi in jedem Fall daran hindern würde, die Lage der Beine noch mal zu verändern.

7

Irmi kam um Viertel nach acht in die Küche. Luise hatte schon Brezen geholt und Kaffee gemacht und war richtig aufgekratzt.

»Ich sehe noch wenig Begeisterung bei dir, Irmi.«

»Vor dem ersten Kaffee ist das auch zu viel verlangt. Gnade!«

Luise ließ ihr Zeit. Der Kaffee verfehlte nicht seine Wirkung. Irmi dachte, dass sie auch mal ein Recht auf Work-Life-Balance hatte. Sie hatte wirklich seit Ewigkeiten nichts mehr unternommen.

»Also los, pack mer's«, sagte sie und lächelte Luise an.

Raffi war hocherfreut, dass sich ein Ausflug anbahnte, verfolgte aufmerksam, ob Irmi richtig sattelte, und war zufrieden, dass auch Hundeleckerlis in die Packtaschen wanderten.

»Wir gehen erst mal zu Fuß, oder?«, fragte Luise.

»Gerne«, sagte Irmi und ging los. Fränzi lief rechts neben ihr, die Ohren wippten. Giacomo plärrte seinen Freundinnen hinterher, sein Gebrüll war noch lange zu hören. Sie folgten der Straße, ab und zu kamen ein Auto oder ein paar Radfahrer. Alle lächelten oder winkten. Mulis verzauberten die Menschen mehr als Pferde.

»Ich erwarte jetzt aber schon eine Fremdenführung«, sagte Luise. »Wie ist das jetzt mit dem Moor?«

»Das Murnauer Moos ist mit rund 4200 Hektar Mitteleuropas größtes intaktes Moor. Ein Biotop nicht nur für knapp tausend Pflanzenarten, sondern auch für Vögel wie Wachtelkönig, Rohrschwirl, Bekassine oder Raubwürger. Erst im Jahr 1980 wurde es komplett unter Naturschutz gestellt. Wenn die Berge im Gegenlicht in blauem Dunst daliegen, versteht man, warum Franz Marc diese Gegend einst das ›Blaue Land‹ taufte. Andere jedoch witterten im Moor Profit. Die kleinen Felskuppen aus Glaukoquarzit, die sogenannten Köchel, wurden abgebaut und als Eisenbahnschotter genutzt, bis zur Stilllegung im Jahr 2001. Inzwischen hat man den Steinbruch komplett zurückgebaut, und die ehemalige Grube wurde geflutet. Sie gilt jetzt als Geotop. Reicht das?«

»Fürs Erste ja.« Luise lächelte. »Das könnten wir auch anbieten. Führungen durchs Moos. Mit Packtieren.«

Irmi überlegte. Eigentlich gab es hier schon genug Ausflügler, zugleich wusste sie, dass Lissi auch vom Tourismus lebte und Luises Rente nicht so rosig war. Ja, es gäbe für sie als Pensionistin genug zu tun, man musste nur etwas weiterdenken.

Nachdem sie noch ein klein wenig gelaufen waren, stiegen sie auf. Irmi parkte Fränzi an einer Bank ein, um dem armen Tier nicht so an der Seite zu hängen, denn sie zweifelte doch stark an der Elastizität ihres Aufsteigemanövers. Doch als sie schließlich oben saß, fühlte sie sich bald schon sehr wohl, was auch an der ruhigen Fränzi lag. Irmi war sicher keine Pferdeflüsterin, aber sie spürte, dass sie mit Tieren auf einer Seelenebene kommunizieren konnte.

Etwa achthundert Meter vor dem *Ähndl* sprang Luise ab, und Irmi tat es ihr nach.

»Wenn du zu Fuß mit einem Tier in einem Dorf oder an einem Gasthof ankommst, machst du einen offeneren Eindruck«, erklärte Luise. »Du bist auf gleicher Höhe wie die Einheimischen und nicht so von oben herab wie ein Reiter.«

Irmi spürte eine Welle der Zuneigung. Luise war wirklich das Beste, was ihr hatte passieren können. Sie blieben am Zaun stehen. Fränzi schüttelte den Kopf, als Irmi das Zaumzeug abnahm und ein Halfter anlegte. Flap, flap – die Ohren flogen, ein lieb gewonnenes Geräusch.

Da kam Fridtjof angeschlendert. Er hatte zwei Wassereimer und zwei Heunetze dabei. »Ich hätte für die Damen Getränke zu offerieren, für die Langohrigen das hier und für die …«

Luise lachte. »Für die Kurzohrigen?«

»Und für die charmanten Reiterinnen ein Bier im Garten«, meinte der Hase.

Irmi umarmte ihn. »Was machst du hier?«

»Maultierpfleger, Back-up, Catering.«

Die Maultiere standen zufrieden vor dem Wasser und den Heunetzen. Ein paar Kinder kamen neugierig angelaufen.

»Ihr haltet Abstand und stört sie nicht beim Fressen, ja?«, sagte Luise freundlich, aber doch mit einer gewissen Autorität.

Die Kinder nickten begeistert.

Luise, Fridtjof, Irmi und Raffi gingen in den Biergarten. Man konnte draußen sitzen, denn es gab immer wieder kurze Sonnenflecken. Irmi lehnte sich zurück. Das Bier mundete, und Raffi bekam zu seiner großen Freude einen

Knochen von Fridtjofs Schweinshaxe. Zeit und Raum zerflossen, und Irmi genoss die großartige Natur.

»Wie sieht es jetzt mit meiner Führung aus? Geht die nicht weiter?«, fragte Luise.

»Gleich nebenan liegt das Ramsachkircherl, einst keltische Kultstätte, dann frühchristliche Bastion, vermutlich im 7. Jahrhundert durch den heiligen Mang gegründet«, erklärte der Hase. »Heute sieht man das Kircherl in barockem Gewand, aber es ist eine der ältesten Kirchen Oberbayerns und wird deshalb eben auch das Ähndl genannt, also die Urahnin aller Kirchen. So ist das Gasthaus zu seinem Namen gekommen.«

»Fridtjof kann auch mitmachen bei unseren Touren«, schlug Luise vor. Sie erzählte von ihrem Plan und bestellte noch zwei Bier für die Damen und ein Wasser für den Hasen.

»Bist du mit dem Auto da?«, fragte Irmi.

»Ja, und mit dem Pferdehänger.«

»Wie?«

»Nun, Luise fand, dass eine Strecke reichen würde.«

»Ihr Verschwörer! Ich habe mich die ganze Zeit schon gefragt, wie ich den Rückweg überleben soll! Wie lieb von dir!«

»Na, ich dachte eher an die Mulis«, meinte der Hase grinsend.

Irmi versetzte ihm einen liebevollen Knuff.

Sie brachen schließlich auf. Die beiden Schweizer Langohren gingen mustergültig in den Anhänger.

Zu Hause versorgten sie erst die Tiere und saßen schließlich im Garten.

»Danke, ihr Lieben«, sagte Irmi.

»Du brauchtest mal Ablenkung«, erwiderte der Hase.

»Hat geklappt. Ich denke zwar immer noch an den Fall, aber ich habe wieder Grund unter den Füßen. Und ja, es war trotz allem gut, Lara anzurufen.«

Irmi erzählte dem Hasen von Kathi, die kein Verständnis für ihr Vorgehen aufbringen konnte.

»Was postet sie denn so, die Lara?«, fragte der Hase.

»Alles rund ums Pferd, aber eher ernste Themen wie die richtige Tierhaltung und das Vorbeugen von Krankheiten.«

»Gut so«, sagte Luise. »Ich finde es schon widersprüchlich, dass diese Generation einerseits das Klima und Lebensmittel retten will und sich für Recycling und Upcycling einsetzt. Andererseits rufen die jungen Leute in ihren Blogbeiträgen zum Konsum auf. Wie viele Halfter und Decken braucht denn so ein Pferd? Ist das nicht auch Ressourcenverschwendung?«

»Na ja, Lara will es ja anders machen«, erklärte Irmi.

»Wer heute Erfolg haben will, muss seine Marke sozial oder ökologisch tunen«, meinte der Hase. »Konsum kann ja auch guter Konsum sein.«

»Ist das nicht schnell mal Greenwashing?«, gab Luise zu bedenken.

»Tja, das ist natürlich immer eine Frage der Glaubwürdigkeit.«

»Ich nehme das Lara schon ab«, sagte Irmi.

Das Mädchen war so jung und wirkte doch so fokussiert – nicht nur ihr Einserabi und das Studium, sondern auch ihr Engagement als Content-Creatorin. Die Fotos und Videos sahen so professionell aus, als hätte eine Werbeagentur sie gemacht.

»Und doch finde ich es merkwürdig, die Welt immer durch eine Linse zu sehen, nie unmittelbar«, warf Luise ein. »Die jungen Leute machen den ganzen Tag Videos und Fotos, die sie abends auswählen und bearbeiten müssen. Kann man die Welt nicht einfach genießen, wie sie ist? Mit Licht und Schatten? Und die Gefühle einfach mal unkommentiert lassen?«

Irmi lächelte. »Jetzt klingst du aber wie die Alte, die die Welt nicht mehr versteht. Vielleicht sind wir einfach ein bisschen naiv?«

»Wir sind vor allem verpflichtet, diesen köstlichen Wein nicht warm werden zu lassen«, sagte der Hase. »Auf diesen schönen Tag!« Sie prosteten sich zu.

Der Hase blieb und mit ihm die Leichtigkeit dieses Tages.

Später im Schlafzimmer löschte auch Irmi das Licht und dachte nur ganz kurz an ihre Cellulite und an Sabine. Sie versuchte auch nicht, den Bauch einzuziehen, wie sie es früher getan hatte.

Als sie am nächsten Morgen um sieben aufwachte, war der Hase natürlich längst aufgestanden. Er stand in der Küche und backte gerade etwas auf. Irmis Blick fiel auf die spiraligen Reste.

»Knack und Back – das ist ja auch Kult!«

»Völlig ungesund, nur Weizen und zu viel Salz, aber ich fand das auch eine nette Reminiszenz an unsere Jugend.«

Irmi dehnte den Rücken und setzte sich etwas ungelenk. »Ich hab Muskelkater. O weh, der Adduktor.«

»Dann sollten wir das wohl besser lassen«, meinte der Hase grinsend.

»Ich glaub, das lag eher an Fränzi. Sie ist zu breit.«

»Na, Gott sei Dank!«

Der Hase verschwand wenig später, denn er hatte mit seinem alten Freund Rainhold eine Bergtour geplant. Es regnete schon wieder, aber der Hase war wetterhart.

Irmi sah auf ihr Handy. Andrea hatte geschrieben, dass sich Lara nicht wieder gemeldet habe. Dann war es eben so, beschloss Irmi, sie würde sich morgen damit konfrontieren, aber jetzt war Sonntag. Doch der komplette Müßiggang war nicht ihre Sache, deshalb wusch sie Wäsche und bügelte eine Weile, obwohl sie das eigentlich verabscheute. Sie fand weder Heil noch Meditation im Bügeln, was ja einige behaupteten.

Schließlich nahm sie sich wieder das Buch vor. Der Autor begleitete die kleine Gruppe noch über zwei Tage, er zeichnete meisterliche Bilder von ganz unterschiedlichen Menschen. Da war viel Psychologie drin, aber auch Manipulation, wodurch der Leser die Figuren entweder als sympathisch oder als extrem unsympathisch empfand. Irmi konnte Marlene nicht ausstehen, doch das war sicher beabsichtigt. Sie fieberte dem Schluss des Romans entgegen, dem Ende des Aufenthalts im Berghotel.

Sie saßen beim Frühstück. Obwohl es erst halb acht war, gab es an diesem besonderen Tag schon Champagner aus dem silbrigen Kühler. Martin trank nichts davon, er trank nie vor Berg-

touren, hatte das auch nie getan in seinem Leben. Sie würden etwa eine Stunde aufsteigen, einen leichten, angenehmen Weg, war ihnen gesagt worden. Oben befand sich dann die Hütte, wo der Trank ausgegeben werden sollte. Sie würden dann oben stehen, an der Kante, würden trinken und dann abspringen oder sich einfach nur nach vorn kippen lassen. Sie würden fliegen, nur ganz kurz, und nicht mehr sein, wenn sie aufschlügen. Im Idealfall.

Was nahm man mit auf den letzten Gang oder Flug? Ging es wirklich um den letzten Schlüpfer? Was, wenn er sich einnässen oder gar übergeben würde? Denen, die später zusammenräumten, war das sicher egal, denn sie waren es gewohnt, Alte abzutransportieren, und zogen womöglich Vorteile daraus. Der junge Tadschike, mit dem er gesprochen hatte, der hatte ihm schließlich gesagt, dass sie teure Jacken, sofern sie nicht zu lädiert waren, aufbewahrten und verkauften. Ob die Käufer wussten, dass sie Jacken von Toten erwarben? War es ihnen gar egal, oder feierten sie womöglich die Trophäe, so wie Jäger ihre Beute feierten? Halali, wieder ein Boomer weniger, der sich durch die Benefits fraß wie das Reh durch die Fichtenwipfel.

Er hatte eine sehr teure Funktionsjacke angezogen und sehr gute Bergstiefel, die leicht waren und wasserfest, den Knöchel optimal stützten, mit denen man auch laufen und rennen konnte. Wie oft war er damit die Hänge hinuntergerannt oder über Schneefelder, die Hacken in den Firn gerammt! Hast a Hirn, dann findst an Firn, hieß ein alter Skitourengeher-Spruch. Wegen seines Hirns war er ja hier, denn es würde bald wie ein zerkochter Brokkoli aussehen.

Der Gong rief zum Aufbruch, und schon fünf Minuten später standen alle vor dem Haus. Sabine trug ebenfalls ein funktiona-

les Outfit. Genau wie er hatte auch sie einen Rucksack auf dem Rücken. Beim Aufstieg stolperte Marlene und stürzte. Sie wurde von Weinkrämpfen gebeutelt, aber das kannten sie hier, das kam bei jeder Tour vor. Emily, die Psychologin mit der Engelsstimme, hockte sich zu ihr und beruhigte sie. Es herrschte eine Art Gruppenzwang, wie früher, als man eigentlich nicht vom Fünfmeterbrett springen wollte, es aber doch getan hatte, um vor den Freunden nicht dumm dazustehen. Als Feigling, Weichei, Warmduscher, Lusche oder Heulsuse …

Die Hütte entpuppte sich als wahre Bilderbuchhütte. Doch statt eines Schnapserls wurde ihnen ein kleiner Becher mit Deckelchen überreicht, der Trunk, den sie kollektiv in wenigen Minuten einnehmen würden. Dunkle Wolken zogen auf, es würde gleich zu schneien beginnen, das war würdig, das war recht. Sie alle hatten sich entschieden, und auch das war gut so, die Würfel waren gefallen.

Es war ein Schweigemarsch durch wenige dicht an den Boden geduckte Zirben, sie gingen hintereinander wie die Gänse. Oder wäre der Vergleich mit Lemmingen schlüssiger? Wenige Minuten später standen sie an der Abrisskante, wo man am anderen Ende des Tales in einen steilen Hang blicken konnte, durch den ein paar Gämsen zogen. Martin war gerührt. Der Menschheit war es gelungen, zahlreiche Arten auszurotten, doch die Gämse hatte es geschafft zu überleben.

Sie reihten sich auf wie Perlen an einer Kette und sahen starr nach vorn. Hätte man die Gedanken vertonen können, wäre daraus ein Getöse geworden, das die Berge zum Beben gebracht hätte. So aber rauschte nur leise der Wind.

Schließlich sagte Alexander mit fester, aber doch schmeichelnder Stimme: »Nun setzt an.«

Martin sah zu Sabine hinüber. Schade, dass sie sich nicht früher begegnet waren. Sie hätte seinen Sarkasmus gemindert und er den ihren, und womöglich hätte er ihre bisweilen melancholische Bestürztheit in Lacher verwandeln können. Ihre Blicke sogen sich aneinander fest, da rief Alexander: »Fliegt!«

Sie rannten los. In ihrem Rücken hörten sie Stimmen. Wenn es Verfolger gab, mussten sie den Überraschungsmoment nutzen. Sabine war vor ihm, sie sprengte in einen Pfad, der schmaler wurde und auf eine Waldkante zulief. Krüpplige Kiefern und Felsbrocken erschienen ihm wie Slalomstangen, die man umspringen musste. Ein Tanz auf glühendem Untergrund, der doch eiskalt war. Nach fünfhundert Metern erreichten sie eine Fahrstraße, der Sabine nur ein kleines Stück folgte, bevor sie auf einen Pfad abbog, der in den Wald führte. Die Fahrstraße querten sie noch zweimal, dann landeten sie auf einem beinahe leeren Wanderparkplatz, auf dem drei Autos standen. Auf eines davon steuerte Sabine zu und öffnete es. Sie warfen die Rucksäcke auf die Rückbank und sprangen selbst in den Wagen.

Irmis Herz pochte. Auf etwas Derartiges hatte sie gehofft. Nun waren sie geflüchtet. Würden sie es schaffen? Wohin konnten sie gehen? Das ist ein Buch, Irmi, nur ein unrealistisches Buch, rief sie sich zur Räson. Sie wollte gerade weiterlesen, als sie Luise hörte.

»Irmi, schnell!«

Sie eilte hinunter. Das Wasser kam ihr schon entgegen.

»Die Waschmaschine leckt!«, rief Luise.

Das war stark untertrieben, denn die ganze Küche stand schon unter Wasser. Man konnte auch mit Eimern und Lappen einen Sonntag beenden und dabei Sabine und Martin vergessen.

Am nächsten Morgen kam Irmi mit Muskelkater, aber doch erholt ins Büro. Sie hoffte zwar, dass Kathi ihr Mütchen gekühlt hätte, aber sie wäre auch bereit gewesen, sich ihr zu stellen. Gerade wollte sie die Kolleginnen zu einer Teambesprechung zusammenrufen, als es klopfte.

»Ja?«

»Ich suche Frau Mangold«, sagte eine Stimme.

Da stand eine junge Frau. Eine sehr schöne junge Frau in einer Slimfit-Jeans mit Löchern am Knie und einer Oversize-Jacke, die sie verletzlich aussehen ließ.

»Lara? Lara Wagner?«

Die junge Frau nickte. »Frau Mangold?«

»Ja. Bitte kommen Sie herein. Ich würde meine Kolleginnen dazuholen, ja?«

Lara nickte.

»Kaffee?«

Sie nickte wieder.

Irmi brachte die junge Frau ins Besprechungszimmer und holte Andrea und Kathi. »Lara Wagner ist da!«

»Wie? Da?«

»Sie sitzt im Besprechungszimmer. Kann wer Kaffee mitbringen?«

»Klar«, sagte Andrea und ging in die Küche.

Kathi folgte Irmi. »Was will sie hier?«

»Das wird sie uns hoffentlich sagen.«

Im Besprechungszimmer stellte Kathi sich vor.

»Sie wundern sich wahrscheinlich, ich ...« Lara setzte

neu an. »Als Sie angerufen haben, war ich völlig fertig. Ich konnte das nicht glauben. Ich hab meinen Papa angerufen. Der hat mir gesagt, dass auch er gerade erst erfahren hatte, dass Joshua tot ist. Ich hab lange geweint.«

Das klang so traurig, so entwaffnend, dass Irmi sie am liebsten in den Arm genommen hätte.

»Joshua … er … wir …« Ein paar Tränen liefen ihr herunter, und Irmi reichte ihr ein Taschentuch.

Andrea kam mit dem Kaffee, das ergab eine kleine Zäsur. Lara Wagner fasste sich etwas.

»Wie Sie ja wissen, kenne ich Joshua von früher. Dann ist mein Bruder verschwunden, meine Mama hat sich umgebracht, und ich bin mit meinem Papa nach Bobingen bei Augsburg gezogen. Dort war ich bei einer Psychologin, die hatte die Idee, ich könnte reiten lernen. Ohne Pferde hätte ich das alles nicht überstanden, ich hatte ein Pflegepferd, ein Pony eigentlich, zu dem ich nach der Schule immer hingegangen bin. Das Pony, es hieß Barney, hat mir geholfen. Es war mein bester Freund. Ich konnte reden, Barney hat zugehört. Sonst hab ich wenig geredet, und mein Papa hat auch wenig geredet. Weder er noch irgendwer sonst hat dann jemals mehr über die Familie Weiss gesprochen.«

Sie nahm einen Schluck Kaffee.

»Ich bin dann im Netz über Joshua gestolpert, das war noch vor seinem Battle. Er hat über Umweltschutz gepostet. Ich hab ihm geschrieben, ich weiß gar nicht so genau, warum. Aber er hat mich irgendwie gecatcht. Er war so ernst, so echt.« Sie sah in die Tasse und dann Irmi direkt in die Augen. Aber nur kurz, dann sprach sie in Richtung der Fenster.

»Wir haben uns verabredet, auf einer Fridays-for-Future-Demo in Augsburg. Danach sind wir in den Zoo, wie Kleinkinder irgendwie.« Sie lächelte wehmütig. »Wir waren ewig bei den Erdmännchen, und Joshua sagte, dass er das gar nicht so gut fände, dass bei den Erdmännchen die Erdfrauchen dominant sind. Dass sich nur das Alphaweibchen mit dem Alphamännchen paart. Dass die anderen weiblichen Tiere nur als Tanten für die Nachkommen zuständig sind und die restlichen Jungmänner nichts zu melden haben. Wir haben über Genetik diskutiert und darüber, ob es von Geburt an vorherbestimmt ist, wo du dich in der Gesellschaft wiederfindest. Er meinte, sein Platz sei immer beim Abschaum. Ich fand das furchtbar und hab ihm widersprochen. Er war auf so eine existenzialistische Art traurig.«

Wieder sah sie in ihre Tasse und rührte um, obgleich sie keinen Zucker genommen hatte.

»Mein Argument, dass Menschen nun mal keine Erdmännchen seien, ließ er nicht gelten. Wir haben dann eine Flasche Wein im Siebentischwald getrunken. Weil ich normalerweise sehr wenig Alkohol trinke, war ich ziemlich angeheitert. Joshua hat in einen Mülleimer gepisst, ein älterer Mann hat das gesehen und ist total ausgeflippt, und wir sind weggerannt. Verstehen Sie: Ich war immer gut in der Schule und immer brav, weil mein Papa ja schon genug Sorgen hatte, aber das war dann so anders. So frei.«

Irmi zerriss es fast das Herz. Dieses wunderschöne Geschöpf hatte immer nur funktioniert, Stärke gezeigt, vor allem für den Vater, damit der sich nicht auch noch um sie Sorgen machen musste. Man hatte ihr die unbeschwerte Jugend genommen.

»Wir haben uns weiter geschrieben und uns öfter getroffen, mal in München, mal in Augsburg. Es waren gerade Semesterferien, aber ich musste ein paarmal trotzdem an die Uni. Wir waren dann im Englischen Garten und am Feringasee, haben Beachvolleyball gespielt und waren bei einem Kumpel von Joshua, dessen Opa im Kleingartenverein Unterföhring einen Garten hatte. Und eine Hütte. Gleich beim Wertstoffhof. Man hörte die Autobahn, trotzdem war es …« Sie brach ab.

»Sie waren zusammen?«, fragte Kathi leise.

»Nicht wirklich, ich weiß es nicht. Joshua machte immer wieder Rückzieher, er wurde so düster. Verstehen Sie?«

Eigentlich verstand sie das nicht, dachte Irmi. Dieser Joshua hatte eine Zauberfrau, die sich für ihn interessierte, und war sich dieses Geschenks nicht bewusst?

Kathi nickte.

»Es ging dann über den Sommer so weiter, wir haben uns getroffen, und dann war mal wieder Sendepause. Weihnachten kam, das ist für uns immer noch schwer wegen Emil. Wegen Mama. Weil sie fehlen.« Sie schluckte. »Ich hatte ja dann das Semester in Schweden geplant und wollte von Joshua vorher noch wissen, wie es mit uns weitergeht. Ob es weitergeht. Weil ich ja wegmusste. Ich hing in der Luft. Verstehen Sie?«

Kathi nickte wieder und fragte dann: »Konnten Sie mit jemandem reden? Einer Freundin?«

»Ich hab nicht so viele Freundinnen. Eine Kommilitonin, die Joshua mal kennengelernt hat, meinte, ich solle den in den Wind schießen. Mit dem würde was nicht stimmen.

Und in Schweden gäbe es viele hübsche blonde Jungs. Aber ich steh nicht so auf blond.«

Kathi lächelte. »Und Ihr Vater? Wusste Ihr Vater denn von der Beziehung? Oder Petra Heiligensetzer?«

»Nein, das hätte ich meinem Vater nicht erzählen können. Er wollte nicht mehr erinnert werden. Nicht an meinen Bruder, nicht an meine Mutter, nicht an sein ganzes Leben vorher. Und …« Sie überlegte kurz. »Ich glaube, mein Vater hat was am Laufen, er hatte neue Hemden an und mal was anderes als seine Arbeitshose. Ich glaube, es gibt eine Frau in seinem Leben, und das gönne ich ihm von Herzen. Aber da wollte ich erst recht nicht mit Joshua daherkommen. Verstehen Sie?«

Kathi nickte aufmunternd.

»Und dann, kurz bevor ich nach Stockholm fliegen wollte, das Frühjahrssemester beginnt Mitte Januar, hat Joshua mich zum Zoo bestellt. Er war blass, blasser als sonst, und völlig durch den Wind, wie auf Drogen. Und dann hat er mir gesagt, dass er mich liebt, aber dass ich ihn nie lieben kann, weil er das nicht wert ist. Ich hab das nicht verstanden. Und er hat gesagt, dass ich gehen und in Schweden glücklich sein soll. Er hat Schluss gemacht. Also wenn man überhaupt von Schluss machen reden kann, wir waren ja nicht so richtig zusammen.«

Nun nickte Andrea.

»Ich war verwirrt und auch sauer irgendwie«, fuhr Lara fort. »Aber ich hatte in Schweden viel zu tun, alles war neu. Ende März habe ich ihm zum Geburtstag gratuliert. Und er hat sich bedankt und mich dann zwei Tage später angeschrieben. Er wollte einen Videochat. Und da hat er sich dann erklärt.« Lara sah hoch und rührte dann wieder in der Tasse. »Ich habe mir nach Ihrem Anruf einen Tag lang überlegt, ob ich Ihnen das alles erzählen soll, aber es kann doch nicht sein, dass schon wieder nichts ausgesprochen wird! Ich bin hergeflogen. Ich will das nicht mehr! Ich will nicht immer nur schweigen müssen!«

»Das müssen Sie auch nicht, Lara«, sagte Irmi leise.

Lara räusperte sich. Begann wieder zu sprechen. Ihre Stimme hatte sich verändert. Sie sprach in äußerster Konzentration, als würde sie ein Referat halten. Auch der sympathische Lechrainer Dialekt, der ab und zu durchblitzte, war nun verschwunden.

»Es war 2011, am Tag des Schulfestes. Joshua war am Tag davor schon genervt gewesen, weil er für die Gruppe von Frau Müller-Stark eingeteilt war. Er mochte sie nicht, und er wollte keine Wikingerhelme und Schilde basteln. Emil hatte auch keine Lust, weil er generell nicht so gerne mit vielen Kindern zusammen war. Das hat ihn überfordert. Die beiden hatten sich am Seiteneingang der Schule verabredet, um sich abzusetzen.«

Irmi war aufs Äußerste gespannt. Kam nun die Wahrheit ans Licht, und wollte sie die überhaupt hören?

»Die Jungs wollten hinter der Schule in den Wald gehen. Ich kannte den Platz. Das war ein Platz, wo die Älteren von der Hauptschule zum Rauchen hingegangen sind. Joshua hatte an dem Tag den Laptop seines Vaters dabei. Er wollte mit Emil ›Grand Theft Auto‹ spielen. Was wir natürlich nicht durften.«

»Das ist ein Spiel ab achtzehn! Und ziemlich brutal!«, rief Kathi.

»Ja, aber wir haben öfter mal in den Laptop von Frank geschaut, ich auch. Er hatte jede Menge solcher Spiele drauf. Ich glaube, er hat recherchiert, für ein Buch, und der Laptop stand häufiger rum bei denen. Emil war ganz wild drauf, so was zu spielen. Heute glaube ich, dass er sich wichtigmachen wollte vor Joshua, damit der ihn ernst nimmt. Emil hatte oft Albträume und ist weinend aufgewacht. Ich hab ihn gehört, meine Eltern nicht. Emil galt immer als Sensibelchen, dabei hat er einfach nur den Scheiß in den Videospielen nicht verarbeitet.«

Irmi spürte ihren Muskelkater, weil sie sich so verkrampfte.

»An dem Tag saßen sie also dort im Wald und haben eines dieser Videospiele gespielt. Sie haben irgendwelche Missionen erfüllt und den Gegner mit Flammenwerfern und Raketen oder was auch immer beschossen. Und dann muss Emil plötzlich eine Waffe gezogen haben. Ich kann Ihnen nur das erzählen, was Joshua mir gesagt hat. Emil hatte eine Waffe und wollte auf Joshua schießen. Der hat das erst für einen Witz gehalten und ihm dann gesagt, dass man Computerspiele nicht in der Realität spielt. Das hatte ihm Frank wohl schon so eingetrichtert. Joshua hat Emil die Waffe weggenommen, dabei hat sich ein Schuss gelöst. Emil war sofort tot.«

Andrea war zusammengezuckt, Kathi hätte ihre Tasse fast fallen gelassen. Irmis Herz raste.

»Joshua war völlig schockiert, wie erstarrt, hat er gesagt. Er hatte eine Wunde an der Schläfe vom Rückschlag. Dann kam plötzlich sein Vater. Er hat Joshua eingeschärft, sofort zurückzulaufen und zu sagen, er sei pinkeln gewesen und blöd gestürzt. Und er hat ihm gesagt, er müsse schweigen. Unbedingt schweigen. Der Vater hat versprochen, sich um alles zu kümmern.«

Kümmern? Um seinen Sohn zu schützen oder sich selbst? Weil er für die Kinder solche Ballerspiele zugänglich gemacht hatte?

»Aber Lara, was hat er mit Emil gemacht? Und wieso war Frank Weiss überhaupt da? Er war doch angeblich auf einer Schreibklausur in den Bergen?«, brach es aus Kathi hervor.

»Er hat Joshua gesagt, er habe ihn eben doch beim Fest erleben wollen, ihn überraschen wollen. Deshalb sei er heimgefahren und habe ihn gesucht. Joshua hat das damals nicht so überrissen, aber Frank hatte in Wirklichkeit eine App, um seinen Sohn zu tracken. Joshua hatte damals schon ein Handy, das fanden wir alle sehr cool. Deshalb hat er ihn gefunden.«

»Aber Emil? Wo hat er Emil hingebracht?«

»Das wollte ich auch wissen. Mein armer kleiner Bruder. Verstehen Sie? Ich konnte das gar nicht begreifen.« Ein paar Tränen lösten sich aus ihren Augen, und sie griff nach dem Taschentuch, das Irmi ihr vorhin gegeben hatte. »Joshua sagt, er weiß es nicht. Sein Vater habe es ihm nie gesagt! Angeblich zu seinem Schutz.«

»Und Joshua hat seiner Vater auch später nie gefragt?«, fragte Kathi.

»Das weiß ich nicht. Joshua hat mir nie gesagt, was er für ein Verhältnis zu seinem Vater hatte. Also jenseits von diesem Battle im Netz.«

Selbst wenn Joshua gewusst hätte, wo Emil war, hätte er es Lara nicht erzählt, vermutete Irmi.

»Woher hatte Emil diese Waffe?«, hakte Kathi nach.

»Von unserem Vater. Der ist Jäger ...«

Joshua hatte Emil mit der Waffe des eigenen Vaters erschossen? Wie perfide konnte das Leben sein?

»Aber die lag doch nicht offen herum, oder?«, meinte Kathi ohne jeden Vorwurf in der Stimme.

»Nein, mein Vater hatte damals seinen Waffenschrank in der Werkstatt stehen und war immer sehr vorsichtig. Aber natürlich haben wir mal gesehen, wie er eine Waffe gereinigt hat. Wir haben auch gesehen, wie er sie lädt. Und an Franks Computern waren wir ja auch häufig. Wir waren viel allein.« Lara lächelte ein klein wenig. »Frank war gefühlt nie da. Petra war auch immer auf der Flucht. Schnell heim, dann wieder an die Schule. Mein Vater war auch nie da, immer in der Werkstatt oder auf irgendwelchen Baustellen, und meine Mutter war oft krank. Sie nahm Tabletten und trank zu viel. Manchmal war sie auch länger weg in einer Klinik. Da haben wir bei Petra gegessen.«

Die Kinder der beiden Familien schienen sich weit nähergestanden zu haben, als Petra Heiligensetzer ihnen vermittelt hatte. Hatte sie das nicht gesehen, oder gab es einen anderen Grund?

»Das ist alles grauenvoll«, sagte Irmi leise. »Wie sind Sie mit diesem Wissen umgegangen?«

»Ich konnte das auch nicht gleich verarbeiten. Danach habe ich Joshua nicht mehr angeschrieben oder mit ihm geredet. Er hat sich auch nicht mehr bei mir gemeldet. Die ganze Zeit nicht.«

»Sie waren also seit Mitte Januar in Schweden und haben

Ende März von dieser schlimmen Geschichte erfahren?«, hakte Kathi nach.

»Ja, ich weiß, ich hätte viel früher reden müssen. Aber ich war wie gelähmt. Es war wie ein Film, ich war mir gar nicht sicher, ob ich das wirklich erlebt hatte. Verstehen Sie? Ich konnte das nicht glauben. Und ich hätte viele Fragen gehabt. Wie war Emil an die Waffe gekommen? Warum war sie überhaupt geladen? Was ist dann mit der Waffe passiert? Und wie konnte Frank uns das antun? Uns so leiden zu lassen? Ich bin fast erstickt unter all den Fragen.«

»Das tut uns sehr leid«, sagte Irmi. »Es muss eine furchtbare Bürde für Sie gewesen sein.«

»Mein Körper und mein Kopf haben zugemacht, weil ich das sonst nicht ertragen hätte. Emil hätte am 5. Mai Geburtstag gehabt, er wäre zweiundzwanzig geworden. Mein Vater und ich telefonieren da immer und da … da …«

»… war alles wieder da?«

»Ja, und es kam mir plötzlich real vor.«

»Haben Sie Ihrem Vater davon erzählt? Joshuas Geschichte?«, wollte Irmi wissen.

»Ja!« Lara begann zu weinen. »Es muss endlich vorbei sein, nicht noch mehr Lügen!«

Irmi scheute sich vor der Schlussfolgerung, aber sie stand im Raum. »Das heißt, Ihr Vater weiß das alles schon seit dem 5. Mai?«

»Ja, und ich weiß, was Sie jetzt denken! Aber er hat sich ganz bestimmt nicht an Joshua gerächt. Hätte er sich nicht eher an Frank rächen müssen? Was Joshua getan hat, war ein Unfall. Er war doch noch ein kleiner Junge damals! Das Verbrechen hat Frank begangen.«

Da stimmte ihr Irmi zu. Rein emotional betrachtet sowieso. Aber was hatte Josef Wagner getan, nachdem seine Tochter ihm erzählt hatte, was damals passiert war? Hatte er Weiss kontaktiert? Oder Joshua gesucht? Zwei Tage später, am 7. Mai, war Joshua gestorben. Das klang doch alles nach Kurzschlusshandlung. War es ein Schuss von Wagners Hand gewesen? Als Jäger konnte er mit Sicherheit gut schießen und besaß auch Waffen.

»Als ich meinen Vater angerufen und ihm erzählt habe, dass Joshua tot ist, da war er betroffen. Echt betroffen. Ich kenne meinen Vater. Der kann nicht lügen. Der hat auch beim Kniffel immer verloren. Er sagte mir, Sie hätten ihn auch angerufen. Am Freitag. So wie mich ja auch. Er war das nicht, er kann sich nicht so gut verstellen!«

»Aber Lara, er muss doch reagiert haben auf diese ungeheuerliche Geschichte! Was hätte er denn getan?«

»Mein Vater war noch nie jemand, der sich aufgelehnt hat. Auch früher nicht. Er hat eher alles erduldet und ist abgehauen. In den Wald, in sein Revier. Zur Arbeit. Unsere Mutter war oft gemein zu ihm, ungerecht. Es klingt schlimm, aber als sie tot war, gab es Tage, an denen ich froh war, dass sie weg war. Ich weiß, das ist schrecklich von mir.«

Was sagte man dazu?

»Nein, ist es nicht«, sagte Kathi.

»Aber sie war meine Mutter. Emil hat sie geliebt, ich war immer schon mehr das Papakind.«

»Bleiben Sie jetzt erst mal in Deutschland?«, fragte Irmi.

»Ja, momentan schon. Ich habe in Schweden gesagt, ich müsse wegen eines Todesfalls nach Hause. Die waren sehr nett da.«

»Wir müssen mit Ihrem Vater reden, Lara. Das verstehen Sie, oder? Wir würden ihn als Zeugen vorladen, das ist die offizielle Vorgehensweise. Aber das dauert natürlich lange, und wir würden Zeit verlieren. Daher wäre es mir lieber, Sie würden ihn überzeugen zu kommen, und zwar so schnell wie möglich.«

»Ich versuche es.«

»Wohin wollen Sie denn jetzt?«

»Zum Bahnhof, zurück nach Bobingen.«

»Schaffen Sie das, so aufgewühlt, wie Sie sind?«

»Ich habe es hierher geschafft, dann schaffe ich es auch wieder nach Hause.« Sie kämpfte mit den Tränen. »Wann wird Joshua beerdigt?«

»Das können wir nicht sagen, die Leiche ist noch nicht freigegeben.« Der Satz klang so geschäftsmäßig.

»Sie müssen mit Frank reden! Er muss Ihnen sagen, wo Emil ist.« Sie weinte nun stärker, und Irmi reichte ihr ein frisches Taschentuch.

»Natürlich werden wir mit Frank Weiss reden. Jetzt stellen sich viele neue Fragen. Die ganzen zeitlichen Abläufe des Schulfestes, wie sie in Polizeiakten stehen, stimmen dann ja nicht. Laut den Akten saß Emil in einem kleinen Nebenraum und polierte Besteck. Er war nur kurz außer Sichtweite.«

»Das stimmt nicht«, sagte Lara. »Emil war nur ganz kurz in dem Raum. Er ist durch den Seiteneingang raus, wo er mit Joshua verabredet war.«

»Aber er wurde doch gesehen!«

»Er hatte ein Basecap so hindrapiert, dass man meinen konnte, er säße auf dem Stuhl.«

Kathi entfuhr ein Laut. »Das heißt, die ganze Zeit, in der die Lehrerin und die anderen Kinder ihn vermeintlich gesehen hatten, war er schon lange nicht mehr da?«

Lara nickte unter Tränen. »Und ich bin auch schuld. Weil ich das nie erzählt habe. Ich durfte doch Joshua und Emil nicht verraten!«

Loyalität bis in den Tod. Die Angst vor den Erwachsenen. Die Gesetze der kindlichen Nebenwelt. Und die Erwachsenen waren viel zu beschäftigt gewesen mit ihren Schuldzuweisungen, als dass sie Lara gesehen hätten. Sie hatten sie übersehen, weil sie immer schon das brave Mädchen gewesen war. Lara schluchzte und bekam plötzlich seltsame rote Flecken im Gesicht.

»Lara, Sie …«

»Ich weiß. Es juckt. Ich bekomme bei Stress solche Symptome. Das geht wieder weg. Bald. Manchmal.« Sie versuchte, ihr Weinen zu unterdrücken, und begann zu husten.

Irmi fasste einen Entschluss.

»Lara, ich werde einen Arzt rufen. Sie sind völlig erschöpft. Wir können Sie so nicht gehen und schon gar nicht mit dem Zug nach Augsburg fahren lassen.«

Lara nickte unter Tränen und hustete weiter. Irmi ging hinaus und bat Sailer, den Notarzt zu rufen.

»Hot sie was gsagt?«, fragte Sailer.

O ja, das hatte sie. Das kleine Wörtchen »was« wurde dem kaum gerecht, dieser ganzen Welt des Bösen, von der Lara erzählt hatte.

Wenig später traf der Rettungswagen ein. Irmi redete kurz mit den Sanitätern und dem Arzt, der Lara auf eine fröhliche und doch bestimmte Art davon überzeugte, mit ins Klinikum zu fahren. Diese Menschen waren großartig, sie waren wie fest verwurzelte Bäume im Orkan.

Bang dachte Irmi an den Roman von F.T.A. White. Sie waren in Deutschland gerade auf dem Weg, ein einst gutes Medizin- und Sozialsystem in den Graben zu fahren. Ihr fiel ein, wie Bernhard einmal unter seinem Bulldog gelegen hatte, weil er in der Steillage umgekippt war. Die Rettungshelfer waren schnell vor Ort gewesen, Bernhard hatte wahnsinniges Glück gehabt. Es waren nur Prellungen und ein paar gebrochene Rippen gewesen. Irmi war hinterher mit einem Getränkekasten und ein bisschen Gebäck in die Rettungswache gefahren, um sich zu bedanken. Der Sanitäter hatte sie ungläubig angeschaut und gesagt: »In den einundzwanzig Jahren, seit ich hier bin, hat sich noch nie jemand bei uns bedankt.«

Als Lara draußen war, herrschte bestimmt eine knappe Minute Totenstille. Sie saßen alle drei nur schweigend da und sahen weg.

»Warum war diese Waffe frei zugänglich? Wie ist sie überhaupt zurückgekommen?«, fragte Kathi schließlich.

»Wenn sie nicht zurückgekommen wäre, hätte Wagner sie doch vermisst? Oder nicht? Hätte er nicht Schlüsse ziehen müssen? Sein Sohn ist tot, eine Waffe fehlte?«

»Das sind Dinge, die wir Wagner fragen müssen«, sagte Andrea.

»Wird Wagner jetzt zur Schlüsselfigur?«, fragte Kathi. »Ich würde immer noch in Erwägung ziehen, dass auch Weiss seinen eigenen Sohn getötet haben kann. Angenommen, Wagner ist völlig fertig, als er begreift, was damals passiert ist, und stellt Weiss zur Rede. Der behauptet, dass Lara nur fantasiere, ist aber höchst alarmiert. Laras Geschichte hätte man eventuell als Hirngespinst hinstellen können, aber was, wenn Joshua sie anderen erzählen würde? Nur ein toter Joshua redet nicht mehr. Dem F.T.A. geht es um seine Reputation. Für ihn steht viel auf dem Spiel.«

Auch das war möglich. In Irmis Gehirn rotierten die Gedanken, schlugen die Namen Purzelbaum: Wagner, Weiss, Lara, Joshua, Weiss, Lara, Wagner, Emil. Wo war Emil?

»Wissen wir denn, ob diese ganze Geschichte überhaupt stimmt?«, fragte Andrea plötzlich sehr leise. »Hat Joshua Lara überhaupt die Wahrheit gesagt? Und werden wir das je erfahren? Emil und Joshua können nicht mehr reden.«

Irmi sah Andrea fast dankbar an. Andrea blieb ruhig und ließ sich nicht so schnell blenden. Sie könnte eines Tages sehr gut Irmis Rolle übernehmen, und Kathi konnte weiter den Derwisch geben.

Irmi konzentrierte sich darauf, Ordnung in ihre Gedanken zu bringen. Sie war davon überzeugt, dass Lara die Wahrheit sagte. Sie hatte das wiedergegeben, was sie wusste.

»Lara lügt sicher nicht«, sagte nun auch Kathi. »Sie wirkt so wahnsinnig erwachsen. Es ist ja nicht leicht, heute jung zu sein. Entweder weißt du schon mit achtzehn, was du willst, oder du verlierst dich in den Angeboten und verzweifelst an der Welt.«

Ihre Tochter war zweiundzwanzig, natürlich wusste Kathi, was es bedeutete, nach 2000 geboren zu sein. Klima, Corona, Ukrainekrieg – welchen Ausweg gab es für die Jugend? Der eine war eine klare Fokussierung, die nicht nur

Lara, sondern auch das Soferl gewählt hatte. Der andere Ausweg war die Auflehnung – wie bei Joshua.

»Lara war von Joshua fasziniert. Das verstehe ich. Der Bad Boy und das Good Girl. Er hat ihr eine neue Welt eröffnet, die verführerisch war und gefährlich.« Kathi sah fast wehmütig aus. »Und er war sehr hübsch. Die beiden wären ein Traumpaar gewesen.«

Und womöglich eine Neuauflage von Joshuas Eltern?, schoss es Irmi durch den Kopf. Die klare Petra, der exaltierte F.T.A. – und nun die fokussierte Lara und der wilde Joshua?

»Und jetzt?«, fragte Andrea.

»Wir haben zwei Männer, die allen Grund gehabt hätten, Joshua zu töten. Weiss und Wagner«, sagte Kathi. »Bei Weiss sehe ich mehr Handlungsbedarf. Er hat damals Emil verschwinden lassen.«

»Wenn das alles so stimmt«, warf Andrea ein.

»Wir kommen nur an ihn heran, wenn wir diese Akte über das Schulfest und das Verschwinden von Emil noch mal komplett durchforsten«, sagte Kathi. »Wir müssen etwas übersehen haben. Dazu brauchen wir auch Petra Heiligensetzer.«

»Ich weiß nicht«, sagte Irmi. »Ich würde sie gerne raushalten.«

»Wieder einmal ein Fall von Intuition?«, bemerkte Kathi.

»Na ja, die Idee mit Lara war ja nicht die schlechteste«, sagte Andrea scharf, und Irmi dankte ihr innerlich.

»Na gut«, meinte Kathi nur.

8

Wenig später waren sie alle in Emils Akte vertieft und hatten allmählich das Gefühl, sie auswendig zu können. Irmi sah sich noch einmal die Aufnahmen von der Kamera an der Schule an und stutzte. Das Gerät deckte den Parkplatz ab, aber reichte auch auf die Straße hinaus. Wahrscheinlich war sie nicht ganz korrekt montiert, denn man sah entlang der Straße auch noch die parkenden Autos. Die Kollegen hatten damals die Bilder ab neun Uhr ausgewertet. Die Kamera hatte einen Mercedes, einen Renault Kangoo, einen Golf, einen Mini, einen Twingo, einen Wagen, den Irmi als kleinen Peugeot identifizierte, und einen VW-Bus aufgezeichnet, der aber nicht mehr ganz zu sehen war. Auf einem der Bilder fehlte der Mini, und es gab eine Parklücke, die wenig später von einer Vespa ausgefüllt war. Auf dem Bild von neun Uhr dreißig war der VW-Bus nicht mehr da. Auf der Aufnahme von neun Uhr vierzig ragte in den rechten Bildrand eine schwarze Limousine hinein.

»Andrea, schau mal, was ist das für ein Auto?« Irmi reichte ihr das Bild.

»Keine Ahnung, das wäre ein Job für Sepp, der ist unser Autofreak.«

Sepp wurde herbeigerufen. »Die Damen? Wie kann ich helfen?«

»Können Sie uns sagen, was das für ein Auto sein könnte? Das Foto ist von 2011.«

Er zögerte keine Sekunde. »Ein BMW 5er, ganz klar an der Schnauze zu erkennen.«

»Warum interessiert dich das?«, fragte Andrea in Irmis Richtung.

»Ich gehe davon aus, dass die meisten Autos irgendwelchen Lehrern oder Eltern gehören, die hier geparkt haben, weil auf dem kleinen Schulparkplatz keine Lücke mehr frei war. Aber dieser BMW ist neu dazugekommen. Um kurz nach halb zehn.«

»Und du glaubst, der gehörte damals Frank Weiss?« Andrea starrte Irmi an. »Wir sehen die Autos nur von der Seite – keine Chance, die Autonummer zu erkennen!«

»Ja, aber ob das Weiss bewusst ist?«, entgegnete Irmi. »Kriegen wir raus, was er 2011 für ein Auto gefahren hat? Ohne Petra Heiligensetzer zu befragen?«

»Wir könnten Lara fragen, womöglich weiß sie es«, sagte Andrea, klang aber nicht überzeugt.

»Müssen wir sie schon wieder aufrütteln?«, meinte Kathi.

»Ich weiß, das ist nicht ideal, aber habt ihre eine bessere Idee?«, erwiderte Irmi.

Die anderen schwiegen kurz. Dann nickte Andrea, wählte Laras Nummer und reichte Irmi das Telefon.

»Hallo, Lara, wie geht es Ihnen?«, erkundigte sich Irmi.

»Mir geht es schon besser. Ich hänge an einer Infusion, aber ich kann nachher wieder heim.«

»Nehmen Sie sich aber bitte ein Taxi. Schonen Sie sich. Wir hätten nur eine kleine Frage. Wissen Sie zufällig noch, was Frank Weiss damals für ein Auto gefahren hat?«

Lara überlegte nur kurz. »Einen BMW, er hatte immer einen BMW. Zum Angeben, hat mein Papa gesagt.«

»Können Sie sich an die Farbe erinnern?«

»Schwarz. Er hatte immer schwarze Autos. Warum? Wissen Sie etwas von Emil?«

»Wir sind dran. Bitte, Lara, vertrauen Sie uns, unternehmen Sie auf keinen Fall selber etwas!«

»Nein, ich rede nur mit meinem Papa.«

»Ja, und bitten Sie ihn, mit uns zu sprechen, ja?«

»Mach ich. Werden Sie Emil finden?«

»Ja«, sagte Irmi mit fester Stimme. »Alles Gute.« Sie legte auf.

»Aber Irmi, das reicht ja nie!«, rief Kathi. »Da steht ein dunkler BMW – so what? Der lässt uns doch auflaufen!«

»Haben wir eine andere Wahl? Ich würde auf vorläufige Festnahme plädieren. Die Kollegen vom Tegernsee können ihn herbringen.«

Sie bekamen ein Plazet von der Staatsanwaltschaft, die diese ganze bizarre Geschichte auch kaum glauben wollte. Sie saßen auf den sprichwörtlichen heißen Kohlen, bis Weiss schließlich eintraf. Er hatte seinen Anwalt mitgebracht, der es gleich mit Drohgebärden versuchte und sie mit Wörtern wie »Amtsanmaßung« und »Anfechtungsklage« und »Fortsetzungsfeststellungsklage« konfrontierte.

»So, Herr Dr. Magerer, dann lassen Sie sich mal überraschen«, sagte Kathi wenig beeindruckt und wandte sich an Weiss.

»Sie sind hier, weil wir mit Ihnen über den Tag des Verschwindens von Emil Wagner reden wollen.«

Weiss war überrumpelt, das war ihm anzumerken.

»Um was geht es hier eigentlich?«, fragte der Anwalt.

Irmi fasste knapp zusammen und schloss: »Wir haben

Grund zur Annahme, dass Ihr Mandant Emils Leiche hat verschwinden lassen.«

»Humbug!«, rief Weiss.

»Ihr Sohn Joshua hat jedenfalls genau das behauptet. Er hat sein Herz Lara Wagner ausgeschüttet, die Ihnen ja auch bekannt sein sollte.«

»Das ist Unsinn! Eine Räuberpistole!«

»Das ist doch eher Ihr Genre«, konterte Irmi. Ihr Herz bebte. Jetzt ging es um alles. »Warum stand Ihr Auto vor der Schule? Ein schwarzer 5er BMW? Das alles liegt zwar zwölf Jahre zurück, aber seien Sie versichert, dass wir feststellen können, ob Sie wirklich in Ihrer Schreibklausur waren und, wenn ja, wann Sie diese verlassen haben. Die Wahrheit, Herr Weiss!«

»Sollte Ihr Sohn mundtot gemacht werden, Herr Weiss?«, ergänzte Kathi. Ihr Blick war kalt wie eine Hundeschnauze.

»Moment, ich möchte mich mit meinem Mandanten austauschen«, sagte der Anwalt.

Irmi und Kathi verließen den Raum.

»Boah, der Magerer wird Beweise fordern!«, rief Kathi. »Er wird das Bild sehen wollen, und dann sind wir geliefert.«

»Nicht unbedingt«, kam es von Andrea. »Schaut mal her, ich hab eben die Aufnahme von damals vergrößert und auch das Radarbild.«

Auf beiden Fotos waren unter der Griffmulde der Tür drei geschwungene Buchstaben zu erkennen. F.T.A. Kathi starrte auf die Bilder, dann packte sie Andrea plötzlich an den Schultern und wirbelte sie herum. »Genial, genial, wir haben ihn!«

»Hör auf, mir wird schwindlig«, stöhnte Andrea.

»Da bricht ihm die Selbstdarstellerei das Genick«, sagte Irmi leise. »Auf geht's, jetzt gilt es.«

Sie betraten erneut den Raum. Inzwischen sah der Anwalt weniger siegessicher aus als zu Beginn. Kathi haute die beiden Fotos mit Schwung auf den Tisch.

»Sie waren am Tag von Emils Verschwinden vor der Schule. Angeblich waren Sie doch in Klausur?«

Weiss atmete tief durch, sah kurz den Anwalt an, der ihm zunickte, und begann zu erzählen: »Ich wollte Joshua überraschen. Ich war so oft abwesend, wenn der Junge etwas vorhatte, was für ihn wichtig war: Fußballspiele, Schulaufführungen, Kindergeburtstage. Ich wollte es besser machen. Als ich zum Schulparkplatz kam, war der schon total überfüllt. Also habe ich am Straßenrand geparkt. Da war gerade ein Parkplatz frei geworden.« Er schluckte. »Weil Joshua uns ein paarmal durch längere Abwesenheiten Sorgen gemacht hatte, gab es einen Tracker. Ich stellte fest, dass das Signal nicht aus der Schule kam, und folgte einem kleinen Pfad, der in ein Wäldchen führte. Nach etwa achthundert Metern saß Joshua auf der Erde, wie paralysiert. Neben ihm lag Emil.«

»War er tot?«

»Ja, definitiv. Ich habe bei der Bundeswehr eine Sanitätsausbildung absolviert, das konnte ich beurteilen.«

Er klang so neutral. Irmis Magen verkrampfte sich. »Und dann?«

»Emil war tot, und Joshua hatte die Waffe in der Hand. Neben ihm stand mein Laptop. Er sagte immer nur: ›Wir wollten nur spielen. Nur spielen.‹ Ich habe ihm die Waffe und den Laptop abgenommen und ihm versichert, dass alles gut würde. Dass ich das regeln würde. Dann habe ich ihm eingeschärft, er solle sofort in die Schule zurücklaufen und behaupten, dass er pinkeln gewesen sei. Er hatte eine kleine Wunde am Kopf, und ich habe ihm gesagt, er solle erzählen, er sei gestolpert. Und ich habe ihm aufgetragen, sich gründlich die Hände zu waschen.«

Hätte man auch nur den Verdacht gehegt, dass eine Waffe im Spiel gewesen war, dann hätte man an Joshuas Händen natürlich Schmauchspuren gefunden, dachte Irmi. Mit welcher Kaltschnäuzigkeit hatte Weiss damals agiert!

»Joshua ist am Parkplatz Ihrer Frau begegnet, sie hat auch nichts gemerkt«, sagte Kathi.

»Ja, ich weiß, aber Joshua hat das alles auch nicht ganz begriffen.«

Ob das wirklich so gewesen war?, fragte sich Irmi.

»Und dann?«, wollte Kathi wissen.

»Ich bin zurück zum Auto, bin um den Wald herumgefahren, habe geparkt. Dann habe ich Emil in eine Decke gewickelt. Natürlich habe ich die Blätter und Zweige von der Erde in eine Tüte gestopft und anschließend meine Fußabdrücke verwischt.«

»Und wenn jemand gekommen wäre?«, fragte Irmi, der es kalt über den Rücken lief.

»Das habe ich, glaube ich, gar nicht einkalkuliert.«

Ja, was wäre gewesen? Hätte er dann den Störer erschossen? Oder wäre er zur Besinnung gekommen?

»Ich habe Emil ins Auto gelegt und bin losgefahren, total ziellos. Irgendwann habe ich angehalten, weil ich kurz nachdenken musste. Ich weiß gar nicht, wie lange ich da saß. Als zwei Polizeiautos vorbeifuhren, war das wie ein Weckruf für mich. Ich bin nach Hause in die Garage gefahren, habe von innen zugesperrt und gehört, wie sich die Wagners draußen ziemlich laut gestritten haben. Schließlich sind sie weggefahren. Ich habe die Waffe gereinigt, bin rüber in die Werkstatt der Wagners und habe die Waffe zurückgelegt, eine Smith & Wesson.«

»Stopp! Wie konnten Sie den Waffenschrank öffnen, und wie sind Sie überhaupt in die Werkstatt Ihrer Nachbarn gekommen?«

»Na ja, ich wusste, wo der Ersatzschlüssel für die Werkstatt lag, es war das übliche Versteck unter einem Blumentopf. Die Kinder haben öfter mal dort gespielt, Joshua hat mir von dem Versteck erzählt. Die Kombination des Waffenschranks kannten wir auch. Josef hat sie immer mal geändert, die Zahl aber ganz dünn an die Seite seiner Werkbank geschrieben.«

»Wieder stopp! Wer ist wir?«

»Nun, ich wusste das und seine Frau bestimmt auch. Vielleicht kannten sogar die Kinder die Kombination.«

»Und Sie wollen mir jetzt sagen, dass Emil die Waffe da rausgeholt und geladen hat?«

»Wieso Emil?«

Irmi war verwirrt. Was sollte diese Frage? »Weil Emil die Waffe dabeihatte.«

»Nein, das war nicht Emil. Joshua hat sie geholt.«

»Aber Lara hat er erzählt, dass Emil die Waffe dabeihatte und er sie ihm weggenommen hat!«, sagte Kathi fast im Flüsterton. »Und dass sich dabei ein Schuss gelöst hat.«

Weiss zwinkerte. Verbarg er etwa Tränen?

»Ach, Joshua«, sagte er dann.

»Was heißt das: Ach, Joshua?«, fragte Kathi.

Irmi verstand. »Da will er die Wahrheit sagen und verbiegt sie doch ein klein wenig? Damit es für Lara nicht ganz so schlimm ist?«

Weiss schwieg, was Antwort genug war.

»Aber hat Joshua sie auch geladen?«, hakte Irmi nach. »Oder hatte Wagner eine geladene Waffe im Schrank?«

»Das nehme ich an. Die Waffe fasste fünf Patronen. Eine war abgefeuert. Also habe ich eine neue in die Trommel gesteckt.«

»Ach, die Patronen waren auch im Schrank?«

»Ja, und zwar ziemlich viele. Ich dachte mir noch, dass Josef sicher nicht weiß, wie viele er hat.«

Irmi war sprachlos.

»Also hat Joshua den Laptop und die Waffe geholt?«, vergewisserte sich Kathi.

Weiss nickte. »Das ist das, was er mir erzählt hat.«

»Und Sie haben in Ihrem Repertoire keine andere Lösung gefunden, als eine Kinderleiche verschwinden zu lassen?« Kathi war völlig fassungslos. »Wie wäre es gewesen, die Polizei zu holen?«

»Emil war schon tot.«

»Und das ist Ihre Rechtfertigung dafür, dass Sie eine Familie in den Untergang getrieben haben? Und Ihrem Sohn aufgebürdet haben, lebenslang mit einer Lüge zu leben?«

»Ich wollte ihn schützen. Wer hätte ihm denn geglaubt, dass es ein Unfall war?«

Der Anwalt sah zu Boden, offenbar musste auch er sich beherrschen. Irmis kalte Sprachlosigkeit schien chronisch zu werden.

»Überlegen Sie doch mal«, fuhr Weiss fort. »Selbst wenn man an einen Unfall geglaubt hätte: Joshua wäre in die Fänge von Kinderpsychologen geraten, die unser Leben auf links gedreht hätten.«

»Darum ging es Ihnen also – um Sie, nur um Sie! Schon damals hatten Sie Angst um Ihre Reputation!« Kathi war außer sich. »Weil Sie Ihrem Sohn den Zugang zu diesen Ballerspielen ermöglicht haben, die doch erst ab achtzehn erlaubt sind. Vermutlich, um Anschauungsmaterial für Ihr unsägliches Buch zu sammeln. Damit Sie die These vertreten konnten, dass Ballerspiele den Kindern überhaupt nicht schaden! Was für eine Scheiße!«

»Ich bitte um etwas verbale Zurückhaltung«, sagte der Anwalt, der seine Sprache wiedergefunden hatte.

»Nein, das stimmt nicht, ich wollte nur Joshua schützen«, behauptete Weiss.

»Bullshit! Er musste zwölf Jahre schweigen. Das hat sein Leben ruiniert! Emils Mutter hat sich umgebracht! Weil sie nicht wusste, was aus ihrem Sohn geworden ist. Und das haben Sie alles verdrängt? Damit können Sie leben?« Kathi war zwar etwas leiser geworden, aber Irmi war klar, dass sie am liebsten um sich geschlagen hätte.

»Wie wollen Sie das wissen? Da muss doch kein Zusammenhang bestehen. Emils Mutter hatte schon immer mit Depressionen zu tun. Josef wollte sich längst von ihr trennen, aber er hatte Skrupel, weil sie so labil war. Sie hätte sich bestimmt auch umgebracht, wenn sie gewusst hätte, dass der Sohn tot ist. So gab es ja wenigstens noch Hoffnung für sie, dass Emil wieder auftaucht.«

Irmi starrte ihn an, suchte irgendwelche menschlichen Regungen in seinem Gesicht. Nun war auch Kathi sprachlos. Wie konnte man sich die Wahrheit so zurechtbiegen? Sie so lange wortreich verdrehen, bis man selber daran glaubte, alles richtig gemacht zu haben? Oder zumindest den Weg des geringsten Übels gegangen zu sein? Irmi kannte die Antwort: Manche Menschen konnten sich von ihren Taten abspalten. Das hatte sie oft genug erlebt.

Sie bemühte sich um eine neutrale Stimme, als sie fragte: »Wo ist Emil?«

»Ich habe ihn mitgenommen.«

»Wohin?«

»Ich miete immer eine Hütte für meine Schreibklausur. Dorthin.«

»Wo liegt die Hütte?«

»In Österreich. In Innerkrems. Ich liebe die Nockberge. Es ist so ruhig da.«

Totenstille für Emil.

»Ich habe ihn begraben, nicht einfach verscharrt«, beeilte er sich zu sagen.

»Sie können genau beschreiben, wo das ist?«, presste Kathi mit äußerster Beherrschung hervor.

»Ja, das kann ich. Ich wollte nur das Beste für Joshua.«

»Und Ihnen ist in all den Jahren nie die Idee gekommen, dass das falsch gewesen sein könnte?«, fuhr Kathi fort. »Ihnen ist nie eingefallen, reinen Tisch zu machen? Um Josef und Lara die Möglichkeit zu geben, mit der ganzen Sache abzuschließen?«

»Doch, ich habe oft darüber nachgedacht, aber es war zu spät.«

»Sie wussten, dass Joshua Lara diese Geschichte erzählt hat!«, rief Kathi. »Und dann mussten Sie Ihren Sohn töten, denn Ihnen war klar, dass Lara die Geschichte weitererzählen würde. Sie hätten das als Unsinn abtun können, aber nur, wenn Joshua tot wäre. Herr Weiss, wir nehmen Sie fest, weil Sie Emil Wagner haben verschwinden lassen und wegen des Mordes an Ihrem Sohn.«

»Ich habe Joshua nicht getötet! Ich wollte immer nur sein Bestes!«, rief Weiss.

»Das merkt man!«, brüllte Kathi, sprang auf und trat gegen einen Stuhl, der umfiel. Irmi ließ sie gewähren, jeder hat seine eigene Art, Stress abzubauen. Kathi rannte hinaus, es war eine wilde Flucht.

»Herr Weiss, wir brauchen eine genaue Beschreibung des Ortes«, sagte Irmi mit mühsamer Beherrschung. »Eine Skizze für die Kollegen in Österreich.«

Er nickte.

In Richtung des Anwalts fuhr sie fort: »Wir werden Ihren Mandanten dem Haftrichter vorführen. Ich gehe davon aus, dass er für Ihren Mandanten Untersuchungshaft anordnet.«

»Das sehe ich nicht«, sagte Magerer. »Es gibt keinerlei Hinweis darauf, dass mein Mandant seinen Sohn getötet hat. Und was Emil betrifft, ist das Strafvereitelung, allerdings zugunsten eines Familienangehörigen. Kein Grund für eine Haft.«

»Nun, das obliegt ja nicht uns zu entscheiden«, meinte Irmi trocken.

Kaum hatten die Männer den Raum verlassen, sank Irmi in ihrem Stuhl zusammen. Sie hatte das Gefühl, als wäre sämtliche Energie aus ihr gewichen.

Als Kathi zurückkam, hätte Irmi nicht sagen können, wie viel Zeit vergangen war.

»Das ist doch Wahnsinn«, meinte Kathi. »Alle reden davon, jemanden schützen zu wollen. Dabei ist das doch nur Feigheit! Egoismus! Weiss hat das Kind geopfert – für seinen Scheißruf!«

»Womöglich weiß er das tief drinnen auch. Vielleicht verfolgt ihn der tote Emil in seinen Träumen.«

»Die übelsten Albträume wünsche ich ihm!«

»Um den Mord an Joshua nachzuweisen, braucht es mehr als das Blitzerfoto. Der Anwalt wird ihn rausholen, uns läuft die Zeit davon! Wir müssen mit Josef Wagner sprechen. Auch er könnte Joshua getötet haben. Was muss die Wahrheit in ihm angerichtet haben!«

»Wenn er es war, wird er kaum auf uns warten«, sagte Kathi.

»Nein, aber ich traue ihm nicht zu, so eiskalt zu lügen. Er liebt seine Tochter abgöttisch. Er verehrt sie regelrecht. Bestimmt ist er kein so harter Brocken wie Weiss«, meinte Irmi.

»Gut, aber wie wollen wir vorgehen? Laden wir ihn erst mal als Zeugen?«

»Das müssen wir nicht«, sagte Andrea, die in der Türöffnung stand. »Ein Herr Wagner ist da und will mit Frau Mangold sprechen.«

»Laras Vater? Schick ihn herein, Andrea!«

Wenig später trat Josef Wagner ein, den Irmi bislang

ja nur vom Telefon kannte. Er war ein mittelgroßer Mann, trug einen ordentlich gestutzten grauen Bart, hatte eine runde Brille auf, die etwas altmodisch wirkte. Seine Jeans war sauber, aber abgetragen, das Karohemd schien neu zu sein. Es hatte noch die Knickfalten aus der Packung. Wagner wirkte sympathisch, aber sie durfte sich natürlich nicht täuschen lassen. Auch nette Nickelbrillenträger konnten Mörder sein.

Irmi stellte sich und Kathi vor. »Was können wir für Sie tun, Herr Wagner?«

»Lara hat mich angerufen, dass sie in Garmisch ist. In der Ambulanz. Ich bin aus allen Wolken gefallen. Natürlich bin ich sofort hingefahren. Sie wollte mit dem Zug heimfahren. O Gott!«

»Herr Wagner, wir hätten sowieso mit Ihnen reden wollen, reden müssen. Es ist gut, dass Sie nun selber gekommen sind. Lara hat Ihnen erzählt, was Joshua ihr gestanden hat?«

Er schluckte.

»Herr Wagner, warum sind Sie hier?«

»Weil das Unsinn ist, was Lara da redet.«

»Wie kommen Sie darauf, dass es Unsinn ist?«

Er sah Irmi verwundert an, als sei ihre Frage vollkommen abwegig. »Ich stelle immer am 5. Mai eine Kerze auf, neben einer Steiff-Ente, die Emil sehr geliebt hat. Eine Ente, kein Bärchen oder Hund oder Dino. Lara hat am frühen Abend angerufen. Sie war völlig aufgelöst, und es dauerte lange, bis ich sie überhaupt verstanden habe. Sie hat mir erzählt, dass Joshua damals Emil erschossen hat und dass Frank meinen Sohn hat verschwinden lassen.«

»Was war Ihr erster Impuls?«

»Joshua hat sich das ausgedacht! Der Junge war schon als Kind auffällig, er lebte in einer Nebenrealität. Ich war gar nicht glücklich, dass Lara mit ihm gespielt hat. Und dann belastet er sie mit so einer Geschichte? Das ist doch auch nur ein Ergebnis seines Geltungsbedürfnisses. Er hat sich kein bisschen verändert seit damals.«

Irmi sah vorsichtig zu Kathi hinüber, die sicher dasselbe dachte wie sie.

»Hat Lara Ihnen denn gesagt, warum Joshua erst jetzt mit dieser Geschichte rübergekommen ist?«, fragte Kathi.

»Nein oder ja. Sie hätten sich im Internet wiedergetroffen und stünden seitdem in lockerem Kontakt.«

Dann hatte also auch Lara ihre Wahrheit in hauchdünne Scheibchen geschnitten, wie Schinken, durch den man hindurchblicken konnte, so dünn war die Wahrheit. Dass sie in Joshua verliebt war, hatte sie ausgelassen.

»Herr Wagner, lassen Sie uns zum 5. Mai zurückgehen. Lara hat Ihnen von Joshua berichtet, und zwei Tage später war er tot!«

Josef Wagner sah auf. »Sie glauben doch nicht etwa, dass ich ihn getötet habe?«

»Wäre das so abwegig? Wo waren Sie in der Nacht vom 6. auf den 7. Mai?«

»Zu Hause, im Bett.«

»Wofür es vermutlich keine Zeugen gibt?«

»Nein, die gibt es nicht.«

»Würden Sie uns denn sagen, was Sie nach Laras Anruf getan haben? Was Sie gefühlt haben?«, fragte Irmi.

»Das arme Mädchen, habe ich gedacht. Muss sich so einen Unsinn anhören. Dieser verdammte Joshua!«

»Herr Wagner, das nehme ich Ihnen nicht ab. Sie müssen doch in Erwägung gezogen haben, dass die Geschichte stimmt! Was haben Sie getan? Haben Sie Joshua aufgesucht und ihn zur Rede gestellt? Ihn getötet? Besitzen Sie einen Pick-up?« Kathis Fragen knatterten wie Schüsse.

»Ich habe Joshua nicht aufgesucht! Nein!«

»Haben Sie einen Pick-up?«

»Ja, aber was soll diese Frage?«

»In der Nacht, in der Joshua in Uffing zu Tode kam, wurde in der Straße ein Pick-up gesehen. Mit einem Augsburger Kennzeichen. War das Ihrer?«

»Ich war nicht in Uffing!«

Irmi und Kathi warteten. Aber von ihm kam nichts mehr.

»Sie können gerne einen Anwalt hinzuziehen, Herr Wagner«, meinte Irmi.

»Ich war das nicht, aber ich will einen Anwalt. Sofort!«

Irmi nickte und ging kurz hinaus. Sie kam mit einer Liste von Strafverteidigern zurück und wies Wagner auf den anwaltlichen Notdienst hin. Nur im Fernsehen warfen die Ermittlungsbeamten dem Tatverdächtigen ein Branchenbuch hin. In Wirklichkeit gab es ein Gesetz, dass es ihnen vorschrieb, diese Informationen zur Verfügung zu stellen. Ebenso war es ausdrücklich geregelt, dass die Polizei niemanden länger als bis zum Ende des Tages nach dem Ergreifen in eigenem Gewahrsam halten durfte und dass der Verdächtige spätestens am Ende des Tages nach der Festnahme dem Haftrichter vorzuführen war.

Wagner telefonierte, und ein Anwalt aus Garmisch versprach, gleich zu kommen.

Kathi wirkte seltsam erschöpft, als sie und Irmi sich in der Küche einen Kaffee holten. Wurde sie etwa auch schon alt? Irmi kümmerte sich um die nötigen Beschlüsse.

Bald traf der Anwalt ein. Er war ihnen bekannt, man grüßte sich, er besprach sich mit Wagner, und dann ging es weiter.

»Herr Wagner«, sagte Irmi leise. »Joshuas Geschichte stimmt. Frank Weiss hat sie bestätigt. Er kannte die Zahlenkombination Ihres Waffenschranks. Weiss hat die Waffe hinterher wieder geladen und zurückgelegt. Haben Sie nie bemerkt, dass mit der Waffe geschossen worden war?«

Wagner starrte sie an. Dann schrie er plötzlich: »Nein!« Ein Schrei, in dem der Schmerz der letzten zwölf Jahre lag.

»So leid es uns tut, aber Ihr Sohn Emil wurde mit Ihrer Waffe erschossen. Dass Ihre Waffen nicht ordnungsgemäß verwahrt wurden, lasse ich für den Moment einmal beiseite«, sagte Kathi. »Aber ich glaube Ihnen nicht, dass Sie die Geschichte Ihrer Tochter sofort als Unsinn abgetan haben. Das ist eine Schutzbehauptung. Ich könnte Sie verstehen, wenn Sie Joshua getötet haben. Darüber hätte ich auch nachgedacht, wenn er meiner Familie so etwas angetan hätte.«

Wagner starrte Kathi an.

»Herr Wagner ist freiwillig zu Ihnen gekommen«, sagte der Anwalt. »Das hätte er kaum getan, wenn er einen Menschen getötet hätte.«

»Ich glaube das einfach nicht, dann hat Weiss eben auch gelogen«, sagte Wagner verzweifelt.

Ja, natürlich. Was nicht sein durfte, verwies man ins Reich der Legenden. Wie der eine Geisterfahrer auf der Autobahn, der glaubte, all die anderen führen in die falsche Richtung.

»Herr Wagner, noch mal: Was ist passiert? War es ein Unfall? Sie wollten gar nicht schießen? Sie haben Joshua nur die Waffe gezeigt, die Waffe von damals? Diese Smith & Wesson? Was wollten Sie von Joshua? Reden Sie endlich mit uns!«

Aber Wagner blieb dabei, nicht in Uffing gewesen zu sein. Allerdings besaß er tatsächlich einen Pick-up mit einem Augsburger Kennzeichen.

Als Wagner weggebracht wurde, um dem Haftrichter vorgeführt zu werden, war Irmi vollkommen ausgelaugt. Kathi und Andrea sahen trotz ihrer Jugend erschöpft aus.

»Mädels, wir brauchen alle ein bisschen Schlaf«, sagte Irmi. »Mein Kopf explodiert jeden Moment.«

Andrea nickte nur, und Kathi murmelte wütend: »Was für eine Scheiße!«

Irmis Telefon klingelte. Sollte sie jetzt noch drangehen? Es war eine Garmischer Nummer, und sie hob ab. Eine Mitarbeiterin vom Klinikum meldete sich und berichtete, dass sie Lara stationär aufgenommen hätten. Sie sei umgekippt und habe Herzrasen und einen astronomisch hohen Blutdruck.

»Das ist gut! Umgeben von solchen Männern, wäre mein Blutdruck schon längst durch die Decke«, sagte Kathi, nachdem Irmi ihre Kolleginnen auf den neuesten Stand gebracht hatte.

»Ist er doch eh immer«, bemerkte Andrea und versuchte ein Lächeln.

Kathi und Andrea verabschiedeten sich, und Irmi blieb reglos an ihrem Platz sitzen. Sie wünschte sich, von einer Wolke weggetragen zu werden und einfach zu verschwinden. Doch leider saß sie wie festgepappt auf ihrem Stuhl. Nach einer Weile atmete sie durch und stand auf. Festgeklebt war sie zumindest nicht.

Sie fuhr nach Hause. Luise schien mit den Eseln spazieren zu sein, zumindest war niemand da, Raffi auch nicht. Um nicht nachdenken zu müssen, fasste Irmi einen Plan. Sie warf die Kreissäge an und begann, Meterlinge in 33er-Stücke zu sägen. Das war monoton, unter dem Gehörschutz war das Geräusch gedämpft und meditativ.

Irmi erschrak gehörig, als Luise neben ihr auftauchte. Sie schaltete die Säge ab und klappte ihre Micky-Maus-Ohren nach oben.

»Sorry, ich wollte dich nicht erschrecken«, sagte Luise. »Es ist nur schon neun Uhr durch.«

»Echt? Tut mir leid, dass ich euch mit Lärm belästige.«

»Lissi wird das egal sein, Alfred ist beim Stammtisch. Und ich würde zu Bett gehen. Dieses Trauerwetter schafft mich.« Luise musterte Irmi. »Magst du aufhören? Nicht dass du dir noch einen Finger abschneidest.«

»Mach ich nicht! Aber ja, natürlich hör ich auf.«

Raffi kam von irgendwoher, er wollte sicher sein, dass das Ungetüm nicht wieder losröhrte. Raffi, der Gewitterpaniker, war nicht schussfest und hasste auch sonst alle lauten Geräusche. Seine Knopfaugen waren noch runder als sonst.

»Kein Grund zur Sorge, meine zwei Allerbesten. Ich schichte noch zwei, drei Schubkarren Scheite in den Stapel und geh dann auch ins Bett.«

Nach einer Dreiviertelstunde meuterte Irmis Rücken, und sie hörte auf. Raffi lag in der Stube und schien irgendetwas zu träumen. Auf Irmis Kopfkissen lag der Kater, der nicht mal ein Auge öffnete. Sie knüllte einen Fleecepullover zusammen, der würde auch als Kissen taugen.

9

Irmi hatte das Gefühl, einen leicht steifen Hals zu haben. Es knackste ungut, wenn sie den Kopf drehte. Sie verließ das Haus, nahm sich von der Tankstelle am Ortseingang einen Kaffee mit und war sofort wieder mittendrin in den Überlegungen und Fragen.

Im Büro erfuhr sie, dass Weiss inzwischen auf freiem Fuß war, während Wagner in U-Haft saß. Sein Pick-up wurde gerade vom Hasen und seinem Team untersucht. Ein Polizeifahrzeug sollte Wagner nach Bobingen in seine Werkstatt bringen – für einen Lokalaugenschein und um die Waffen sicherzustellen. Es war ja ein Leichtes, herauszufinden, ob aus seiner Waffe geschossen worden war.

Kathi und Irmi fuhren ebenfalls nach Bobingen. Draußen flog die platte Landschaft vorbei, und es schüttete wie aus Kübeln. Gruselwetter an einem Gruseltag.

Wagner wirkte ernst und gefasst, als sie ihn begrüßten.

»Guten Morgen«, sagte Irmi. Egal, was der Mann getan hatte – sie hatte Mitleid mit ihm. »Gehen wir rein.«

Die Werkstatt war nicht klein, die Maschinen darin waren sicher teuer. Neben dem Hauptraum gab es ein Lager und hinter einer Glasscheibe auch ein kleines Büro. Dort befand sich in einer Ecke der Waffenschrank. Er war mit einem Vorhang verhängt, der Stoff war mit einem Entenmotiv bedruckt. Irmi verspürte einen leisen Würgereflex, der Morgenkaffee meldete sich.

»Machen Sie bitte auf?«, sagte Kathi.

Er tippte und trat einen Schritt zurück.

Im Schrank befanden sich ein Schrotgewehr und drei weitere Langwaffen.

»Und wo ist die Waffe, mit der Emil erschossen wurde?«

»Sie muss … sie muss …« Er stutzte. »Mein Revolver fehlt.«

»Was heißt, sie fehlt?«, fragte Kathi.

»Sie ist nicht da.« Seine Stimme zitterte. »Und es fehlt auch eine Langwaffe. Die Blaser. Das versteh ich nicht.«

»Wollen Sie uns verarschen?«, rief Kathi wütend.

»Kathi, bitte«, sagte Irmi. »Herr Wagner, wann haben Sie denn zum letzten Mal Ihren Waffenschrank geöffnet?«

»Ende Januar, ich war bei einem Kollegen in einem Rotwildrevier. Am 31. Januar endet die Jagdzeit, seither war ich nicht jagen und auch nicht am Schrank.«

»Meines Wissens beginnt am 1. Mai die Bockjagd«, sagte Irmi.

»Mir fehlt die Zeit. Ich arbeite viel. Deshalb habe ich auch kein Revier mehr, sondern geh nur ab und zu bei Freunden als Jagdgast mit. Ich weiß nicht, wo diese Waffen sind.«

»Quatsch mit Soße!«, brach es aus Kathi hervor.

»Waren die Waffen denn Ende Januar noch da?«, fragte Irmi.

»Ja, natürlich.«

»Das ist ja schön!«, rief Kathi. »Was ist das alles für ein Bullshit! Wo sind die Waffen?«

»Ich weiß es wirklich nicht!« Er wirkte völlig verstört. Ein großer, kräftiger Mann, der vor ihren Augen zerbrach.

»Sie wissen es doch, Herr Wagner!« Kathie ließ nicht

locker. »Sie haben mit dem Revolver Joshua erschossen! Was für eine Inszenierung! Joshua hat Emil erschossen, und Sie benutzen für Ihre Rache nun dieselbe Waffe.«

»Ich war das nicht! Und ich weiß nicht, wo die Waffen sind!«

Irmi warf Kathi einen kurzen Blick zu und übernahm.

»Herr Wagner, mal angenommen, die Waffen sind Ihnen tatsächlich abhandengekommen. Wer, bitte schön, hat denn Zugang zu Ihrem Waffenschrank?«

»Ich, nur ich.«

»Haben Sie die Kombination wieder irgendwo hingekritzelt? Wie früher?«

Er schwieg, was Antwort genug war.

»Wo?«, fragte Irmi.

Er ging aus dem Büro, sie folgten ihm. In einer Ecke des Lagers lehnten einige Bretter, und er drehte eines davon um. Zahlen standen drauf. »Ich ändere das immer mal«, sagte er verlegen.

»Wer hat Zugang zu Ihrer Werkstatt?«, wollte Irmi wissen.

»Mein Lehrling und ein Künstler, der ab und zu meine Maschinen nutzen darf.«

»Wir brauchen deren Kontaktdaten. Wo ist Ihr Lehrling überhaupt?«

»Krank. Länger.«

»Und der Herr Künstler?«, presste Kathi hervor.

»Der wohnt in den Stauden.«

»Hä?« Kathi sah ratlos aus.

»Das ist ein Waldgebiet westlich von Augsburg«, erklärte Irmi.

Wagner nickte. »Er wohnt in Döpshofen. Ich habe seine Telefonnummer.«

»Die hätten wir gerne. Und die Adresse. Auch die Daten vom Lehrling.«

Irmi kannte die »Stauden« auch nur, weil sie einmal mit Lissi nach Gessertshausen in die Tierklinik gefahren war. Sie hatten in diesen »Stauden« mehrfach nach dem Weg fragen müssen und hatten Antworten in einem schwer verständlichen Dialekt erhalten. Bei der Gelegenheit hatte Lissi ihr gestanden, dass sie Roy-Black-Fan war. Ihr Idol war im Bobinger Stadtteil Straßberg geboren, wo auch sein Grab lag. Gottlob hatten sie da nicht hinpilgern müssen. »Schreib ich Ihnen auf.« Wagner flüsterte nur noch.

Irmi wagte kaum zu fragen, was sie jetzt noch erfahren musste. »Und Lara? Sie kannte schon als Kind Ihren Schrank. Wusste sie, wo die Zahlen stehen?«

Wieder schwieg er.

Was, wenn Lara die Waffe genommen hatte? Die Vorstellung war grauenvoll, aber auch Lara verbog die Wahrheit wie einen Strohhalm, den man in Trinkposition knicken konnte. Da Plastikstrohhalme nun verboten waren, ließen sich die Papierhalme noch leichter deformieren. Sie suppten einfach durch.

»Lara nimmt meine Waffen nicht! Sie ist Veganerin. Sie hat es immer gehasst, dass ich auf Tiere schieße!«

»Herr Wagner! Wo sind diese Waffen?«

Er schüttelte nur noch den Kopf.

»Ihr Pick-up wird gerade untersucht«, sagte Irmi, wenngleich sie wenig Hoffnung hatte, in dem Wagen etwas zu finden, was ihnen weiterhalf.

»Ich habe mit Joshuas Tod nichts zu tun«, flüsterte er. »Warum glauben Sie mir nicht?«

»Warum wohl? Mensch, Wagner, jetzt reden Sie doch!«, sagte Kathi. »Wenn es ein Unfall war, dann findet sich doch ein Weg.«

»Ich war es aber nicht.«

Wagner wurde wieder abgeführt.

Irmi und Kathi sahen ihm nach.

»Ich glaub ihm das nicht!«, meinte Kathi.

Irmi schwieg.

»Du glaubst ihm?«

»Kathi, ich weiß es nicht. Und wenn du auf meine Intuition anspielst, ja, ich denke, da ist noch irgendwas. Und wenn wir gerade hier sind, wollen wir nicht diesen Künstler aufsuchen? Womöglich weiß der was. Wagner scheint ja Vertrauen zu ihm zu haben.«

»Von mir aus.« Kathi klang wie ein schmollendes Kleinkind.

»Erst mal einen Kaffee?«, fragte Irmi.

»Ja.«

Sie entdeckten ein Café namens *Kanapé*, das sympathisch wirkte. Irmi bestellte sich einen Cappuccino, und Kathi trank ihren doppelten Espresso. Sie lauschten dem pladdernden Regen, und es war Kathi anzusehen, dass die Koffeingabe ihre Laune etwas besserte. Es war ein Faszinosum: Andere machte Kaffee wach, doch Kathi wurde eher ruhiger.

Sie setzten sich wieder ins Auto und verließen die Lech-Wertach-Ebene. In Reinhartshausen stand eine hübsche Barockkirche, die bei besserem Wetter sicher ein hübsches

Fotomotiv abgegeben hätte. Die Kirche in Waldberg hatte einen merkwürdigen dicklichen Turm, und der Gasthof sah ziemlich geschlossen aus. Womöglich hatte er nur am Wochenende auf? Die Personalnot führte ja fast überall dazu, dass Gasthöfe nur noch von Donnerstagabend bis Sonntagmittag offen hatten – oder noch kürzer. Wo waren die Menschen nur alle geblieben, die früher dort gearbeitet hatten? In der Pflege oder in Supermärkten waren sie ja auch nicht mehr …

Als sie in Döpshofen ankamen, verwandelte sich der Regen in einen Wolkenbruch. Der Herr Künstler lebte am westlichen Ortsrand in einem Häuschen, das von Obstbäumen umgeben war. Gleich daneben stand eine Zelthalle mit Skulpturen. Sie stiegen aus und suchten darin Schutz. Die Skulpturen machten wirklich etwas her, und wenn man sie direkt neben sich hatte, wirkten sie noch mächtiger. Es waren vor allem Tierwesen in einem Mix aus Stahl und Holz. Ein Vogel mit Muttern als Augen glupschte sie an. Ein Dino aus irgendetwas Spiraligem hatte einen Kopf, der bei jeder Erschütterung bebte. Eine Art Wolpertinger bestach durch die Kombi aus alten Besen als Haartracht, Flügel und Schwanz. Eine »Kuhgiraffe« hätte Irmi sofort mitgenommen, doch leider war sie etwas sperrig für ihr Cabrio. Der Künstler hatte in anderen Werken Architektur in rostigem Stahl nachgebaut, darunter war eine Art Schlösschen, das von Weinranken überwuchert war.

»Da haben Sie aber schlechtes Wetter mitgebracht!«, meinte eine Männerstimme. »Interessieren Sie sich für meine Kunst?«

Irmi drehte sich um. Vor ihnen stand ein hagerer junger

Mann, bestimmt zwei Meter groß und mit dem üblichen Haarknödel auf dem Kopf. Neben dem Künstler wirkten die Werke irgendwie kleiner.

»Durchaus«, sagte Irmi. »Ihre Werke sind ja sehr vielfältig. Nicht nur diese originellen Viecher, sondern auch so was?« Sie deutete auf das Schloss.

Er lächelte. »Das ist ein historisches Zitat, das auf das verschwundene Schloss Reinhartshausen anspielt. Es wurde 1467 von der reichen Kaufmanns- und Patrizierfamilie Gwerlich aus Augsburg gebaut, als Landsitz für die Frau des Hauses, die krank war. Das Leben auf dem kleinen Renaissance-Sommerschlösschen am höchsten Punkt des Ortes tat ihr gut. Sie half im Ort, wenn Not am Mann war, und wurde deshalb fast wie eine Heilige verehrt. Ihr Mann legte auch einen kleinen Weinberg an, allerdings soll der Wein so sauer gewesen sein, dass zwei Leute denjenigen halten mussten, der den Wein getrunken hatte. War wohl eher so was, wo der Herr Hengstenberg seine Gurken einlegen würde.« Er lachte. »Nun, der Besitz wurde später mehrfach veräußert und 1730 abgerissen. Die Steine verwendete man zum Bau der neuen Dorfkirche St. Laurentius.«

»Nette Story«, meinte Kathi. »Aber wir sind von der Kriminalpolizei und wegen einer anderen Geschichte hier. Sie arbeiten ab und zu in der Werkstatt von Josef Wagner?«

Der Künstler wirkte keineswegs überrascht, womöglich kam in seinem Leben die Polizei öfter vor. Unter der Zeltdecke hing ein dezenter Marihuanageruch.

»Polizei? Da hätte ich auch noch was für Sie. Im Jahr 1518 wurde der Augsburger Kaufmann und Patrizier Ambrosius Hoechstetter von Burgwalden in den Reichsadelsstand erhoben und mit der hohen Gerichtsbarkeit für die ganze Markgrafschaft betraut. Aus der ganzen Region wurden Verurteilte nach Burgwalden zur Vollstreckung ihrer Todesurteile gebracht. Auf dem Galgenberg wurden zweihundertfünfzig Jahre lang Menschen hingerichtet, zuletzt der Reinhartshauser Mesner Martin Hofer – wegen mehrfachen Ehebruchs, außerehelicher Kinder, Opferstockaufbrüche. Übrigens liegt dort heute sehr idyllisch der Augsburger Golfclub, wo einst Bernhard Langer das Golfspielen lernte. Neue Zeiten, neue Götzen.«

Kathi gluckste. »Danke, wir freuen uns immer über Gruselgeschichten, aber jetzt geht es um Wagner. Sie arbeiten in seiner Werkstatt?«

»Ja, das hilft mir sehr. Solche Maschinen habe ich selber nicht.«

»Herr …?« Irmi sah ihn fragend an.

»Bruno, Bruno genügt.«

»Wissen Sie, Bruno, wie man den Waffenschrank bei Josef Wagner öffnet? Kennen Sie die Kombination?«

»Ja, er hat sie auf einem Brett notiert, aber ich hab den Schrank noch nie geöffnet. Wozu auch? Ich bin Pazifist.«

»Aha.« Kathi fixierte ihn. »Wer kennt die Nummer noch?«

»Flo, also Florian, der Lehrling. Der hat sich aber einen Finger abgeschnitten, der fällt länger aus.«

»Aua«, sagte Kathi.

»Bisschen ungeschickt, der Bursche. Ich glaube, Josef rechnet damit, dass er aufgibt. Ist ja schwer, heute noch Lehrlinge zu finden. Also welche, die sich nicht gleich verstümmeln. Und bis drei zählen können.«

»Was haben Sie denn gelernt, Bruno?«, fragte Kathi ein wenig provozierend.

»Ich hab erst Japanisch studiert und dann Kunst und Geschichte auf Lehramt. Ich unterrichte an einer Schule in Augsburg. Das Schlösschen haben Schüler von mir erst kürzlich gebaut. Wir werden es verkaufen und den Erlös einem guten Zweck zukommen lassen.«

Irmi grinste in sich hinein. Also kein brotloser Künstler, womöglich sogar Beamter wie sie, und nun war ihr auch klar, warum er sie mit seinem Geschichtswissen überfallen hatte. Ein typischer Lehrer eben.

»Und heute kein Unterricht?«, fragte Kathi.

»Ich arbeite nur Montag, Donnerstag und Freitag an der Schule. Was ist denn mit dem Waffenschrank?«

»Eine der Waffen ist in ein Verbrechen verwickelt«, sagte Irmi vage.

»Der Josef ist ein Guter. Um ein Verbrechen zu begehen, ist er viel zu ehrlich und gutmütig. Drum hat er auch immer Außenstände, weil die Leute eine Zahlungsmoral haben, die zum Himmel schreit.«

»Also eine Generalabsolution für Wagner?«, hakte Kathi nach.

»Der Josef ist ein Guter«, wiederholte Bruno.

»Ist Ihnen an ihm in letzter Zeit etwas aufgefallen?«, erkundigte sich Irmi.

»Ich war bestimmt drei Wochen nicht mehr in der Werkstatt. Aufgefallen? Nein. Höchstens, dass er ein bisschen verliebt ist.«

Irmi erinnerte sich, dass auch Lara etwas von einer neuen Liebe erzählt hatte.

»Kennen Sie diese Freundin?«

»Nein, aber er putzt sich manchmal raus, wohl für ein Date. Tut aber ganz geheim. Ich glaube, auch wegen Lara. Wobei die ja im Moment wohl in Schweden studiert.«

»Seine Tochter soll nichts mitkriegen von der neuen Freundin?«, fragte Kathi.

»Ach, die beiden sind so empathisch. Lara hält ihren Freund offenbar vor dem Vater fern und er seine Freundin vor ihr. Die beiden wollen vor dem anderen wohl nicht mit ihrem Glück protzen. Josef hat sich eine Art ewiger Trauer verordnet, und Lara ist eh viel zu erwachsen für ihr Alter.«

»Kennen Sie Laras Freund?«

»Den habe ich mal gesehen. In Augsburg in einem Bistro. Die beiden haben mich nicht bemerkt. Ein Hübscher mit traurigen Augen«, sagte Bruno.

»Kennt Lara die Kombi des Waffenschranks?«, fragte Kathi.

»Bestimmt, aber Lara würde nie schießen. Nicht auf Tiere, nicht auf Menschen, nicht mal auf Dosen. Um was geht es eigentlich?«

»Wir befinden uns in einer Ermittlung, mehr können wir Ihnen im Moment leider nicht sagen. Eins noch: Wissen Sie, ob Josef Wagner mal in Uffing war?«

»In Uffing?«

»Uffing am Staffelsee?«

»Keine Ahnung. Er hat in der Umgebung genug Aufträge. Was sollte er in Uffing?«

»Danke Ihnen«, sagte Irmi.

Er lächelte. »Wenn Sie meinen Kirin kaufen wollen, ich mach Ihnen einen Sonderpreis.«

»Kirin?«

»Japanisch für Giraffe.«

»Ich denk darüber nach«, sagte Irmi. »Wiedersehen.«

Er hob die Hand, und sie spurteten durch den Regen zurück zum Auto.

»Als Kunstlehrer bestimmt nicht verkehrt«, sagte Kathi. »Ganz cool, der Typ.«

»Nichts für dich?«

»Viel zu dürr, müsste mehr dran sein. Wir reiben ja sonst die Knochen aufeinander.«

Irmi lachte laut, Kathi war immer wieder entwaffnend in ihrer Selbsteinschätzung.

Sie fuhren zurück auf die B 17, an der sich nicht nur die Orte reihten, sondern auch jede Menge Bau- und Gartenmärkte.

»Da möchte ich echt nicht tot überm Zaun hängen«, sagte Kathi. »Arscheben und immer neblig.«

»Bestimmt gibt es hier schöne Ecken, am Lech und in den Stauden.«

Kathi verzog nur den Mund. »Was für ein Scheiß, das alles! Jeder legt seine Hand ins Feuer für Wagner. Wer bleibt dann noch? Lara? Könnte Lara wirklich diese Waffen genommen haben? Und warum beide?«

»Um Verwirrung zu stiften?«, schlug Irmi leise vor.

»Ja, das wäre denkbar. Leider. Sie hört diese Geschichte, die ihr ganzes Leben auf den Kopf stellt. Ende März spricht sie mit Joshua, reagiert aber angeblich erst, als wir ihr von seinem Tod erzählen, und nimmt den nächsten Flug. Ich ruf Andrea an.«

Sie nahm ihr Handy und wählte Andreas Nummer.

»Hör mal, wir müssen rausfinden, ob Lara wirklich erst nach dem 12. Mai hergeflogen ist. Was, wenn sie schon früher da war und sich mit Joshua getroffen hat? Die Baustellengang hat von einem Date gesprochen. Das Date mit der neuen Freundin. Das würde alles passen!«

»Ich check die Flüge, kann aber ein bisschen dauern«, sagte Andrea. »Ist ja alles nicht einfacher geworden mit Datenschutz und so.«

Kathe legte auf. »Scheiße!«, rief sie.

Irmi sah auf ihre Nägel, die schwarze Ränder hatten und einer Feile bedurft hätten. Dabei fielen ihr die kleinen, aber doch gut sichtbaren Altersflecken am Handrücken auf. Sie klappte die Hand nach oben. Das ergab Knitterfalten. Das alles war nicht fair.

»Wenn wir in Erwägung ziehen, dass Wagner die Wahrheit sagt: Wer hat Zugang zur Waffe?«, fragte Irmi. »Lara natürlich, aber was ist mit Weiss? Was, wenn sich die Männer doch getroffen haben? Lara erzählt ihrem Vater die Story, Wagner kontaktiert Weiss. So abwegig ist das doch nicht.«

»Nein, ist es nicht. Aber wie sollte Weiss an Wagners Waffen kommen?«

»Wie früher auch! Wagner hat die Kombination ja wieder aufgeschrieben. Weiss nimmt die Waffen und lenkt so den Verdacht auf Wagner.«

»Aber wie hätte er erst mal in die Werkstatt gelangen sollen, ohne einzubrechen? Ist das nicht alles sehr weit hergeholt, Kathi? Und Wagner hätte uns doch erzählen können, dass er Weiss getroffen hat, wenn es denn so war? Damit würde er sich doch entlasten.«

»Ich verliere langsam echt den Überblick. Womit haben wir begonnen? Mit einer Art Baustoffmafia, oder? Und wo sind wir jetzt gelandet? Mich kotzt es an, wie die sich alle rauswinden und rausreden. Jeder präsentiert uns doch nur ein kleines Fitzelchen Wahrheit!«

Irmi konnte Kathi verstehen. Letztlich erzählte ihnen jeder nur das, was er verkraften konnte. Lügen aus Selbstschutz waren aber auch Lügen.

»Okay, lassen wir zur Abwechslung die beiden Männer mal weg und bleiben bei Lara«, schlug Irmi vor. »Zu wem wäre sie gegangen mit ihrem Wissen, das sie ja kaum ertragen konnte? Hätte sie Weiss konfrontiert? Oder wäre sie noch mal zu Joshua?«

»Zu Joshua«, sagte Kathi bestimmt.

Irmi überlegte. »Oder zu Petra Heiligensetzer? Einer Frau, die ihr in der Kindheit Halt gegeben hat.«

»Die für sie da war, anders als ihre depressive Mutter. Irmi, du hast recht. Wir sind doch hirnverblödet. Sie war bei Petra und hat ihr das Ganze erzählt!«

»Das könnte sein. Dazu müsste sie aber wirklich schon früher geflogen sein.«

»Wir sollten uns im Büro ihre Aussage noch mal anhören«, meinte Kathi.

Sie fuhren weiter, angespannt. Im Büro nahmen sie sich Laras Aussage vor. Schließlich waren sie an der fraglichen Stelle der Aufzeichnung angelangt. *Ich habe mir nach Ihrem Anruf einen Tag lang überlegt, ob ich Ihnen das alles erzählen soll, aber es kann doch nicht sein, dass schon wieder nichts ausgesprochen wird! Ich bin hergeflogen. Ich will nicht immer nur schweigen müssen!*

»Sie sagt mit keinem Wort, wann sie hergeflogen ist, sie kann auch schon früher da gewesen sein«, meinte Kathi. »Es kann ja auch sein, dass sie nur mit ihr telefoniert hat. Wir müssen zu Petra Heiligensetzer.«

»Sind wir jetzt so weit, dass wir ihr unterstellen, ihren eigenen Sohn erschossen zu haben?«, wollte Andrea wissen.

»Wagner und Weiss wollen es nicht gewesen sein«, sagte Irmi. »Und was Lara betrifft, wollen wir nicht, dass sie es war – wenn wir ehrlich sind.«

»Und nun ziehen wir ein völlig zerrupftes Karnickel aus dem Hut?«, fragte Andrea.

»Petra Heiligensetzer ist eine Schlüsselfigur«, meinte Kathi. »Es schadet nicht, sie zu fragen, und wenn es nur wegen des guten Espressos ist.«

Irmi spürte, dass Kathi versuchte, durch eine Witzelei das innere Beben im Zaum zu halten. Doch auch sie fand einen Besuch bei Joshuas Mutter sinnvoll, nicht zuletzt, um über Emil zu sprechen. Denn auch Petra Heiligensetzers Welt musste damals zerbrochen sein.

»Wir fahren«, sagte Irmi. »Wenn du wegen der Flüge etwas rausgefunden hast, melde dich bitte, Andrea.«

Irmi war dankbar, dass diesmal Kathi fuhr, und sie war erleichtert, dass Kathi sich in Schweigen hüllte.

Wieder einmal läuteten sie am Haus von Petra Heiligensetzer. Diesmal brauchte sie lange, um zu öffnen. Sie sah besser aus, ihre Augenringe waren etwas gewichen. Aber sie schien gealtert zu sein, der Schmerz hatte Furchen rund um ihren Mund gezogen.

»Haben Sie Neuigkeiten? Kann ich den Jungen endlich

beerdigen?«, sagte sie statt einer Begrüßung. Es klang leicht aggressiv.

Auch das war normal. Angehörige durchliefen Phasen des Leugnens aus Selbstschutz, der lautstarken Verzweiflung, der leisen Depression. Auch Wellen von Aggression waren dabei. Bis nach Jahren ein stiller Schmerz blieb.

»Wir wollten mit Ihnen über Emil reden«, sagte Kathi ohne Vorwarnung.

Petra Heiligensetzer zuckte zusammen, ballte die Hände kurz zu Fäusten. »Warum Emil? Ich habe Ihnen erzählt, warum unsere Familie zerbrochen ist. Tun Sie doch mal was im Jetzt! Ich will den Jungen beerdigen!«

»Können wir das drinnen besprechen?«, fragte Irmi.

Petra Heiligensetzer drehte sich um, sie folgten, Irmi schloss die Tür. Sie bekamen heute weder einen Platz noch Kaffee angeboten.

»Was soll das? Was kommen Sie mir jetzt mit Emil? Was hat das mit Joshua und seinem Tod zu tun!«

»Alles!«, entgegnete Irmi.

»Lara hat Sie besucht, oder?«, schob Kathi nach.

»Nein, wieso Lara?«

»Sie haben mit keiner alten Nachbarin gesprochen, wie Sie uns weismachen wollten. Sie wissen das alles von Lara, von ihrem Studium und dem Auslandssemester«, sagte Kathi. »Wann haben Sie mit Lara gesprochen?«

Petra Heiligensetzers Hand zitterte. Ein paar Schweißperlen standen auf ihrer Stirn.

»War Lara hier?«, insistierte Kathi.

»Nein, nein! Sie hat angerufen.«

»Wann?«

»Am 5. Mai, an Emils Geburtstag, sehr spät in der Nacht, es war fast zwölf.«

»Sie hat Ihnen erzählt, dass Joshua Emil erschossen hat, nicht wahr?«, fuhr Kathi fort. »Sie hat Ihnen die ganze Geschichte von diesem verfluchten Schulfest erzählt. Was ist dann passiert? Sind noch mehr Kartenhäuser eingestürzt? Sie haben doch mit Joshua darüber geredet, Frau Heiligensetzer, das haben Sie doch getan?« Kathi starrte die Frau an, als wolle sie die Wahrheit aus ihr heraushypnotisieren.

»Nein.«

»Nein? Lara enthüllt Ihnen etwas so Schreckliches, und da tun Sie nix?« Kathi war außer sich.

»Nein, weil ...« Frau Heiligensetzer stockte.

Ein Geräusch ließ sie alle zur Terrassentür schauen. Der Kater kratzte von außen an die Scheibe. Petra Heiligensetzer ging zur Tür und ließ ihn herein. Er sah strafend in die Runde, sprang auf seinen Kratzbaum und begann sich zu waschen.

»Weil ich das schon wusste«, vollendete Frau Heiligensetzer ihren Satz.

Eine ganze Weile herrschte Schweigen. Selbst Kathi hatte es die Sprache verschlagen. Es dauerte eine halbe Ewigkeit, bis Irmi stockend sagte: »Sie wussten, dass Ihr Ex-Mann Emil hat verschwinden lassen, weil Joshua ihn erschossen hat? Das wussten Sie?«

Petra Heiligensetzer nickte kaum merklich.

»Und das verschweigen Sie uns? Und Emils Familie?«

»Nein, halt! Sie verstehen das falsch. Ich weiß es noch nicht so lange. Joshua hatte letztes Jahr Pfeiffer'sches Drüsenfieber. Wir dachten erst, es sei Corona. Er hatte hohes

Fieber, und eines Nachts hat er mir alles erzählt und gesagt: ›Mama, wir müssen damit leben. Es ist zu spät. Niemandem hilft jetzt noch die Wahrheit.‹«

»Und das war auch Ihre Meinung?«, flüsterte Kathi.

»Ja, und das ist sie bis heute.«

»Und dass diese Wahrheit Joshua getötet haben könnte, auf die Idee sind Sie nicht gekommen?«, rief Kathi. »Sie tischen uns als Verdächtige verbal entgleiste Eltern auf. Sie erzählen uns was von einem verwechselten Hoodie, Sie lassen uns glauben, dass es Baustoffdiebe gewesen sein könnten. Sind Sie irre? Sie haben eine Ermittlung blockiert!«

»Das stimmt nicht! Das war doch keine bewusste Irreführung! Ich habe das geglaubt. Und was hätte es geändert, diese alte Geschichte?«

Irmi musste an sich halten. Ja, man konnte so gut etwas glauben, was bequem war.

»Frau Heiligensetzer, Sie sind eine intelligente Frau«, sagte sie. »Natürlich hätte das alles geändert! Auch die Verdächtigen, die wir Ihnen nun gerne aufzählen: Weiss, Josef Wagner, Lara Wagner.«

»Lara, niemals!«

»Weil sie die Freundin Ihres Sohnes war?«, mischte sich Kathi ein.

»Freundin? Nun ja, eine Internetfreundin eben. So wie man eben jede Menge Freunde im Netz hat. Falsche Claqueure, missgünstige Neider. Er hat seine alte Nachbarin im Internet wiedergetroffen, und er konnte sie wohl nicht anlügen.«

»Ich dachte, die Wahrheit hilft nicht mehr? Das haben Sie selber gesagt! Warum hat er das getan?«, fragte Kathi.

»Joshua ist mir in gewisser Hinsicht immer unbegreiflich geblieben.«

»Er hat es ihr gesagt, weil er sie geliebt hat, und zwar ganz live, gar nicht virtuell!«, rief Kathi. »Und sie hat ihn geliebt. Ihre Liebe war ein zartes Pflänzchen, das auf einem so kontaminierten Boden nie hätte wachsen können. Das hat Joshua gespürt, eine gemeinsame Zukunft braucht Wahrheit! Mir ist das gar nicht unbegreiflich.«

»Er hat sie geliebt?«, flüsterte Petra Heiligensetzer.

»Ja, aber das haben Sie nicht gemerkt. Das hat Lara ausgelassen«, sagte Kathi. »Auch bei ihrem Vater hat sie das ausgespart. Weil sie Ihnen allen nicht mehr traut. Wie auch? Wagner hat am 5. Mai dieselbe Geschichte erfahren. Am 7. Mai war Joshua tot. Wollen Sie doch einen Tipp abgeben? Wenn es Lara nicht war? Dann Wagner?«

»Josef, nein, Josef wäre dazu nie in der Lage«, versicherte Petra Heiligensetzer.

»Und das wollen Sie wissen? Sie haben den Mann jahrelang nicht gesehen«, gab Irmi zu bedenken. »Er war vor zwölf Jahren Ihr Nachbar. Angeblich waren Sie auch gar nicht befreundet. Aber Sie legen Ihre Hand ins Feuer für ihn?«

Petra Heiligensetzer kämpfte mit den Tränen, sie rang um Beherrschung.

»Dann wäre Ihr Tipp also der Ex?«, fragte Kathi. »Der ruchlose Fränki?«

»Frank würde doch nie seinen Sohn töten! Er ist ein Getriebener, er ist intelligent und kann damit manchmal nicht umgehen, er sieht so klar, woran es dieser Welt gebricht. Er hat es gar nicht so leicht mit sich.«

Irmi staunte, dass Frau Heiligensetzer immer noch ihren Ex-Mann entschuldigte.

»Er hat Ihren Sohn in eine Zwangsjacke von Lügen gesperrt! Sehen Sie das nicht? Ihm geht es nur um seinen Ruf!« Kathi war aufgesprungen. »Oder waren Sie es selber? Weil Sie nicht mehr konnten?«

»Sie sind … Sie sind ein Monster«, stammelte Petra Heiligensetzer.

»Ja, die Wahrheit ist oft monströs«, meinte Kathi. »Wo waren Sie in der Mordnacht? Im Bett, ja? Als wir kamen, wirkten Sie derangiert. Sie hatten es nicht weit zum Haus Ihrer Schwester.«

»Sie sind verrückt. Sie … Sie …« Petra Heiligensetzers Stimme versagte.

Irmis Blick wanderte über die Bilder von den Katzen, die sie auszulachen schienen.

»Wenn Sie die Wahrheit kennen und verborgen haben, haben Sie denn nie nachgefragt, wo Emil ist?«, fragte Irmi mit brüchiger Stimme.

»Doch.«

»Ach was!«, rief Kathi. »Wen haben Sie gefragt? Ihren Ex oder wen sonst? Die Sterne? Das Orakel von Delphi? Die Frau mit der Glaskugel von nebenan?«

Petra Heilgensetzer hatte sich wieder etwas im Griff. »Wir haben Frank gefragt. Joshua und ich. Wir sind alle nach Kärnten gefahren und haben Emils Grab besucht. Wir haben Blumen hingestellt und uns versprochen, dass wir das für uns behalten werden.«

Man hätte jetzt viel erwidern können: Petra Heiligensetzer hatte ihren Ex angeblich zum letzten Mal bei der Scheidung gesehen, sie hatte so vieles behauptet und immer auf die Distanz zwischen den Familien verwiesen. Doch auch ihr konnte man letztlich nicht glauben. Stattdessen schwiegen Irmi und Kathi, weil jedes Wort schmerzte und brannte. Die Gesprächspausen wurden immer länger.

»Könnten Sie diesen Platz beschreiben?«, fragte Irmi schließlich.

»Nicht direkt. Wir sind von der Autobahn runtergefahren, durch Vorderkrems, den Berg hoch und dann links in ein Gebiet mit ein paar Hütten. Die direkt am Waldrand mietet Frank immer wieder, ich glaube, von einem Gasthof unten im Tal. Hinter der Hütte geht noch ein Feldweg in Serpentinen den Berg hoch und durch den Wald. Irgendwo dort ist das Grab.«

Das deckte sich mit dem, was Weiss erzählt hatte. Die Kollegen in Österreich hatten sich inzwischen gemeldet, dass sie den Platz noch nicht gefunden hätten.

»So, Frau Heiligensetzer, Sie halten sich bitte zu unserer Verfügung«, sagte Irmi. »Und wenn Ihnen noch irgendwas einfallen sollte, was wichtig sein könnte, dann wäre es schön, wenn zumindest jetzt etwas von Ihnen käme. Ein Hauch von Wahrheit?«

»Es tut mir leid«, sagte Frau Heiligensetzer. »Das Ganze hat eine … eine Eigendynamik bekommen. Das verstehen Sie nicht.«

Nein, das verstanden sie wirklich nicht. Mit einem gepressten »Auf Wiedersehen« gingen sie hinaus und fuhren los. Kathi bog an den See ab und hielt am Parkplatz vom *Alpenblick* an. Es waren kaum Autos da, bei dem Wetter auch kein Wunder.

»Ich brauche Luft«, meinte Kathi, was sie allerdings im nächsten Moment mit ihrer Zigarette torpedierte.

»Ich hol dir einen Kaffee«, sagte Irmi und huschte in einer Regenpause zum Ausschank des Biergartens, doch der war geschlossen. Irmi wollte nicht ins Restaurant gehen, denn sie fürchtete, dass ihre Stimme bei der Bestellung versagen würde. Also ging sie zu Kathi zurück, die an ihrem Auto lehnte.

»Kein Kaffee, leider.«

»Egal. Und nun?«

»Wir wissen, dass du ein Monster bist«, sagte Irmi lächelnd, obgleich ihr gar nicht danach war.

»Das weiß ich schon lange. Wie, Irmi, wie kann man sich so in einer Nebenrealität verlieren?«

Die Frage war rhetorischer Natur, sie beide wussten, wie so etwas ging.

»Wer von denen war es?«, fuhr Kathi fort.

»Ich weiß es nicht. Auch meine Intuition hat Funkstille.«

»Tut mir leid, ich war unfair. Ich bin schlecht drauf.« Etwas schwang in Kathis Stimme mit, was Irmi davon abhielt, Dinge zu sagen wie: Das bist du doch immer.

»Ich war auch unfair«, sagte Irmi. »Ich war so oft ungehalten. Ihr – du und Andrea –, ihr könnt das inzwischen besser als ich.« Sie wunderte sich über sich selbst, dass sie das gesagt hatte.

»Nein, es liegt an mir. Ich bin noch schlimmer als sonst.«

»Ach, Kathi!«

»Ich kann es nicht ertragen.«

Kathi schwieg eine Weile, und Irmi wartete.

»Elli hat eine Diagnose«, sagte Kathi schließlich leise.

Irmi sah auf. In Kathis Augen lag Panik.

»Es ist Darmkrebs im Frühstadium, sie wurde operiert und geht morgen auf eine Reha ins Pongau. Sie ist so mutig, so optimistisch, und sie sagt, dass es für sie noch lange nicht Zeit ist. Weil sie sich doch ein E-Bike gekauft hat.«

»Kathi, es … es …«

»Irmi, sie war immer da. *Sie* hat das Soferl zu einem so tollen Mädchen gemacht. Nicht ich, ich war ja nie da. Wenn Elli stirbt, wie sollen wir weiterleben?«

Elli, Kathis großartige Mama, war knapp siebzig. Natürlich hatte sie die Hauptarbeit geleistet, als Kathi mit achtzehn ein Kind bekommen hatte, als sie ihre Ausbildung machte und später arbeitete, aber auch Kathi war ein Teil dieses Drei-Mäderl-Hauses gewesen, dieser drei Generationen, die das Soferl geprägt hatten.

»Ach, Kathi, das Soferl hat die Wurzeln von deiner Mama, aber ihren Mut von dir. Sie setzt ihn nur etwas leiser ein als du«, sagte Irmi lächelnd und sah die Tränen in Kathis Augen.

Kathi schniefte.

»Elli schafft das«, fuhr Irmi fort, aber auch sie musste schniefen.

Und irgendwann wird sie euch verlassen, dachte sie. Ob in fünf Jahren, in zehn oder zwanzig – sie wird es tun, und es wird immer der falsche Zeitpunkt sein. Auf einmal erfüllte sie eine Woge von Dankbarkeit. Sie hatte Fridtjof, sie hatte nun auch Luise. Und da war Bernhard, denn auch wenn er in Ungarn weilte, war er doch in ihrem Herzen. Irmi wünschte Kathi so sehr, dass sie endlich einen Mann fand, mit dem mehr als Sex möglich war. Sie dachte an Sabine, die erst so spät der Liebe begegnet war. Wie oft kamen die Dinge im Leben zu spät oder viel zu früh. *Right place – wrong time, right time – wrong place.* Irmi wünschte Kathi von Herzen einen Halt, der ihr einen Abschied von Elli irgendwann einmal leichter machen würde.

»Das sagt das Soferl auch«, murmelte Kathi.

»Ihr schafft das alle drei, und noch was, Kathi …«

»Ja?«

»Du bist schon richtig, wie du bist. Wir brauchen solche Gewitterfronten. Sie setzen etwas in Bewegung. Mit Leuten wie mir bleibt es ewig Herbst.«

Kathi leckte sich mit der Zunge eine Träne weg, die Richtung Mundwinkel rann. »Danke.«

Als Irmi abends auf den Hof fuhr, war es wieder einmal still. Am Stall schob sich eine Schnauze ein kleines Stück in den Regen.

»Scheißwetter, ihr habt völlig recht.«

Die Schnauze verschwand wieder. Esel hassten Regen und waren auch nicht dafür gemacht.

Luise hatte ihr wieder einen Zettel hingelegt: *Wir sind auf Tour. Raffi ist dabei. Kann spät werden. Auflauf steht im Ofen, nur aufwärmen, nicht abfackeln.*

Luise traute ihr wirklich gar nichts zu, dachte Irmi, leistete aber später Abbitte, als sie es eben doch wieder geschafft hatte, den Kartoffel-Brokkoli-Auflauf anbrennen zu lassen. Sie lächelte in sich hinein, aß, trank ein Bier dazu und widmete sich schließlich wieder dem Buch.

Sie warfen die Rucksäcke auf die Rückbank und sprangen selbst in den Wagen.

»Wohin?«, fragte Martin.

»Wir sind in Österreich. Das verschafft uns etwas Zeit«, erklärte Sabine und glitt vom Parkplatz.

Falco tönte durch seinen Kopf: Sie kommen, dich zu holen. Sie werden dich nicht finden.

Es wurde immer wieder gemunkelt, was denn wohl passierte, wenn jemand die Reise im letzten Moment abbrach, den Flug stornieren wollte. Martin hatte im Internet recherchiert und Artikel über Menschen gefunden, die sich im letzten Moment entzogen hatten. Ein Journalist hatte von einer Jagd auf einen Mann berichtet, der abgesprungen war – vor dem Absprung. Er war gestellt und angeblich getötet worden. Der Journalist hatte spekuliert, dass es ein Sondereinsatzkommando gebe, das solche Aussteiger stellte, bevor die Sache publik wurde, denn der Staat würde nicht gut dastehen, wenn solche Fälle sich häuften. Auf der Homepage der Bundesregierung gab es nur Hymnen auf das Angebot und Hymnen auf jene, die es annahmen. Bewertungen gab es allerdings keine: Tote likten nicht mehr, und Sterne vergaben sie auch nicht. Ob das Fake News waren, so genau wusste das niemand.

Martin fragte sich, ob er und Sabine wohl in ganz Europa registriert waren. Zumindest in Deutschland waren sie Untote, die definitiv nicht mehr in ihr altes Leben zurückkehren konnten.

Sabine schien sich auszukennen, sie fuhr präzise, bog mal hier, mal da in kleine Sträßchen, durchquerte schließlich ein Dorf, dessen Namen er kannte. Sie waren im Tannheimer Tal. Sabine chauffierte den Gaichtpass hinunter, anstatt aber wieder auf Reutte und die deutsche Grenze zuzuhalten, fuhr sie nach Westen.

Er hatte lange geschwiegen, aber nun musste er doch nachfragen: »Hast du das geplant, die ganze Zeit schon?«

»Nein, ich hatte das Auto dort geparkt, weil ich eine letzte Wanderung machen wollte, aus alter Sentimentalität, weil ich einige Urlaube dort verbracht habe. Aber dann ist in mir dieser unbändige Wille erwacht. Plötzlich wusste ich, dass es doch zu früh ist. Und außerdem wollte ich nicht neben Marlene sterben, das erschien mir unwürdig. Ich habe mir die letzten Jahre die Menschen, mit denen ich umgehe, sehr sorgfältig ausgesucht. Und mehr noch sollte man sich jene aussuchen, mit denen man zu sterben gedenkt.«

Er lächelte. »Und nun?«

»Wir fahren südwärts.«

»Sie kennen sicher dein Autokennzeichen, sie wissen alles. Was, wenn sie nach uns fahnden?«

Gab es diese Häscher wirklich, die einen holten, wenn man vor der Zeit ausgecheckt hatte?

»Ich besitze kein Auto. Dieses hier gehört meiner Nachbarin, sie hat es mir geliehen. Ich habe ihr meine Wohnung vermacht, und sie wird nicht sofort nachfragen, womöglich nie. Es ist nur irgendein Auto.«

Das war richtig, es war ein Elektroauto wie viele, das allen aktuellen Umweltvorgaben entsprach und nicht weiter auffallen würde.

Noch war Individualverkehr erlaubt, wenn man beweisen konnte, dass man ein Auto brauchte, um seinem Beruf nachzugehen. Menschen in ländlichen Regionen, die glaubhaft versichern konnten, dass der Nahverkehr für sie nicht adäquat getak-

tet war, gehörten auch dazu. Man musste diese Erlaubnis jährlich erneuern.

Martin hatte seine Autos immer gemocht und war gerne gefahren, zumindest in einer grauen Vorzeit, als man noch mit kleinen, PS-schwachen Autos, hoch beladen mit Surfbrettern, wagemutig an oberitalienische Seen getuckert war. Die Staus hatten nur zu Zeiten des Bettenwechsels stattgefunden oder aber an den Grenzen, die es damals noch gegeben hatte.

»Und was heißt südwärts?«

»Ich besitze eine Wohnung in Südtirol. Eine sehr kleine Wohnung, in einem ausgebauten Stadel, der zu einem Bergbauernhof gehört. Ich habe sie 2018 von Freunden gekauft, noch bevor die Welt kopfzustehen begann, vor Corona und vor dem Ukrainekrieg. Vor der Energiekrise, bevor die Weichen falsch gestellt wurden, und vor dem FoxVirus 2026.«

»Es kommt mir vor, als wäre das alles ewig her. In der Rückschau war Corona doch ein Kasperletheater-Virus im Vergleich zum FoxVirus, das aus der Pelztierfarm kam«, sagte Martin nachdenklich.

Ab 2019 war etwas gekippt, jedes Jahr war ein neues Desaster gekommen, Deutschland hatte jedes Mal in den Schlund gesehen, doch anstatt einen Schritt zurück zu machen, war man nach vorn getreten und hatte den freien Fall begonnen.

Irmi erinnerte sich, dass sich 2020 in Nordjütland Menschen an Nerzen angesteckt hatten, mit einer neuartigen Corona-Mutation. Die dänische Premierministerin hatte sich entschlossen, kurzerhand alle achtzehn Millionen Nerze in dem Land keulen zu lassen, wo es dreimal so viele Nerze gab wie Menschen. Irmi erinnerte sich an einen Fernsehbeitrag über diese Nerze, die in sogenannten Kill Boxes eng zusammengepfercht und per Kohlenmonoxid vergast wurden. Keine schönen Bilder waren das gewesen. Die meisten Farmen lagen irgendwo im Nirgendwo und waren martialisch eingezäunt. Man hatte die Kadaver schnell in Massengräbern verscharrt. Wegen der Verwesungsgase waren sie aber wieder hochgekommen, wie im Horrorfilm, oder wurden von Tieren ausgegraben. Die stinkenden Kadaver waren schließlich exhumiert und in Krematorien verbrannt worden.

Anfang des Jahres hatte es einen Vogelgrippe-Ausbruch auf einer spanischen Nerzfarm gegeben. Natürlich waren solche engen Haltungsbedingungen ein perfektes Milieu für die Übertragung, es hatte erneute Massentötungen gegeben, immer dann, wenn das Infektionsrisiko auch für Menschen stieg.

Weiss setzte diese Fakten geschickt ein. Natürlich konnte es 2026 wieder ein grauenvolles Virus geben. Das erbärmliche Leben von Tieren auf Pelzfarmen und in der Massentierhaltung war bittere Realität, und dass dort irgendwelche Viren entschlüpften, war mehr als wahrscheinlich.

»Aber das FoxVirus hat uns nicht ausgemerzt«, fuhr Martin fort. »Auch wenn das für das System natürlich eine saubere Lösung gewesen wäre. Dabei haben sie ja schon aus der Coronazeit gelernt und diesmal die Alten nicht mehr geschützt.« Er lächelte. »Ich war in der Coronazeit übrigens in Schweden, wo das Virus kaum stattfand, weil die Schweden einen anderen Weg beschritten haben.« Er sah kurz zu ihr hinüber. »Sie haben das Virus durch die Altersheime rauschen lassen, ganz unbemerkt vom rest-

lichen Europa. Sie haben das Problem der Alten früher erkannt und elegant gelöst.«

»Wir haben uns der eleganten Lösung nun aber verwehrt«, bemerkte Sabine lächelnd. »Kennst du eigentlich die Bremer Stadtmusikanten?«

»Etwas Besseres als den Tod findest du überall?«

Sie nickte. »Ich muss telefonieren«, sagte sie dann, bog von der Hauptstraße ab und hielt an. Ihm war klar, dass sie alleine telefonieren wollte, ohne seine Ohren, und er stieg aus.

Draußen sog er die Luft ein, und es war ihm, als schmecke sie anders. Der junge Mitarbeiter des Berghotels kam ihm wieder in den Sinn, der wohl schon seine Tätigkeit begonnen hatte, und jählings hoffte er für die anderen, dass es schnell gegangen war und sie den Frieden gefunden hatten, der ihnen versprochen worden war.

Sabine hatte aufgehört zu sprechen, er stieg wieder ein.

»Meine Freunde in Südtirol mussten sich erst mal fassen, denn sie wussten nichts von meinem Plan und lehnen so etwas aus ethischen Gründen ab. Sie meinten, dass wir große Straßen meiden und nicht die großen Nord-Süd-Verbindungen nutzen sollten, denn dort wird mehr kontrolliert.«

Schon seit Jahren hatten die Österreicher, die Italiener und die Schweizer ihre Autobahnausfahrten gesperrt, damit die Reisenden nicht mehr abfahren konnten, um sich irgendwelche Alternativrouten durch Dörfer zu suchen und dort die Luft zu verpesten.

»Wo müssen wir hin?«

»Nach Antermoia, das Haus liegt ein Stück außerhalb. Das Hauptproblem sind die Österreicher. Wir sollten Österreich so schnell wie möglich hinter uns lassen.«

»Was ohne Reschenpass und Brenner aber schwierig wird, oder?«

Sie war in ihr Handy vertieft und schien die Öffnung von Pässen zu checken.

»Früher hätte ich gesagt, wir fahren übers Timmelsjoch, aber das ist schon länger geschlossen für den Individualverkehr. Und egal, welches Tal wir wählen, sie werden uns den Einlass verwehren, wenn wir keine Hotelbuchung vorweisen können. Aber das lässt sich lösen. Ich muss noch mal telefonieren.«

Wieder stieg er aus, nicht unbedingt aus Höflichkeit, sondern weil er gar nicht so genau wissen wollte, was sie unternahm. Er fühlte sich wie ein Vogelfreier bei Robin Hood. Und wie sollten sie über den Alpenhauptkamm kommen? Und durch all diese Täler, die Ende des vorigen Jahrhunderts die Hotspots des Wintertourismus gewesen waren, wo der Schnaps gekreist war und die Goldgräberstimmung des Tourismus viel Geld in die Kassen gespült hatte? Nun gaben sie sich zugeknöpfter. Die schnapsseligen Skiclubs wollte man nicht mehr, sondern lieber Gäste, die für ein Glas Prosecco gerne das hinlegten, was man früher in Lech am Arlberg für eine ganze Flasche Schlumberger bezahlt hatte.

Hüttenterrassen waren längst zu Luxusorten mutiert und die Taleingänge zu Festungen, denn die Einheimischen wollten nicht mehr im Verkehr der Tagesgäste feststecken müssen, und auch wenn dieser kaum mehr CO_2 ausblies, waren die Alpen nun das Luxus-Hideaway für jene geworden, die bereit waren, für gute Luft und reines Wasser sehr, sehr viel Geld zu bezahlen.

Sabine klopfte an die Scheibe und ließ ihn einsteigen. »Wir haben ein Hotel in Meran gebucht«, erklärte sie.

»Haben wir?«

Sie nickte. »Ich habe die Buchungsbestätigung im Smartphone. Wir werden bis Meran keine Probleme bekommen.«

»Ich habe keinen Zugriff mehr auf Zahlungsmittel«, sagte Martin. »Ich bin auf allen Portalen gelöscht, weggewischt wie ein Insekt, das an einer Windschutzscheibe zerschellt ist. Ich störe mit meinen Bedürfnissen nichts und niemanden mehr.«

»Deinen Pass hast du aber noch, oder?«

Er nickte.

»Ich auch. Es hat Vorteile, wenn man einst als Journalistin weltweit gereist ist. Es gibt Menschen, die sich im Guten an einen erinnern. Alles ist geklärt, und wir können dort auch das Auto laden.«

Sie waren auf der Flucht. Irmi atmete tief durch. Sie hoffte für die beiden, traute sich aber nicht weiterzulesen.

10

Es war fast schon verwunderlich, dass es einmal nicht regnete in diesem Mai. Draußen waren acht Grad, doch von Wonnemonat keine Spur. Irmi kam es vor, als spiegele die Natur die Düsternis dieses schrecklichen Kriminalfalls.

Heute war sie die Erste im Büro, dann trudelte Andrea ein, winkte Irmi kurz zu und setzte sich sofort an ihren PC. Kathi kam etwas später, weil sie ihre Mutter noch zum Zug gebracht hatte. Elli würde von Garmisch nach München fahren und von dort nach St. Veit im Pongau. Kathi wirkte auf Irmi weniger angespannt als gestern.

»Es wird alles gut werden«, sagte Irmi.

Kathi lächelte.

Dabei wussten sie beide, dass im Leben selten etwas rundum gut wurde. Manches Mal wurde es anders, und häufig musste man seine Einstellung ändern.

Andrea kam herein. »Also, Lara ist wirklich erst am vergangenen Samstag geflogen, Stockholm–München. Es gibt keine Hinweise, dass sie vorher schon mal hier gewesen ist. Zumindest keine Flugbuchungen. Natürlich hätte sie auch anders von Schweden nach Bayern kommen können und wieder retour. Per Zug, Fähre oder Auto … ähm … ja … ganz ausschließen können wir das nicht.«

»Das wäre aber ein ganz schöner Ritt gewesen! Herfahren, Joshua töten und wieder zurück«, bemerkte Kathi.

»Dann bleiben uns mal wieder nur Weiss und Wagner. Diese verfluchten Väter«, sagte Irmi.

Verfluchte Väter, Weiss und Wagner – gefangen in der Alliteration. Und zornige Söhne, die bessere Väter verdient hätten.

Sailer streckte den Kopf zur Tür herein. »Da is a Bruno Stechele am Apparat. Der will Eana sprechen, also Frau Mangold und Frau Reindl. Sie wärn bei eam gweng?«

»Ach, der Herr Künstler. Ja klar, gerne durchstellen!«, rief Kathi.

Sie stellten das Telefon auf laut.

»Was verschafft uns die Ehre?«, fragte Irmi.

»Guten Morgen. Sie hatten gestern doch nach Uffing gefragt, oder?«

»Ja, wieso?«

»Ich bin gerade in der Werkstatt, also in der vom Josef. Auf dem Schreibtisch habe ich Unterlagen zu einem Schulprojekt gesucht. Dabei ist mir der Ablagekorb vom Josef runtergefallen, mit lauter Aufträgen und Rechnungen. Beim Zusammensammeln ist mir eine Notiz aufgefallen. Ich weiß nicht, ob ich das erzählen sollte. Ob ich das Richtige tue. Womöglich reite ich den Josef rein.«

»Sie haben angerufen, das war doch schon eine Entscheidung, oder nicht?«, sagte Irmi.

»Also gut. Warten Sie, ich lese Ihnen die Notiz vor: *Uffing, Galveigenstraße, beim ersten Termin vor Ort Materialbedarf klären, Peter wegen Hüttenbalken fragen, bei KHS anrufen.*«

Galveigenstraße – da schrillten die Alarmglocken, groß wie in einem Dom. Schnelle Blicke flogen zwischen Irmi und Kathi hin und her. »Was bedeuten Hüttenbalken und KHS?«

»Josef arbeitet mit Peter Steindl zusammen, der mit alten Balken und Brettern handelt. Er bricht baufällige Stadel ab, manchmal auch ganze Berghütten. Altes Holz hat Patina, es hat etwas erlebt, und Josef verbaut es neu. KHS steht für ›Kaspars Historische Schlösser‹, das ist ein Versand für alte Schlösser, Beschläge und Armaturen. Der Josef sollte wohl irgendwo in Uffing mit Altholz Atmosphäre schaffen.«

War Wagner zu einem Lokaltermin auf der Baustelle von Frau Molitor gewesen? Womöglich sogar in der Mordnacht? War deshalb sein Pick-up dort gesehen worden?

»Bruno, danke schön, Sie helfen uns sehr«, sagte Irmi.

»Aber dem Josef eher weniger?«

»Sie helfen der Wahrheit. Könnten Sie den Zettel abfotografieren und uns schicken? Ich gebe Ihnen meine Handynummer.«

»Das mache ich gleich. Aber seien Sie versichert: Josef ist ein Lamm und zu keinem Verbrechen in der Lage.«

Er legte auf, und wenig später war die Notiz auf Irmis Smartphone gelandet.

»Wusste Wagner, dass Joshua in diesem Garten den Wächter gibt?«, fragte Kathi ungewohnt leise.

»Jetzt mal der Reihe nach. Josef Wagner hat anscheinend einen Auftrag von Bettina Molitor erhalten, was ja gar nicht so unlogisch ist, denn sie wohnt in Augsburg. Womöglich hat Josef Wagner schon mal für sie gearbeitet. Und so dicke, wie die mit den Uffingern ist, wollte sie denen sicher mit einem auswärtigen Handwerker zusätzlich eins reinwürgen. Auf dem Zettel steht etwas von einem ersten Termin vor

Ort. Wir können davon ausgehen, dass er mit Frau Molitor dort verabredet war. Vielleicht hat er aber im Gespräch von ihr erfahren, dass ihr Neffe Joshua nachts auf die Baustelle aufgepasst hat. Wäre ja gar nicht so abwegig, dass sie sich darüber unterhalten. Wagner ist in der Mordnacht nach Uffing gefahren und hat Joshua zur Rede gestellt.«

»Jetzt ist Wagner dran!«, rief Kathi. »Tut mir zwar fast ein bisschen leid für ihn, aber womöglich war es ja wirklich ein Unfall oder Notwehr.«

Irmi atmete tief durch. »Und wie gehen wir jetzt vor? Konfrontieren wir Wagner?«

»Werden wir wohl müssen«, sagte Kathi.

Wagner tat die U-Haft nicht gut. Seine Gesichtsfarbe war fahl, und er wirkte fahrig. Der Blick seines Anwalts sollte Verachtung vermitteln. Verachtung, weil die Polizei seinen Mandanten zu Unrecht festhielt.

»Machen wir es kurz.« Kathi legte Irmis Handy auf den Tisch. »Das hier ist eine Notiz, die Sie gemacht haben, Herr Wagner. Es geht um einen Auftrag in Uffing. Wo Sie ja angeblich nie gewesen sind?«

Die beiden Herren lasen und schienen sich zu sortieren, bis Wagner schließlich sagte: »Ja, das stimmt. Ich habe aber nie einen Termin in Uffing wahrgenommen! Es hat sich alles verzögert, drinnen wurden noch Wände rausgerissen. Es hätte keinen Sinn gehabt, dort irgendwas aufzumessen!«

»Frau Molitor ist Ihnen aber schon bekannt?«

»Ja, ich habe im Auftrag von Bettina Molitor neue Einbauregale für ihre Agentur gemacht. Sie ist Literaturagentin und hat Massen von Büchern. Das war etwa vor einem halben Jahr, und sie meinte, sie hätte noch einen Auftrag. Ich wollte eigentlich nicht so weit fahren, aber sie hat mich so sehr gebeten.«

»Ach, und da konnten Sie einer charmanten Frau nichts abschlagen? Oder war die Kohle so gut?«

»Welche Aufträge zu welchen Konditionen mein Mandant annimmt, steht hier kaum zur Debatte«, bemerkte der Anwalt.

»Aber es steht zur Debatte, dass Frau Molitor die Schwester einer ehemaligen Nachbarin ist – Petra Heiligensetzer, die als Konrektorin an der Schule gearbeitet hat, aus der Emil verschwand! Sie haben Frau Molitor doch wohl mal gesehen, Herr Wagner?«

»Nein, damals nicht. Wenn sie ihre Schwester im Fuchstal besucht hat, war ich jedenfalls nicht vor Ort. Außerdem habe ich doch nicht dauernd den Nachbarn ins Haus geschaut!«

»Wie kam Frau Molitor denn dazu, Sie zu kontaktieren?«, fragte Irmi.

»Über eine andere Kundin von mir. Die hat mich empfohlen. Mund-zu-Mund-Propaganda.«

»Und im Verlauf der Kontaktaufnahme ist Ihnen gar nicht klar geworden, wer Bettina Molitor ist?«

»Doch, sie war in meiner Werkstatt, um sich ein paar Hölzer anzusehen. Als sie mir von den beiden Häusern erzählt hat, ging mir auf, dass sie Petras Schwester ist. Ich fand das einen komischen Zufall – oder auch nicht. Die Welt ist klein. Wäre es zu diesem ersten Termin auf der Baustelle gekommen, wäre ich vielleicht auch mal bei Petra vorbeigefahren. Es ist alles so lange her. Wir haben alle viel

Zeit gebraucht. Ich dachte, das sei womöglich ein Wink des Schicksals oder so.«

»Herr Wagner, selbst wenn das stimmen sollte, haben Sie spätestens am 5. Mai durch Lara von Emils Tod erfahren!«, rief Kathi. »Sie wussten also auch, dass Joshua der Neffe Ihrer Auftraggeberin ist! Jener Joshua, der Ihren Sohn getötet hat. Sie haben dieses Wissen benutzt und Frau Molitor ausgehorcht. Die hat Ihnen erzählt, dass Joshua Wache hält. Sie sind hingefahren und haben den Jungen getötet. Mit Ihrer Waffe, die ja auch wundersamerweise verschwunden ist.«

»Nein!« Wagner war aufgesprungen.

»Setzen Sie sich wieder!« Irmi sah ihn genau an. Da war etwas in seinen Augen, was sie nicht deuten konnte. Sein Körper war verspannt. Er verbarg immer noch etwas vor ihnen.

»Herr Wagner, wir werden Frau Molitor befragen«, sagte Kathi. »Sie wird uns erzählen, dass Sie vom Neffen wussten. Wagner, Mensch, jetzt gestehen Sie doch endlich!«

»Nein, ich war nie in Uffing, und ich habe Joshua nicht getötet.«

»Gut, brechen wir an der Stelle ab.« Irmi nickte dem Anwalt zu, dem auch klar war, dass seinem Mandanten die Felle in einem gurgelnden Wildbach davonschwammen.

Die Männer gingen.

Kathi verschränkte die Hände im Nacken. »Dieser sture Typ! Warum gesteht er nicht? Schützt er wen? Eben doch Lara?«

»Ich weiß es nicht«, sagte Irmi. »Fassen wir noch mal zusammen. Was haben uns die Zeugen gesagt?«

»Dieser depperte Heinrich hat vor dem Schuss angeblich Stimmen gehört, dann einen Schuss und kurz darauf ein Quietschen. Der Mann mit dem Beagle hat drei Autos gesehen, eins davon war ein Pick-up mit einem A.«

»Okay«, sagte Irmi. »Matte und Bene haben von einem Date gesprochen. Wir haben zunächst angenommen, das Date wäre Weiss gewesen. Es hätte natürlich auch Wagner sein können. Mich treibt nur eins um: Hätten die Jungs bei einem Mann von einem Date gesprochen?«

»Klar, ein Date ist doch einfach nur ein Treffen.«

»Trotzdem stört mich da was. Komm, wir holen uns einen Kaffee.«

Sie gingen mit ihren gefüllten Kaffeetassen zu Andrea und brachten sie auf den aktuellen Stand.

»Ich seh das wie Kathi«, meinte Andrea. »Wenn ich einen Termin bei meiner Friseurin habe, würd ich auch sagen, ich hab heut ein Date mit ihr.«

»Das muss aber länger her gewesen sein«, konnte sich Kathi nicht verkneifen zu sagen.

»Nicht so lang wie bei dir. Der Spliss hat ja fast schon die Kopfhaut erreicht!«

»Mädels, echt jetzt! Andrea, ruf bitte noch mal den Matte an, der plaudert lieber mit dir.«

Andrea nickte und wählte die Nummer von Matthias Lutz, der gleich dranging und auch ganz zutraulich berichtete, dass er und Bene auf ihren Prozess warteten. Andrea erklärte, dass das noch eine ganze Weile dauern konnte.

»Was anderes«, meinte sie dann. »Erinnerst du dich noch an die Nacht, wo ihr auf dem Weg nach Uffing wart und dann umgedreht seid? Was hat Joshua genau gesagt?«

»Dass mir ned kommen sollen, weil er a Date hot.«

»Genau so? Also wörtlich? Hat er Date gesagt?«, fragte Andrea.

Man hörte die Stille intensiven Denkens. »Er hot gsagt: ›Matte, ihr kennts ned kommen. Do kimmt glei wer. I hob a Date. Mit der Chefin.‹«

»Und da bist du dir sicher? Das hast du am Anfang nämlich nicht erzählt. Welche Chefin?«

»Ja, stimmt. Vergessen. Aber des Letzte hot er ganz schnell no drangehängt. Drum ham mir ja aa denkt, er redet von der geheimnisvollen Freundin. Sei Chefin.« Er lachte.

»Danke, Matte. Danke und viel Glück.«

»Ja, dank eich aa. Des mit den Einbrüchen war a Scheißidee. Besser, dass ihr uns derwuschen hobts.«

Dann legte er auf.

Irmi war verblüfft. So viel Selbsterkenntnis! Sie sah in die Runde. »Chefin? Man redet von seiner Freundin oder Frau bei uns ja auch schon mal von der Chefin. Geht es doch um Lara? Und Wagner deckt seine Tochter?«

»Würde man da nicht eher Prinzessin sagen? Die Jungen reden von der Prinzessin, eher nicht von der Chefin«, meinte Andrea.

Kathi grinste. »Kommt auf die Art der Beziehung an. Und was ist mit Bettina Molitor? Die war doch seine Chefin. Im ganz gewöhnlichen Wortsinn.«

»Bettina Molitor?«, fragte Andrea staunend. »Und die erschießt Joshua? Wegen der Diebstähle?«

»Sie war in Wagners Werkstatt, sie könnte die Waffen genommen haben.«

»Sie kannte den Wagner aber doch kaum?«

»Wenn das stimmt! Die lügen doch alle wie gedruckt!«

»Und sie erschießt den eigenen Neffen, weil der ihre Baustoffe klaut? Ich weiß ja nicht«, meinte Andrea.

Sailer steckte erneut den Kopf herein. »Wieder was Interessantes. Der Herr Eirenschmalz ist da.«

»Wer?«, fragte Irmi.

»Der Mann mit dem Beagle«, erklärte Kathi. »Der ist hier bei uns?«

Sailer nickte.

»Dann herein mit ihm.«

Den Beagle hatte Herr Eirenschmalz dabei. Dem Hund hing die Zunge halb auf den Boden, und er hätte eindeutig eine Diät vertragen.

»Grüß Gott, ich habe etwas für Sie.«

»Ein Geschenk?«, fragte Kathi.

Er sah sie irritiert an, offenbar hatte er keinen Sinn für Humor. »Ich hab den Pick-up.«

»Wie, Sie haben ihn?«

»Er stand am *Alpenblick*. Ich habe ein Foto gemacht.« Der Mann reichte Kathi sein Handy. Auf dem Display war ein schwarzer Mitsubishi L 200 zu sehen, dessen Kennzeichen mit AA begann.

»Das ist dann aber nicht Augsburg, sondern Aalen?«

»Ja.«

»Sie sprachen doch von einem Pick-up mit einem Augsburger Kennzeichen?«

»Korrekt, aber auf dem Foto ist das Auto, das ich in der Nacht gesehen habe, nach der Sie gefragt haben. Ich habe mit dem Fahrer gesprochen.«

»Ach was?«

»Ja, er hat einen Zweitwohnsitz bei uns. Er besitzt ein Fitnessstudio in Aalen und fährt öfter mal hierher, meist nachts, weil er dann tagsüber nicht so viel Zeit verliert.«

»An Ihnen ist ja die Polizei verloren gegangen«, bemerkte Kathi spöttisch und notierte sich das Kennzeichen auf dem Display.

»Ich achte eben auf die Dinge. Man muss seine Mitmenschen im Blick behalten, überall wird gegen das Gesetz verstoßen. Das dulde ich nicht.«

Ein Blockwart mit viel Zeit, in diesem Fall aber ganz nützlich, dachte Irmi. »Und am fraglichen Sonntag war er also auch unterwegs?«, fragte sie.

»Daran konnte er sich nicht genau erinnern, aber das hier war auf jeden Fall das Auto. Ich erinnere mich an die Scheinwerfer am Dach und den Überrollbügel.«

Aus dem Hund entwich plötzlich ein merkwürdiges Geräusch, und wenig elegant kotzte der Beagle mitten in den Raum.

»Das macht er immer, wenn er Gras gefressen hat«, erklärte sein Besitzer völlig ungerührt und machte keinerlei Anstalten, etwas aufwischen zu wollen.

»Gut, dann danken wir Ihnen sehr für Ihr Kommen«, sagte Irmi etwas gepresst, denn nun entwich auch noch ein starker Geruch von der Rückseite des Tiers.

»Komm, Cäsar«, sagte Herr Eirenschmalz. Hund und Herrchen traten ab.

»Salve, Cäsar!« Kathi riss das Fenster auf. »Wie kann man so stinken? Ich spei gleich her! Und wer putzt das hier auf? Irmi, du bist doch so was gewöhnt.«

»Ausscheidungen verschiedenster Art, oder was?«

»Die von Tieren zumindest?«

Andrea war schon aufgestanden und holte eine Küchenrolle. »Armer Hund«, sagte sie, während sie sich am Boden zu schaffen machte. »Wird völlig falsch gefüttert.«

»Das Schicksal teilt er mit einigen Menschen«, bemerkte Kathi trocken. »Wenn dieser Mitsubishi vom Foto wirklich der Pick-up ist, den der Eirenschmalz gesehen hat, dann kann es nicht das Auto von Wagner gewesen sein.«

»Der Pick-up von Wagner ist ein alter Mazda ohne Schnickschnack«, sagte Irmi. »Andrea, mach mal eine Halterabfrage von dem Aalener und ruf den Mann an.«

»Mach ich.«

»Und jetzt? Verdächtigen wir Bettina Molitor? Oder doch wieder Lara?«, fragte Kathi.

»Es ist schon sehr unwahrscheinlich, dass Frau Molitor den Waffenschrank ihres Schreiners knackt«, meinte Irmi.

»Ich sehe sie auch nicht als Panzerknacker-Lady. Aber was, wenn sie doch irgendwie involviert ist, und wir rufen sie jetzt an? Dann ist sie gewarnt.«

»Wir könnten sie zu einem Lokaltermin in ihren Garten einladen. Im Zuge unserer Ermittlungen. Ganz neutral, oder?«

Andrea war zurück. »Ich habe mit dem Mann telefoniert. Seine Zweitwohnung befindet sich in der Galveigenstraße. Er hat seine Termine gecheckt und ist am besagten Sonntag tatsächlich frühmorgens von Uffing nach Aalen gefahren. Eirenschmalz ist ihm übrigens schon öfter aufgefallen um diese Uhrzeit. Anscheinend hat er ihn am *Alpenblick* regelrecht überfallen, und der fette Hund muss ihn ziemlich angeknurrt haben. Und noch was: Ich habe endlich diese

Telefonlisten bekommen, der letzte Anruf vor seinem Tod kam von seiner Tante.«

»Nee, oder?«, rief Kathi. »Aber heißt das nun, dass Wagner raus ist?«

»Nicht unbedingt.« Irmi überlegte. »Was wäre denn, wenn Wagner zusammen mit Bettina Molitor vor Ort war? Zu dieser ersten Besichtigung? Er wusste vom Neffen und dessen Wachjob und hat Joshua im Garten erschossen. Dabei könnte er ja auch ein anderes Auto benutzt haben. Wir beißen uns da zu sehr an dem Pick-up fest.«

»Und warum hat die Molitor den Jungen angerufen?«

»Um zu fragen, ob auf der Baustelle etwas vorgefallen ist? Fragen wir sie doch einfach. Ich rufe sie mal an. Wir müssen jetzt taktisch vorgehen.«

Irmi griff zum Telefon und stellte den Lautsprecher an, ehe sie Frau Molitors Nummer wählte. Eine etwas piepsige Stimme, die einem jungen Mädchen zu gehören schien, meldete sich.

»Agency Molitor, wie kann ich Ihnen helfen?«

»Ich hätte gerne Frau Molitor gesprochen.«

»In welcher Angelegenheit möchten Sie Frau Dr. Molitor denn sprechen?«

Literaturagenten schienen sich abzuschirmen wie der Papst oder der Kanzler, dachte Irmi.

»In einer mörderischen Angelegenheit«, mischte sich Kathi ein.

»Ähm, also ob wir noch weitere Krimimanuskripte prüfen können …«

»Ich will Ihnen kein verdammtes Buch andrehen, wir sind die Kripo!«, rief Kathi. »Reindl und Mangold aus Garmisch und Frau Molitor bestens bekannt. Und ich für meinen Teil bin inzwischen am Ende meiner Geduld!«

»Ich frage nach.«

Eine Pausenmusik aus der klassischen Ecke ertönte. Dann war Bettina Molitor dran.

»Ja bitte? Hannah sagte mir, Sie wollten mich sprechen?«

»Ja, Ihre zauberhafte Hannah verhält sich wie ein uneinnehmbares Fort«, sagte Kathi.

Bettina Molitor lachte kurz auf. »Dann macht sie ihren Job gut. Was kann ich für Sie tun?«

»Wir müssten noch mal kurz in Ihr Haus in Uffing«, erklärte Irmi. »Oder besser gesagt die Spurensicherung. Es gibt einen neuen Zeugen. Und die Aussagen der Freunde Ihres Neffen, die diese Diebstähle verübt haben, sind widersprüchlich. Ich nehme nicht an, dass außer Ihnen jemand einen Schlüssel hat? Ihre Schwester zum Beispiel?«

»Nein.«

»Wäre es Ihnen möglich, nach Uffing zu kommen?«

»Was heißt das, es gibt einen neuen Zeugen?«

»Ein Mann, der in der Nacht einen Lieferwagen gesehen hat. Und Licht im Haus. Womöglich war jemand im Gebäude«, sagte Irmi ungerührt, obgleich sie spürte, dass das alles etwas krude klang. Ihr war klar, dass Bettina Molitor an ihrer Begründung zweifelte, doch sie entschied sich binnen weniger Sekunden.

»Ich kann heute Nachmittag um sechzehn Uhr da sein«, bot sie an. »Passt das?«

»Das wäre sehr schön. Danke.«

»Man hilft ja gerne.«

»Dann bis später.«

Kaum hatte Irmi aufgelegt, rief Kathi: »Boah, Irmi, du lügst ja wie Münchhausen. Hat sie uns das abgenommen?«

»Ich glaube nicht, aber sie hat keine Alternative. Wenn sie sich weigern würde, wie sähe das denn aus?«

Um kurz vor vier waren sie in Uffing. Es regnete gerade mal nicht, von den Winterjacken konnte man sich aber noch immer nicht trennen. Bettina Molitors Cabrio fuhr vor. Irmi fand es gewagt, bei dieser Kälte mit offenem Verdeck zu fahren, aber wahrscheinlich musste man dem Wetter trotzen, wenn man überhaupt mal offen fahren wollte. Bettina Molitor stieg aus. Sie trug eine bronzefarbene Daunenjacke und eine geringelte Mütze in Brauntönen mit farblich passendem Bommel.

»Grüß Gott«, schmetterte Kathi aufgeräumt. »Schön, dass Sie es einrichten konnten.«

Frau Molitor nickte nur und ging zum Haus, sperrte auf. Man kam in einen Hausgang, rechts lag die Erdgeschosswohnung, die zumindest teilweise renoviert wirkte. Die Türstöcke waren auf Vintage gebürstet, die Türen selbst fehlten aber noch.

»Lassen Sie die Türen anfertigen?«, fragte Irmi. »Spezialmaß?«

»Ja, alles komplizierter, als man denkt. Ich hätte das Haus besser abgerissen, das wäre deutlich preiswerter gewesen.«

»Josef Wagner macht die Türen, oder?«, hakte Irmi nach.

Frau Molitor zuckte leicht zusammen.

»Sie kennen doch Josef Wagner?«, fuhr Irmi fort.

»Ja.«

»Frau Molitor, Sie sind eine Frau des Wortes. Würden Sie uns mehr als ein schnödes Ja anbieten?«, fiel Kathi ein.

»Josef Wagner ist Schreiner. Er hat mir in der Agentur Spezialregale angefertigt, weil es da einige Dachschrägen und eigenartig geschnittene Räume gibt, wo Regale von der Stange nicht passen. Ich scheine einen Hang zu komplizierten Bauprojekten zu haben.«

»Und er sollte auch in Uffing arbeiten?«

»Ja, aber ich war im Verzug. Oben sind wir noch weit entfernt vom Innenausbau.«

»Frau Molitor, wissen Sie, wer Josef Wagner war?«, fragte Irmi. »Und zwar im Hinblick auf Ihre Schwester?«

»Ihr ehemaliger Nachbar. Ja.« Frau Molitor war bemerkenswert beherrscht.

»Josef Wagner hat seinen Sohn verloren! Nach einem Schulfest in der Schule Ihrer Schwester! Das war das dominierende Thema in der Familie über Wochen, ja, Monate. Und Sie kannten Wagner nicht?«

»Nur aus Erzählungen. Natürlich wusste ich, dass er Emils Vater war. Aber ich musste zwischendurch den Kontakt zu meiner Schwester sehr einschränken. Fränki hat sich unmöglich benommen, sie hatte aber immer Verständnis für ihn. Ich hatte ihr angeboten, mich in Augsburg zu besuchen. Auch um sie abzulenken, herauszuholen aus der traumatischen Umgebung. Erst als Fränki ausgezogen war, hatten wir wieder mehr Kontakt. Da waren diese Wagners aber auch schon weggezogen. Was ist denn an Josef Wagner so interessant? Er ist ein guter Handwerker.« Sie sah sich um. »Und wo ist eigentlich diese Spurensicherung, die

Sie avisiert hatten? Deswegen sind wir doch hier? Was soll das alles?«

»Frau Molitor, waren Sie schon mal in der Werkstatt von Josef Wagner?«, fragte Kathi und ignorierte all ihre Fragen.

»Ja, einmal. Ganz kurz. Ich habe mir Hölzer angesehen. Muster. Warum interessiert Sie das? Wenn das eine Finte sein soll, dann gehe ich jetzt!«

»Frau Molitor, Sie haben Ihren Neffen in der Nacht angerufen, in der er starb. Das wissen wir. Warum haben Sie angerufen?«

»Ich wollte wissen, ob der noch wach ist. Ob er wirklich aufpasst. Der kifft sich doch dauernd zu.«

»Und waren Sie in der Nacht nicht doch selber in Uffing?«, erkundigte sich Irmi.

»Nein, wozu?«

»Womöglich waren Sie sogar mit Herrn Wagner da? Er wusste ja, wer Ihr Neffe ist.«

»Ja, und? Er fand das eine merkwürdige Koinzidenz und wollte Petra besuchen, wenn er vor Ort ist. Was hätte ich mit ihm in der Nacht in Uffing machen sollen? Was ist das für eine Fragerei?«

»Sie wussten von den Diebstählen. Erst durch Sie sind wir darauf gekommen, dass Ihr Neffe Baumaterial geklaut hat. Wollten Sie ihn zur Rede stellen? Haben Sie womöglich mit Josef Wagner darüber gesprochen?«

»Sie verdächtigen Josef Wagner, meinen Neffen erschossen zu haben? Wissen Sie was? Ich werde jetzt meinen Anwalt anrufen. Es gefällt mir nicht, in was für eine Richtung das Gespräch geht. Und ja, ich wusste von Joshuas Baustoffdiebstählen, ich hatte ihn nämlich schon mal erwischt beim

Klauen und ihn verwarnt. Und ich habe ein Telefonat mitbekommen, dass der größere Deal Samstagnacht stattfinden sollte. Also habe ich ihn am Samstagabend angerufen, um zu checken, ob er da ist. Also gut, ich habe das verschwiegen: Ich wollte nicht nur wissen, ob er wach ist. Ich hab ihm gesagt, das sei meine letzte Warnung, er solle seine Spezln abziehen. Sonst würde ich die Polizei schicken.« Sie sah Irmi direkt an. »Ich wollte ihn ein letztes Mal warnen. Er sollte meiner Schwester nicht schon wieder Kummer bereiten. Meine Schwester hatte wahrlich genug Ärger mit ihm! Deshalb habe ich angerufen.«

»Wie gesagt, wir wissen längst, dass Sie mit ihm telefoniert haben. Aber sein Handy und sein Laptop fehlten am Tatort.«

»Ja, und? Was habe ich damit zu tun? Ich war nicht dort. Sie haben mich doch belogen, oder? Es kommt gar keine Spurensicherung. Was soll das hier eigentlich werden?«

»Was ist denn passiert, nachdem Sie Ihren Warnanruf abgesetzt haben?«

»Was soll passiert sein? Ich bin ins Bett gegangen. Am nächsten Morgen hat Petra angerufen, völlig verstört. Ich konnte aber nicht gleich zu ihr fahren, weil ich noch zwei sehr wichtige Termine hatte. Unterstellen Sie mir gerade, ich hätte meinen Neffen getötet?«

Irmi und Kathi setzten auf Schweigen.

Bettina Molitor wandte sich zur Tür. »Verlassen Sie mein Haus. Ich werde meinen Anwalt anrufen. Und Sie gehen mir jetzt bitte aus dem Weg. Weitere Fragen beantworte ich, wenn Sie eine ordentliche Vorladung haben. Das ist ja pure Willkür, was ich mir hier bieten lassen muss.«

Irmi und Kathi gingen hinaus. Frau Molitor sperrte die Tür ab und stapfte wortlos an Kathi und Irmi vorbei zu ihrem Cabrio. Der Wind hatte zugelegt. Frau Molitor nahm Platz und fingerte an etwas herum. Anscheinend wollte sie das Dach nun doch schließen. Es glitt nach oben, ruckte etwas und gab ein merkwürdiges Geräusch von sich. Ein Quietschen oder Sirren oder eine Mischung aus beidem. Schließlich glitt das Dach zu, und das Auto fuhr davon.

Kathi und Irmi sahen ihr nach. Dann schalteten sie gleichzeitig.

»Das war dieses komische Quietschen, das der Heinrich gehört hat, kurz nachdem der Schuss gefallen ist!«, rief Irmi.

»Scheiße!«, brüllte Kathi.

Irmi hatte schon das Handy am Ohr. »Ein schwarzes T-Roc-Cabrio, wir nehmen an, es verlässt Uffing in Richtung Eglfing. Zugelassen auf Bettina Molitor, Augsburg. Gebt die Fahndung raus! Wir brauchen alle verfügbaren Kräfte. Wir versuchen, die Verfolgung aufzunehmen.«

Sie sprangen in Kathis Auto und schossen auf die Murnauer Straße hinaus.

»Wohin?«, fragte Kathi. »Meinst du, sie ist zu ihrer Schwester gefahren?«

»Nein, da säße sie in der Falle. Sie ahnt doch längst, dass wir ihr auf der Spur sind. Oder weiß es. Die Fahndung ist raus, sie kommt nicht weit.«

»Meinst du, sie kennt sich hier aus?«

»Es ist ein Versuch, Kathi, aber ich glaube, sie will größere Straßen meiden. Bieg da vorne rechts ab!«

»Blaulicht?«, fragte Kathi.

»Heute ja.«

Sie donnerten die Hechenrainer Straße hinaus und am Streicherhof vorbei, wo jemand gerade Zäune setzte und regelrecht in den Graben sprang. Dann bretterten sie durch Hechenrain. Weit und breit war kein anderes Auto zu sehen. Die Straße wurde zu einem Feldweg, der verdammt rau und ruppig war. Hier war im Juli 2021 eine Gewittersuperzelle durchgezogen und hatte eine Schneise der Verwüstung hinterlassen. Hektar über Hektar Baumbestand waren zu Fall gebracht worden. Weit vorne lag das Gut Grasleiten inmitten von opulenten Löwenzahnwiesen.

»Da! Da ist sie!«

Kurz vor dem Gut bog das Auto nach links ab. Irmi brüllte wieder ins Telefon: »Sailer, fahrt in die Schöffau. Riegelt die Straße ab, die von Grasleiten kommt. Wir haben sie.«

Da kam von vorn ein Traktor mit einem Rückewagen. Frau Molitor stieg in die Eisen, und Kathi holte auf. Das Cabrio der Literaturagentin rumpelte rechts in eine kleine Ausweichstelle und fuhr weiter. Kathi donnerte hinterher. Irmi sah im Vorbeifahren die weit aufgerissenen Augen des Bulldog-Fahrers, der im stillen Forst bei Grasleiten bestimmt noch nie eine Hetzjagd wie auf den Straßen von San Francisco erlebt hatte. Von vorn kam erneut Gegenverkehr, diesmal in Gestalt eines Langholzzuges, der wie wild hupte und aufblendete. Der Fahrer konnte nicht ausweichen, und er schien auch keine Lust zu haben, rückwärts zu manövrieren. Bettina Molitor war eingeklemmt. Kathi hielt hinter ihrem VW, rannte zur Fahrertür und öffnete sie.

»Steigen Sie aus, Frau Molitor!«

»Sind Sie irre?«, brüllte Bettina Molitor. »Ich werde Sie verklagen.«

Der Fahrer des Holzfahrzeugs schien umrissen zu haben, dass er gerade Zeuge eines ungewöhnlichen, womöglich aber gefährlichen Schauspiels wurde. Irmi signalisierte ihm mit einer Handbewegung, bitte in seinem Führerhaus sitzen zu bleiben, und trat auch ans Cabrio von Frau Molitor.

»Sie waren in der fraglichen Nacht an Ihrem Haus«, sagte Kathi. »Und zwar mit diesem Auto. Sie haben wegen ein paar Paletten Ziegeln und Dachplatten Ihren Neffen erschossen? Ich nehme Sie jetzt fest. Ihren Anwalt können Sie dann auch gleich anrufen. Steigen Sie aus!«

Bettina Molitor stieg wirklich aus. Irmi und Kathi standen ihr gegenüber.

»Sie müssen keine Angaben machen«, ergänzte Irmi. »Wir warten gerade noch auf ein Einsatzfahrzeug, das nimmt Sie dann mit nach Garmisch. Warum, Frau Molitor?«

»Warum? Warum ist die Banane krumm?«, erwiderte Frau Molitor. »Na, wenn sie gerade wär, wär sie ja keine Banane mehr! Weil niemand in den Urwald zog und die Banane geradebog!«

Bettina Molitor wirkte auf Irmi plötzlich irre, ihre Augen hatten einen merkwürdigen Glanz angenommen.

Und dann griff die Frau urplötzlich in ihre Jackentasche und zog eine Waffe.

»Gehen Sie mir aus dem Weg«, zischte sie und fuchtelte mit der Waffe herum, einer Smith & Wesson.

»Frau Molitor, das bringt doch nichts«, sagte Irmi betont

ruhig. »Sie stehen mitten im Wald. Sie sind eingekesselt. Wo wollen Sie denn hin? Geben Sie mir die Waffe. Beruhigen Sie sich. Was ist denn in der Nacht passiert? War es ein Unfall mit Ihrem Neffen? War Josef Wagner involviert? Bitte, reden Sie mit uns!«

In diesem Moment fiel der Schuss. Irmi hatte nicht damit gerechnet. Oder doch. Ihr linker Arm fuhr hinüber zum rechten. Sie spürte das Blut am Oberarm. Dann kam der Schmerz. Ein tobender Schmerz. Sie hörte noch einen Knall und einen Schrei, dann verlor sie jedes Zeitgefühl.

»Geht's dir gut? Irmi?« Kathis Augen waren weit aufgerissen. »Stehst du unter Schock?«

Irmi sah Kathi an. Lange. Dann lächelte sie. »Nein, es geht mir gut.«

Sie erfuhr, dass Kathi die Angreiferin angeschossen hatte und dass Sailer und Sepp bereits eingetroffen waren, um Frau Molitor festzunehmen. Irmi hörte Martinshörner, die sich näherten.

Plötzlich kam das Gefühl der Erleichterung. Fast hätte sie jubeln wollen. Das war der Trommelwirbel, den sie immer vermisst hatte. Irgendetwas hatte sie immer von ihrer Entscheidung abgehalten. Aber das war nun vorbei.

Der Notarzt versorgte Bettina Molitor, zwei Sanitäter kümmerten sich um Irmi. Es war ein Streifschuss gewesen, auf der rechten Seite. Der Lkw-Fahrer sprach leise mit Kathi. Er würde später eine Aussage machen müssen, genau wie der Bauer mit dem Rückewagen. Ihnen allen stand die Verblüffung ins Gesicht geschrieben. Diese Geschichte würden sie wohl noch ihren Enkeln und Urenkeln erzählen.

Die Sanitäter hatten Irmis Arm verbunden, bestanden aber darauf, dass sie mit ins UKM kam. Während sie im Wagen lag, verlor sie jedes Zeitgefühl. Sie hatte ein Schmerzmittel bekommen und sann noch immer über die Frage nach: Auf einer Skala von eins bis zehn, wo ordnen Sie da den Schmerz ein? Irmi hatte sich für die Sieben entschieden, sie wollte ja nicht als totales Weichei dastehen.

In Murnau kümmerte man sich sofort und professionell um sie.

»Da haben Sie echt Glück gehabt, keine Sehnen oder Muskeln durchtrennt. Es ist nur eine Fleischwunde«, sagte der Arzt.

Irmi ließ sich von nichts und niemandem überzeugen, eine Nacht zu bleiben. Ihre Kreislaufwerte waren gut, ihre Blutwerte auch, was sollte sie hier?

Draußen warteten Kathi und der Hase. Fridtjofs Gesicht durchzogen tiefe Furchen. Er war so schmal, so sportlich und war Irmi immer irgendwie alterslos erschienen, doch heute sah man ihm die sechzig Jahre an. Die vielen Tage im Hochgebirge ohne ausreichenden Sonnenschutz hatten ihre Spuren hinterlassen, doch die Angst grub die schlimmsten Furchen. Auch Kathi wirkte fahler als sonst.

»Wie geht es Frau Molitor?«, fragte Irmi.

»Sie wird gerade operiert, aber sie ist wohl stabil. Ich habe sie in den Oberschenkel getroffen.« Kathi zögerte, dann brach es aus ihr heraus: »Du weißt, wie schlecht ich schieße, ich hätte sie sonst wo treffen können!«

»Unsinn. Du hast perfekt reagiert«, meinte Irmi.

Kathi lächelte vorsichtig. »Willst du wirklich heim, Irmi?«

»Ja, natürlich. Und morgen will ich von Frau Molitor wissen, was passiert ist. Und ich will Wagner …«

»Du willst jetzt mit mir nach Hause fahren und dich hinlegen«, sagte der Hase. »Frau Reindl, soll ich Sie auch heimfahren?«

Kathi lächelte ihn an. Die beiden hatten schon einmal um Irmi gebangt, damals war auch der Kollege Gerhard Weinzirl involviert gewesen – seinerzeit eine Liebe von Kathi, womöglich sogar eine große, die aber dennoch gescheitert war. Damals waren sie in ihrer Angst vereint gewesen.

»Wollen Sie nicht endlich mal Kathi sagen?«

»Doch, sehr gern, Kathi.«

»Okay, Fridtjof. Dann lass ich das Sie weg. Und du darfst mich sehr gern heimfahren.«

Kathi hatte die meiste Zeit seinen Vornamen benutzt, den aber mit dem förmlichen Sie verbunden.

Fridtjof machte eine angedeutete Verbeugung und bugsierte Irmi durch die Gänge. Sie trug nur einen Verband am Arm, während andere ihr im Rollstuhl entgegenkamen, mit amputiertem Unterschenkel oder Schlimmerem. Sie hatte nur eine Schussverletzung, die sie sich nicht im Bandenkrieg einer Großstadt zugezogen hatte, sondern in einer stillen Moorlandschaft, wo die Angst der Menschen höchstens ein paar vermeintlichen oder realen Wölfen galt.

Es fühlte sich surreal an, wie sie hier durch die Gänge schritt. Der Hase hielt ihr die Autotür auf, und nachdem sie Kathi heimgebracht hatten, fuhren sie schweigend nach Hause. Luise stürmte aus dem Haus, gefolgt von Raffi.

»Was machst du nur für Sachen?«, fragte Luise mit Tränen in den Augen.

»Alles gut, der Alltag wird nur etwas schwieriger für mich sein, ich bin ja Rechtshänderin.«

»O weh, und ich hab eine Suppe gemacht! Du musst aber was essen!«

Irmi lächelte. »Die Suppe nehme ich mit links«, erklärte sie und löffelte ungelenk die samtige Blumenkohlsuppe. »Sehr lecker. Danke.«

Irmi war froh, dass die beiden sie nicht mit Fragen löcherten oder sie zutexteten. Auf einmal schwappte eine Welle von Müdigkeit über sie. Als hätte jemand einen Schalter umgelegt.

»Ich glaub, ich leg mich hin.«

»Mach das, und wenn irgendwas ist, melde dich«, sagte Fridtjof und küsste sie sanft auf die Wange.

»Mach ich, danke.«

Irmi hörte vom Bett aus, wie Luise und Fridtjof miteinander sprachen. Die beiden redeten sich ihre Panik von der Seele. Das war gut.

11

Als Irmi um halb acht erwachte und hinunterging, schlief Fridtjof auf dem Kanapee. Luise war in der Küche und hatte die Tür zugezogen.

»Ich wollte Fridtjof nicht wecken. Wie geht's dir? Schmerzen?«

»Bisschen. Aber nicht schlimm. Ich nehm gleich noch eine Tablette.«

»Setz dich. Vorher isst du was«, sagte Luise und schob Irmi ein Stück Brot mit Hagebuttenmarmelade hinüber.

»Jawoll!«

Wenig später tauchte Fridtjof auf. Er streckte und dehnte sich. »Entweder bin ich zu lang, oder die Couch ist zu kurz.«

»Beides«, sagte Irmi. »Und um euch gleich zu informieren: Ich will ins Büro. Ich will jetzt wissen, was passiert ist.«

»Nichts anderes hätten wir angenommen«, sagte der Hase. Irmi war sich nicht sicher, was sie da raushörte. War das Zynismus oder eine ganz neutrale Frage? »Darf ich dich hinfahren?«

»Klar.«

Immer noch lag diese surreale Stimmung über Irmi. Draußen wehte ein starker Wind, der die Bäume beutelte und zerzauste, auf deren hellgrünen Blättern eigentlich die Maisonne hätte tanzen sollen. Irmi verbat es sich, übers Wetter zu reden, der Hase schwieg auch. Sie wusste, dass sich alles in ihm wehrte, dass sie arbeiten ging. Aber er verkniff sich jeden Kommentar.

Wenn sie Geburtstag gehabt hätte, wäre die Begrüßung nicht frenetischer gewesen. Alle standen Spalier, als sie kam.

»Leute, alles gut«, versicherte Irmi immer wieder. »Und hier? Gibt es was Neues?«

»Die Waffe, mit der Bettina Molitor auf dich geschossen hat, gehört Josef Wagner. Es ist dieselbe Waffe, mit der Joshua getötet wurde«, sagte Andrea. »Und wohl auch die Waffe, die Emil getötet hat. Emil wurde gestern in Kärnten exhumiert, dort, wo Weiss ihn verscharrt hat. Inwieweit man da noch Rückschlüsse auf die Waffe ziehen kann, weiß ich noch nicht. Er wird in jedem Fall überführt.« Andrea schluckte. »Ähm, ja, da ist noch was.«

»Und was?«, fragte Irmi lächelnd.

»Der Herr Wagner will etwas aussagen.«

»Endlich! Lass ihn herbringen!«

»Schaffst du das, Irmi?«, fragte Kathi besorgt.

»Und wenn ich hier ohne Kopf säße, ich will jetzt endlich wissen, was in der Nacht im Garten passiert ist«, sagte Irmi bestimmt. Sie ging kurz in ihr Büro. Setzte sich hin, atmete ein paarmal tief in den Bauch ein und führte ein paar Telefonate.

Wenig später war Wagner da.

»Frau Mangold, Sie sind verletzt?«

»Ja, Frau Molitor hat auf mich geschossen, mal wieder mit Ihrer Waffe. Die war ja nun schon oft im Einsatz. Bei Joshua, bei mir, wohl auch bei Emil. Aber das wissen Sie ja wahrscheinlich.«

»Nein, o nein! Das wusste ich nicht. Wieso hatte sie meine Waffe?«

»Wäre schön, wenn wir das von Ihnen erführen. Sie wollten etwas aussagen?«, fragte Irmi.

Er schien immer noch völlig neben der Spur zu sein. Irmis Verletzung hatte ihn offenbar komplett aus dem Konzept gebracht. »Ja, ich habe … ich habe etwas verschwiegen.«

»Ach was?«, sagte Kathi. »Hier verschweigen alle ständig die wesentlichen Teile. Was ist es diesmal? Sie waren mit Bettina Molitor eben doch im Garten? Wer von Ihnen beiden hat geschossen?«

Er biss sich auf die Lippen. Seine Hand rückte die Brille zurecht. Er schloss kurz die Augen und begann zu sprechen: »Ich habe eine Beziehung, eine neue. Noch nicht so lange. Ich bin so etwas nicht mehr gewohnt. Ich bin aus der Übung.«

Irmis Herz pochte, die Wunde auch.

»Bettina und ich haben etwas angefangen«, fuhr er fort. »Es begann, als ich die Regale bei ihr eingebaut habe. Ich dachte gar nicht, dass so eine schöne Frau mich sieht. Und so eine schlaue noch dazu. Ich bin ja nur ein Handwerker. Aber wir haben uns ein paarmal getroffen, waren sogar ein Wochenende in Südtirol.«

Irmi schoss so vieles durch den Kopf, und sie empfand eine große Wärme für Josef Wagner, der sich anscheinend nicht für wert erachtete, dass eine Frau ihn sah.

»Und da wussten Sie auch, wer Bettina war?«

»Ja, das kam nach und nach ans Licht. Ich kannte natürlich Petras Schwester vom Hörensagen, habe sie aber vorher wirklich nie getroffen. Ich war mir nicht sicher, ob unsere Begegnung jetzt Zufall oder Schicksal war.«

»Was wussten Sie von Joshua?«

»Nur, dass er auf Baustellen klaut. Bettina hat mehrfach angedeutet, dass der Junge eine furchtbare Belastung für ihre Schwester sei. Ich hab solche Gespräche eher gemieden, ich wollte nicht über Joshua reden. Joshua lebte, mein Sohn war tot. Das schmerzte.«

»Am 5. Mai erfuhren Sie aber die Geschichte von Emil. Die Joshua Ihrer Tochter erzählt hatte. Nun mussten Sie über Joshua nachdenken! Was haben Sie gemacht?«, fragte Kathi.

»Ich … ich war völlig verstört und wollte das gar nicht glauben. Wirklich! Ich dachte, dass Joshua sich das ausgedacht hat. Er war früher schon auffällig. Ich dachte: Warum erzählt er meiner Lara so was? Das war mir alles vollkommen unbegreiflich.«

»Herr Wagner, waren Sie in der Nacht vom 6. auf den 7. Mai in Uffing?«

»Nein.« Er schluckte und schob wieder seine Brille zurecht. »Aber ich fürchte, Bettina war dort.«

»Hatte sie also doch Zugang zu Ihren Waffen!«

»Wahrscheinlich schon. Sie kannte meine Werkstatt. Aber sie kann doch nicht ihren eigenen Neffen erschossen haben? Warum sollte sie das getan haben?« Seine Stimme brach.

»Weil er sie beklaut hatte? Weil sie die Nase voll hatte? Weil sie fand, eine Waffe würde ihre Warnung unterstreichen? Sie kennen Bettina Molitor besser als wir, Herr Wagner! Was sie angetrieben hat, wissen Sie besser. Wenn sie gesteht, sind Sie natürlich entlastet. Es wird höchstens um die unsachgemäße Lagerung Ihrer Waffen gehen, aber die Mordanklage würde fallen. Oder ziehen Sie gerade nur den Kopf aus der Schlinge?«

In seinem Blick lag pures Entsetzen. »Sie trauen mir zu, ich würde meine … meine … Freundin ans Messer liefern?«

Kathi blieb ihm die Antwort schuldig. »Können wir also festhalten: Sie waren nicht in Uffing, räumen aber ein, dass Frau Molitor diese Waffen genommen hat? Ohne Ihr Wissen?«

Er nickte. Schon wieder brach für ihn eine Welt zusammen. »Wo ist Bettina?«, fragte er flüsternd.

»Im UKM. Sie wurde angeschossen, als sie auf meine Kollegin schoss«, sagte Kathi so neutral wie möglich. »Wir werden sie nachher aufsuchen.«

»Geht es ihr … geht es ihr gut?«, fragte er.

»Ja«, sagte Kathi nur.

Sie sahen zu, wie Wagner abgeführt wurde. Im Gehen drehte er sich noch einmal um. »Es tut mir leid, Frau Mangold. So sehr leid.«

Irmi lächelte ihn an. »Danke.«

Andrea kam herein. »Das UKM hat angerufen. Ihr habt die Erlaubnis der Klinik, Frau Molitor zu befragen.«

»Gut«, sagte Irmi. Das war der Schlussakkord, den sie alle so dringend benötigten.

Kathi fuhr langsamer als sonst und blieb schweigsam.

»Hättest du gedacht, dass sie schießt?«, fragte Kathi schließlich.

»Das überlege ich auch dauernd. Hätten wir auf die Verstärkung warten müssen? War das abzusehen? Ich weiß es nicht, Kathi. Es ist gut gegangen, das zählt.«

Irmi war dankbar, dass Kathi nichts mehr sagte. Denn es war gar nicht gut gegangen, sie waren gerade so an einer Katastrophe vorbeigeschrappt.

Vor dem Zimmer von Bettina Molitor hielt Sepp Wache.

»Frau Mangold, sollten Sie sich nicht schonen?«, fragte er.

»Mach ich, Sepp! Hinterher.«

Bettina Molitor lag im Bett und sah aus dem Fenster. Ihr linkes Bein war in einer Schiene hochgelagert, eine Infusion tropfte.

»Wir kommen gerade von Josef Wagner«, sagte Irmi zur Begrüßung. »Sie waren ein Paar, das haben Sie verschwiegen.«

Frau Molitor sagte nichts.

»Sie haben den Waffenschrank geöffnet, zwei Waffen entwendet und nach einer lächerlichen Flucht den Revolver gezogen und auf einen Menschen geschossen«, fuhr Irmi fort. »Das ist im günstigsten Fall gefährliche Körperverletzung, die kann aber auch mit bis zu zehn Jahren Haft enden. Und dann käme noch der Mord an Ihrem Neffen dazu. Wegen der paar Dachplatten haben Sie ihn erschossen?«

Die Frau im Krankenbett gab ein verächtliches Geräusch von sich.

»Frau Molitor?«

»Vergessen Sie die Dachplatten!«, rief die Literaturagentin plötzlich. »Joshua ist die Pest! Er hat schon immer unser aller Leben zerstört. Als Emil starb, drehte meine Schwester völlig durch. Als sei es ihre Schuld gewesen, dass ein Kind aus ihrer Schule verschwunden war. Ich habe wirklich versucht, für sie da zu sein, aber sie hat es einem nicht leicht gemacht mit ihrer Selbstzerfleischung. Und der Junge musste dauernd zu irgendwelchen Therapeuten. Sie rief mich zu Unzeiten an, raubte meinen Schlaf und war ihrerseits kein bisschen zugänglich. Ihretwegen habe ich eine riesige Chance vertan. Damals, als Fränki bei mir unterschreiben wollte.«

»Was? Sie sagten doch, Sie hätten ihn niemals in Ihrer Agentur haben wollen?« Kathi war konsterniert.

»Fränki war menschlich extrem fragwürdig, aber welcher Agent vertritt nur Sympathieträger? Autoren sind Diven, die sich exponieren und gelobt werden wollen. Ich muss meine Autoren nicht alle lieben. Fränkis Potenzial war gewaltig, doch ich war im ganzen Drama um meine Schwester abgelenkt. Als ich den entscheidenden Termin mit Fränki hatte, musste ich absagen, weil wieder irgendwas mit Joshua war. Da hat er beim Mitbewerber unterschrieben. Jedes seiner Bücher wurde ein grandioser Weltbestseller. Und daran ist Joshua schuld, immer nur Joshua!«

Irmis Wunde pochte stärker, ihre Schläfe auch.

»Jetzt ist es sowieso schon egal«, stieß Bettina Molitor aus. »Es war am 5. Mai, dem Geburtstag von Emil. Ja, Josef und ich standen am Beginn einer Beziehung. Ich hatte Zweifel wegen der alten Geschichte. Wegen Petra, wieder mal wegen Petra, was hätte sie gesagt, wenn ich ausgerechnet mit Josef zusammengekommen wäre? Ich habe das weggeschoben, fürs Erste. An diesem 5. Mai bat Josef darum, an dem Tag einfach mit seiner Trauer allein sein zu dürfen. Das habe ich akzeptiert, wollte ihn aber überraschen und ihm in der Werkstatt einen kleinen Kuchen hinstellen. Ich hatte vermutet, er sei zu Hause, er war aber in der Werkstatt, und da hörte ich zufällig sein Gespräch mit Lara mit. Er hatte den Lautsprecher angestellt, er hört nach all den Jahren an der Kreissäge nicht mehr so gut. Lara erzählte ihm von Joshuas Geständnis. Josef schien das nicht glauben zu wollen, und auch ich zweifelte. Was für eine Geschichte war das! Ehrlich gesagt hätte ich mir eher vorstellen können, dass Joshua die Waffe genommen hatte und nicht Emil. Dieser Junge war immer schon geistesgestört.«

Es sprach ein solcher Hass aus ihren Worten, dass es ihnen komplett die Stimme verschlug. Es war Kathi, die schließlich die Frage: »Und dann?« hervorbrachte.

»Ich habe mich aus der Werkstatt geschlichen und bin davongefahren. Ich glaube, er hat mich nicht gehört. Anderntags habe ich ihn angerufen und versucht, ihn per WhatsApp zu erreichen, aber er hat nicht reagiert. Ich war sogar bei seiner Wohnung, aber er hat nicht geöffnet. Alles wegen Joshua! Wieder mal Joshua! Ich wusste, wo Josef seine Waffen hatte. Ich folgte einem Impuls und nahm zwei mit, einen Revolver und ein Gewehr. Und dann bin ich nach Uffing gefahren, weil ich ja wusste, dass Joshua im Garten sein würde. Ich habe ihn vorher noch angerufen, dass er es ja nicht wagen soll, noch einmal auf meiner Baustelle zu klauen. Bis dahin habe ich Ihnen die Wahrheit gesagt. Aber ich habe ihm auch gesagt, dass ich kommen würde. Als ich vor Ort war, saß er kiffend da und lachte mir arrogant ins Gesicht. Es sah aus wie sein Vater – nur mit weniger Stil. Ich habe ihn mit seiner Story über Emil konfrontiert und ihn gefragt, ob das stimme. Er hat gelacht und gesagt, das gehe mich nichts an. Als ich die Waffe zog, sah er auf einmal aus, als hätte er ein Gespenst erblickt. Da begriff ich erst, dass das die Waffe war, mit der er Emil erschossen hatte. Er hat sie gleich erkannt.«

Sie atmete schwer, und Irmi wagte nicht, ihr in die Augen zu sehen.

»Was ist dann passiert?«, fragte Irmi in Richtung Wand.

»Er war plötzlich ein ganz anderer. Ganz zerbrechlich. Ich sagte ihm, dass es Wahnsinn sei, jetzt dieses alte Fass aufzumachen, weil da nur Brackwasser herausschwappe. Ich habe ihn aufgefordert, seine Story zurückzunehmen und zu behaupten, er sei verwirrt gewesen. Das hätte man einem wie ihm doch sofort geglaubt. Dann sagte ich ihm, er werde am nächsten Tag auf eine lange Weltreise gehen. Ich hatte ihm ein Around-the-World-Ticket gebucht. Alle hätten sich in seiner Abwesenheit erholen können. Joshua starrte mich an, dann sagte er: ›Ich liebe Lara. Wir brauchen diese Wahrheit.‹« Bettina Molitor suchte Irmis Blick. »Verstehen Sie? Es ging schon wieder nur um ihn! Um seine Wahrheit zur späten Seelenhygiene! Was wäre dann passiert? Josef wäre aus meinem Leben verschwunden. Joshuas Wühlen in der Vergangenheit hätte die Gegenwart so vieler Menschen zerstört. Josefs, Laras, Petras, meine. Wir alle wären ohne dieses Psychokind schon früher besser dran gewesen. Dieses ewige Verständnis für Kinder geht mir auf die Nerven. Unser Vater wollte uns auch nicht verstehen, wir waren eben die Kinder. Anwesend wie Schmeißfliegen.«

In Irmis Jugend war das nicht viel anders gewesen. Sie

waren eben die Kinder gewesen, die mithelfen und nach dem Essen fragen mussten, ob sie bitte aufstehen durften. Schmeißfliegen waren sie wohl keine gewesen, doch auch nicht mehr als Kinder.

»Aber Joshua war nicht zu überzeugen?«, fragte Irmi. »Er wollte nicht verreisen?« Sie haderte mit sich, ob sie Bettina Molitor erzählen sollte, dass Petra die böse Wahrheit bereits kannte und sie auch nicht hatte herauslassen wollen. Darin waren sich die Schwestern doch sehr ähnlich.

»Joshua hat gesagt, ich könne das nicht entscheiden. Es sei sein Leben, und ich sei eine arrogante Bitch. Er hatte die ganze Zeit in diesem Stuhl gesessen, doch nun stand er auf und kam auf mich zu. Er wollte die Waffe haben. Wollte wissen, woher ich die hätte. Ich gab ihm einen Schubs, und er plumpste in den Stuhl zurück. Er was so was von stoned. Ich hab gesagt, er solle sich das gut überlegen und erst mal nüchtern werden. Dann ging ich in Richtung Tor. Ich hörte ihn noch sagen: ›Keiner von euch schreibt mir jemals wieder vor, was ich zu sagen habe!‹« In ihrem Blick lag der Wunsch nach Vergebung. »Ich hab mich umgedreht, doch irgendwas muss auf der Erde gelegen haben. Jedenfalls bin ich ins Straucheln gekommen. Plötzlich hat sich ein Schuss gelöst. Ich habe Joshuas Rucksack genommen, ich weiß gar nicht, warum, und bin zum Auto. Die Waffe brannte in meiner Hand. Mir war so heiß, dass ich das Verdeck öffnen musste, ich wäre sonst innerlich verbrannt. Dann bin ich gefahren.«

»Sie haben nicht einmal nachgesehen, ob er tot ist?«, fragte Kathi.

Sie schwieg.

»Wenn das ein Unfall war, wie Sie sagen, warum haben Sie nicht die Polizei gerufen? Oder Hilfe gesucht? Warum?«

»Ich weiß es nicht. Ich stand unter Schock.«

»Sie haben auch auf meine Kollegin geschossen«, fuhr Kathi fort. »Wer wird Ihnen glauben, dass Sie nicht auch Joshua einfach hingerichtet haben?«

»Es war so, wie ich gesagt habe. Ich wollte das nicht.«

»Und dann trösten Sie seelenruhig Ihre Schwester? Reden mit uns, als sei nichts gewesen?«

»Die Wahrheit hätte niemandem mehr genützt.«

Kathi sprang auf. »Wissen Sie, wie oft wir das in Abwandlungen von Ihrer Familie gehört haben? Was seid ihr für ein verlogener und verschrobener Haufen! Und alles unter dem Deckmantel, man müsse irgendwen schonen. Der einzige normal Denkende und Fühlende war Joshua. *Keiner von euch schreibt mir jemals wieder vor, was ich zu sagen habe.* Das ist der erste vernünftige Satz in Ihrem Wortgetöse.«

»Es tut mir leid, wirklich! Ich weiß nicht, warum ich geschossen habe.«

Was sollten sie darauf erwidern?

»Frau Molitor, die Staatsanwaltschaft ist informiert. Viel Glück Ihnen«, sagte Irmi nur. »Eine Frage nur, wo ist der Rucksack?«

»Ich habe das Handy und den Laptop zerstört und mitsamt dem Rucksack in Augsburg in eine Tonne geworfen, die sicher längst geleert wurde.«

Wortlos gingen Irmi und Kathi hinaus auf den Gang, wo Sepp mit einer Ärztin in einer feurigen Sprache plauderte.

»Das ist Marta, eine Bekannte meiner Frau«, sagte er. »Aus Madrid.«

Sepp sprach exzellent Spanisch. Seine Frau war Mexikanerin, schön, üppig und temperamentgeladen. Er vergötterte sie, auch wenn sie ein ungleiches Paar waren, aber warum sollte das nicht klappen? Es hätte mit Bettina und Josef ja auch klappen können.

»Das war es dann?«, fragte Kathi fast staunend.

»Ja, wir machen den Deckel zu. Weiss und Wagner sind entlastet, aber zu welchem Preis?« Irmi lächelte Kathi an. »Fahren wir, ich möchte euch noch was sagen.«

Im Büro scharte Irmi ihre Kollegen um sich.

»Ich muss euch allen etwas sagen: Das war mein letzter Fall.«

Es war mucksmäuschenstill.

»Wie?«, fragte Andrea nach einer Weile.

»Ich höre auf. Etwas, was ich schon vor drei Jahren hätte tun können, aber da war es noch nicht so weit. Nun aber ist es so weit.«

»Aber Irmi, das geht nicht!«, rief Kathi.

»Frau Mangold, des kennen S' ned machen!«, kam es von Sailer.

»Doch, natürlich geht das. Leute, ich bin fünfundsechzig! Ihr glaubt doch nicht, dass ich mit hundert immer noch hier ein und aus gehe? Ihr seid alle großartig und könnt das sehr gut ohne mich bewältigen. Bestimmt bekommt ihr Verstärkung. Ich nehme jetzt Urlaub, komme noch ein paar Wochen rein und werde zum 1. Oktober offiziell ausscheiden.«

Die ganze Zeit hatte Irmi nicht auf den Hasen geachtet. Nun sah sie ihn an. Auf seiner Stirn hatten sich ein paar Falten wieder entknittert. Die Angst, dic an der Seele fraß, hatte losgelassen. Die Angst, die man um andere, geliebte Menschen hatte, wog immer am schwersten. Und wenn man das wusste, dann verstand man die Familien Wagner und Weiss womöglich doch.

»Aber ohne Abschiedsfete gehst du nicht!«, sagte Kathi.

»Nein, das ist Ehrensache. Für heute würde ich nur gerne heimgehen.«

»I fahr Eana«, erbot sich Sailer.

»Prima«, sagte Irmi. Der Hase musste auf einen Termin, und Kathi würde das Schriftliche zu Ende bringen.

Als Irmi im Polizei-BMW saß, fühlte sie sich plötzlich sehr schwer. Und sehr müde. Und dann kam eine Hustenattacke.

»Ham S' Eana a Erkältung eigfangen?«, meinte Sailer. »Koa Wunder.«

Nein, kein Wunder bei dem Wetter, dem Stress und einem Immunsystem, das wohl auch grade mal Pause brauchte.

Zu Hause nahm Luise Irmi in Empfang und überriss die Situation sofort. »Du hast Fieber! Ab ins Bett.«

Dem Aufruf kam Irmi tatsächlich gerne nach. Luise nötigte sie zu einem Holundergetränk, und dann fiel Irmi in einen tiefen Schlaf.

Tatsächlich blieb sie drei Tage überwiegend im Bett und musste nichts tun. Oder doch. Sie las weiter, denn sie wollte unbedingt wissen, wie es mit Sabine und Martin weiterging.

Sabine fuhr das Lechtal hinauf und bog zum Hahntennjoch ab.

»Der Klimawandel hat Vorteile«, meinte sie. »Die Pässe wer-

den später im Jahr gesperrt. Mit dem Hahntennjoch vermeide ich schon mal die Fernpassstrecke.«

Sie fuhr präzise, und ihre Technik, die Kurven anzuschneiden, zeugte von einer langen Karriere als Bergfahrerin. Wolken zogen über den Himmel und blieben an den Bergen weiter oben hängen. Die Temperaturanzeige meldete drei Grad minus, Nebelschwaden sanken herab und wollten sich an der Windschutzscheibe als Eis festkrallen.

Bei Imst wechselte Sabine auf die Landstraße. In einer Bucht am Wegesrand stand ein Polizeifahrzeug, das aber keine Notiz von ihnen nahm. Martin warf Sabine einen kurzen Blick zu. Sie fuhren hinauf Richtung Reschenpass, der ehemaligen Via Claudia Augusta folgend, und da war sie dann, die Grenze. Ein Polizist winkte sie heraus.

»Wohin wollen Sie?«

»Nach Meran. Mögen Sie meine Hotelbuchung sehen? Im Übrigen bin ich Journalistin.« Sabine zückte ihren Presseausweis und lächelte den Mann an.

Martin bebte. Ob er die Pässe sehen wollte, um die Nummern ins System einzugeben? Würde dann ein Totenkopf auf seinem Display aufflackern?

Doch der Polizist wünschte ihnen lediglich: »Gute Fahrt!«

»Danke.«

Als sie weiterfuhren, brach es aus Martin hervor: »Bist du wirklich so abgebrüht?«

Sie sah kurz zu ihm herüber. »Ich hatte öfter mal Panikattacken, als ich Mitte, Ende fünfzig war. Womöglich waren das die Hormone. Ich habe viele Dinge vermieden, weil ich Angst hatte, und musste mich zu manchen richtig überwinden. Wenn es dann hinter mir lag, stellte ich fest, dass es schwer gewesen war, aber machbar. Irgendwann wich die Angst, und je länger ich krank bin, desto weniger Angst habe ich.«

Am Reschensee war es ruhig. Anfang November hatte es auch früher kaum Gäste gegeben, dachte Martin. Wie oft war er am versunkenen Turm von Graun vorbeigekommen, Wahrzeichen und Mahnmal zugleich. Vor der Flutung der Dörfer für den Stausee hatte es Querelen wegen der Enteignung gegeben und Verzweiflung bei den Bewohnern. War es nicht immer so gewesen? Die Natur hatte bluten müssen für Energie und Bodenschätze.

Am Haidersee begann sich die Wolkendecke zu lichten, als wolle sich diese Welt, die aus den Fugen war, doch eine Konstante bewahren. Der Alpenhauptkamm war immer noch die schroffe Barriere vor dem Land der Sehnsucht. Hier Spätherbstnebel, drüben das südliche Arkadien. Bei Burgeis lag nicht nur die mittelalterliche Fürstenburg, sondern auch das umstrittene, unter Mussolini errichtete Kriegerdenkmal für die toten Soldaten des Ersten Weltkriegs. Zeitsprünge und Gedankensprünge – vom finsteren Mittelalter ins 20. Jahrhundert. Die Geschichte der Menschheit war immer gewalttätig gewesen.

»Was denkst du?«, fragte Sabine.

»Ich habe über den ausbeuterischen Menschen nachgedacht«, sagte Martin.

»Da fällt mir eine Geschichte ein aus der Zeit, als das Passeiertal und das Pflerschtal noch reich an Gold- und Silberminen waren. Ein böser König hatte das Sagen, der die Bergleute gnadenlos auspresste. Daraufhin zettelte ein kühner Bergmann eine Revolution an. Als der König davon erfuhr, verfolgte er den Rebellen bis in die hohen Berge. Doch dann griff eine höhere Macht ein. Der Berggeist des Tribulaun hieb mit einer Faust auf die

Spitze des Berges, der seither zwei Gipfel hat. Der König wurde in einen Felsen verwandelt, das Goldkappl, dessen roter Schein bis heute an den kostbaren Mantel des Herrschers erinnert. Ach ja, und der Bergarbeiter hat überlebt.«

»Eine feine Geschichte, aber nur in Legenden siegen die Guten«, erwiderte Martin.

»Ich weiß, im wahren Leben siegen die Ausbeuter. Immer schon. Um 1500, der Blütezeit des Bergwerks am Schneeberg, lebten in der Knappensiedlung St. Martin auf über 2000 Metern Höhe etwa tausend Knappen, die sich abmühten und quälten und starben für die Augsburger Fugger, die ihr mittelalterliches Gastspiel versilberten.«

»History recalls itself«, bemerkte Martin. »Heute werden Menschen in Afrika und Südamerika ausgebeutet, die seltene Erden und Lithium für all unsere Batteriespeicher abbauen müssen. Wir alle sind die Fugger der Neuzeit.«

Es herrschte weit weniger Verkehr als noch vor zehn Jahren, als Autokolonnen das ganze Vinschgau zugedampft und zugestaut hatten. Mittlerweile war die Vinschgerbahn elektrifiziert und hatte den Großteil des Verkehrs übernommen. Privatautos waren lediglich mit Hotelbuchung oder Sondergenehmigung erlaubt und Schwerlastverkehr nur, wenn er Umweltkompensationsmaut zahlte. Diese Nord-Süd-Tangente war ein Lehrstück, aus dem die Menschheit nichts gelernt hatte. Was hatte man dieser an sich so anmutigen Landschaft angetan! Ausufernde Bebauung und Apfelplantagen auf jedem Quadratzentimeter Boden.

Sabine fuhr konzentriert, es gab eine stille Übereinkunft, das Etappenziel schnell zu erreichen. Martin hätte gut einen Kaffee vertragen, doch er verkniff sich, danach zu fragen. Ein Gedanke huschte durch seinen Kopf: Es hatte sich für ihn noch lange falsch angefühlt, den ersten Cappuccino südlich des Hauptkamms in Euro zu bezahlen – und nicht in Lire. Aber er hatte ja auch noch ewig Euro in DM umgerechnet. In letzter Zeit erinnerte er sich oft an Ereignisse, die lange her waren.

Die ersten großen Palmen lenkten ihn ab. Meran, diese Schönheit der Belle Époque, war lieblich wie eh und je. Aber eine Schranke versperrte die Weiterfahrt in die Innenstadt. Aus einem futuristisch anmutenden Häuschen trat ein Mann. Sabine öffnete die Scheibe und zückte ihr Smartphone. In einem melodischen Italienisch plauderte sie noch ein wenig mit dem Mann, der ihnen zum Abschied einen »bel soggiorno« wünschte, einen schönen Aufenthalt.

Martin schwieg. Da war ein Punkt, der ihn jäh erschreckte. Was wollten sie hier? Ging es nun los? Eine Synapse seines Gehirns konnte den Gedanken wieder greifen: Sabine hatte ein Hotel gebucht. Daran erinnerte er sich, aber er hatte in letzter Zeit immer öfter Wortfindungsstörungen und vergaß Dinge, die noch gar nicht weit zurücklagen.

Sabine chauffierte sie durch die ehrwürdig-elegante Stadt. Die modernen Elektrobusse wurden ihr nicht gerecht, Kutschen mit Schimmeln davor hätten besser gepasst. Sie kamen durch eine Villengegend, und schließlich hielt Sabine vor einem Hotel mit dem Schriftzug Adria.

»Da wären wir«, sagte sie und atmete tief durch.

Sie stiegen aus, und Martin fühlte sich in seinem Wanderoutfit deplatziert angesichts der stilsicheren Eleganz des Hotels.

»Versetzen wir uns ins Jahr 1885 zurück«, sagte Sabine, die gerade ihren Rücken dehnte. »Ein gewisser Heribert Bauer ließ den Druckknopf patentieren, Carl Benz erfand das Automo-

bil – und in Meran schufen die Baumeister Musch und Lun das Hotel Austria. *Die Stadt hat diesem kongenialen Team etliche ihrer unsterblichen Prachtbauten zu verdanken. Kaiserin Sisi wandelte in diesem Hotel, hier spazierte, dinierte, politisierte und intrigierte die Crème de la Crème aus aller Welt. 1918 wendete sich das politische Blatt, Austria war out, und das Hotel wurde in* Adria *umbenannt. Immer am Puls der Zeit. Den Hotelaufzug von 1914 mit seiner plüschigen Kabine gibt's heute noch. Ein Kandelaber im zweiten Salon stammt aus dem Besitz des letzten Dogen von Venedig.«*

»Du warst demnach öfter hier?«

»Ja, um die Geschichten aufzuschreiben, die sich um dieses Hotel ranken. Im Zweiten Weltkrieg war es Lazarett, in dem ein junger Soldat lag, der 1944 verletzt worden war. Weil er eines Abends bei der Zimmerkontrolle fehlte, wurde er am nächsten Tag vor die hohen Offiziere gezerrt. Wo er gewesen sei? Ihm sei so heiß gewesen im Zimmer, erklärte er, deshalb sei er in den Garten gegangen und auf einer Bank eingeschlafen. Und stell dir vor, sie glaubten ihm! Dabei war er bei einer hübschen Frau gewesen. Das Adria *ist voll von solchen zauberhaften Geschichten. Zenzi Glatt, die langjährige Seniorchefin des* Adria, *war eine richtige Hotelpionierin. Sie hatte schon in den Fünfzigerjahren das* Parkhotel Mignon *eröffnet. Die Visionärin mit den tausend Talenten wusste, dass ein Hotel mit Kosmetikabteilung den Damen gefallen würde, obwohl das schon etwas verrucht war im Nachkriegseuropa, als es für viele erst mal darum ging, sich wieder richtig satt zu essen. Zenzi Glatt aber bestärkte die Frauen darin, sich ohne schlechtes Gewissen einen solchen Luxus zu gönnen. 1983 kaufte sie das* Adria *dazu. Ich mag solche Geschichten, denn sie lehren, dass doch irgendwo Hoffnung ist.«*

Ein Hotelmitarbeiter kam heraus, um das Auto zu laden und zu versorgen. Beim Anblick ihres spärlichen Gepäcks ließ er sich nichts anmerken. Sie bekamen zwei Zimmer. Sabine wirkte auf Martin irgendwie anders als sonst, so distanziert-professionell wie eine Reiseleiterin, die sie ja letztlich war. Ihm war auch nicht entgangen, dass sie eine ganze Weile im Backoffice verbracht hatte. Sie hatten sich für neunzehn Uhr zum Abendessen verabredet. Kurz vorher klopfte es an der Tür. Ihm wurde eine Tüte übergeben, in der eine Jeans, ein T-Shirt und ein weicher Pullover lagen. Alles passte ausgezeichnet, und es kam ihm so vor, als lege er eine Uniform an, die man trug, wenn man wieder ins Leben trat.

Das Essen wurde drüben im Parkhotel Mignon *eingenommen. Es war erwartungsgemäß exzellent, doch sie aßen beide nur zwei Vorspeisen. Sabine schien Schmerzen zu haben, die sie aber weglächelte.*

»Wir werden morgen ein wenig kreuz und quer fahren müssen. Auch hier ist man der Meinung, wir sollten die Hauptmagistralen meiden. Schlaf dich aus.«

Am nächsten Morgen beim Cappuccino verkündete Sabine: »Wir werden das Fahrzeug wechseln. Man ist der Ansicht, dass ein Allradauto besser sei. Wir müssen heute noch vorankommen, denn sie schließen am Abend das Würzjoch.«

Martin begriff, dass Sabine sich so vage ausdrückte, um die Identität ihrer Helfer nicht preiszugeben.

»Du hast demnach eine Route geplant, die weiterhin alle Hauptmagistralen meidet?«

»Ja, wir werden tatsächlich etwas Zickzack fahren müssen. Es wird kurvig werden, und wir werden uns über die Niederungen erheben.«

Ihre Route führte nach Hafling hinauf, wo Nadelwälder und Wiesen regierten. Das mediterran heitere Meran erschien so weit weg, die Straße war schmal und wie versprochen kurvig.

»Warst du je auf dem Knottnkino?«, fragte Sabine.

»Nein, was ist das?«

»Knottn sind im Südtirolerischen runde Kuppen, und auf dem Rotsteinknott gibt es einen ganz besonderen Aussichtspunkt. Dort, wo der Himmel seine Farbspiele in Szene setzt, hat der Rittner Künstler Franz Messner hölzerne Kinostühle montiert, auf den Fels – das Knottnkino eben.«

»Haben wir denn so viel Zeit?«

»Wir nehmen sie uns.«

Sabine parkte nicht auf dem offiziellen Parkplatz, sondern in einem Waldstück. Sie stiegen hinauf und waren allein mit den Kinostühlen. Hier war der Film jeden Tag neu, jede Minute, ja, jede Sekunde, wenn die Wolken zogen und wenn der Schatten über die Berghänge reiste. Und jetzt im milden Licht des Spätherbstes war dieser Film noch bezaubernder.

Schweigend fuhren sie weiter. Erst in Jenesien kurz vor Bozen sagte Martin: »Kennst du die Geschichte von Herbert Rosendorfer, wo der Umzug außer Kontrolle gerät und die Umzugshelfer an ihren Vorgaben festhalten, obwohl längst der Krieg ausgebrochen ist? Die Möbelstücke fahren in der Seilbahn hinauf und hinunter, und das Unternehmen ist nicht mehr lenkbar.«

Sie lächelte. »O ja, er schrieb, wenn man um fünf Uhr aufstünde, würde man feststellen, dass noch immer das eine oder andere Möbelstück morgens in die erste Gondel geladen werde, weil man das halt schon seit ewigen Zeiten so mache. Übrigens bemängelte Rosendorfer damals schon die brutale Betonstraße, die in den Hang gefräst wurde. Eine Anbindung ans Tal, aber auch eine Vergewaltigung der Natur.«

Sie fuhren auf ebendieser Straße, bis Sabine links abbog, durch Weinberge kurvte und schließlich im Talboden ankam.

»Wir fahren ein Stück das Sarntal hinauf. Auf dem Weg würde ich dem Schloss Runkelstein noch kurz Reverenz erweisen. Warst du je drin?«

Martin schüttelte den Kopf und begab sich wieder unter die Fittiche seiner Reiseleiterin. Als sie das Auto abgestellt hatten, stiegen sie noch ein kurzes Stück hinauf über abgeschliffene dicke Kopfsteine. Wer hier wohl schon gewandelt war? Martin dachte an die vielen Menschen, die seinerzeit mit dreißig im Krieg gefallen oder an Zahnfäule gestorben waren. Was erwarteten sie denn im dritten Jahrtausend? Wollten sie alle hundert werden?

Die Räume der Burg waren abgeschlossen, aber man konnte im Innenhof auf einen Balkon hinaufsehen, an dessen Rückwand sich bunte Figuren tummelten.

»Ich bin Atheistin«, sagte Sabine. »Mit achtzehn bin ich aus dem Verein ausgetreten. Ich wusste als Kind nie, was ich beichten sollte. Der Katholizismus hat immer mit Angst gearbeitet. Blutige Christianisierungen, Kreuzzüge, politische Intrigen, Hexenverbrennungen und ewiger Missbrauch, der bis heute vertuscht wird. Darum freuen mich diese Burgen so sehr. Profane Fresken, Helden, Liebespaare, Riesinnen und die besten Zwergenkönige: Goldemar, Bibunc, Alberich. Leider kommen wir nicht nach Rodenegg, das ist mein Favorit unter den Burgen! In den Siebzigerjahren hat man angefangen, in einem Raum, den man für die alte Burgkapelle hielt, Malereien unter dem Putz freizulegen. Man vermutete Fresken mit kirchlichen Motiven, umso größer war das Erstaunen, als Ritterfiguren

zum Vorschein kamen. Dargestellt ist die Aventiure eines ritterlichen Helden, also der Bewährungsprobe, die er bestehen musste. Es handelt sich um einen Freskenzyklus nach dem Versepos Iwein *des mittelhochdeutschen Dichters Hartmann von Aue, etwa aus dem Jahr 1220. Seitdem darf sich Rodenegg mit dem Superlativ schmücken, den ältesten profanen Freskenzyklus Europas zu besitzen. Kein manipulativer Christenpomp!«*

Martin musste lachen. »Ich mag das Wort Christenpomp. Aber Aventiure, das ist unser Wort! Sehen wir unsere Reise als Aventiure. Möge diese gelingen«, sagte er und war dieser Frau längst verfallen.

Sabine fuhr über den Ritten und schließlich hinunter ins Eisacktal, das durchzogen war von Autobahn und Zugtrasse. Martin erinnerte sich, wie oft auch er gedankenlos durch dieses Tal südwärts gerast war – arglos, gedankenlos und so frei!

Mit dem Tal kehrte die Angst zurück, angehalten zu werden. Aber sie überquerten ohne weitere Zwischenfälle die Eisack, und Sabine schraubte sich schon wieder bergwärts, hinauf nach Lajen. Eine winzige Straße verlief über das Hochplateau. Es war anmutig hier oben, eine Gegend, die aus der Zeit gefallen zu sein schien. Sein Herzklopfen legte sich allmählich.

Auf dem weiteren Weg zum Würzjoch versperrte auf einmal ein Straßenfahrzeug den Weg. Martins Magen hob sich, Säure stand in seinem Hals. Sabine hielt an und ließ das Fenster hinuntergleiten. Ein Gespräch entspann sich, an dessen Ende der Fahrer die Hand zum Gruß hob.

»Sie machen zu, lassen uns aber noch drüber«, erklärte Sabine, während sie weiterfuhren. »Oben liegt offenbar schon etwas Schnee, doch er vertraut auf unser Auto.«

Martin sah schweigend hinaus übers Villnösstal bis zu den

Geislerspitzen. Allmählich schob sich der gewaltige Peitlerkofel ins Bild. Schließlich hatten sie die Passhöhe erreicht. Sabine hielt an, und sie stiegen aus. Draußen war es kalt und roch nach Winter. Weiterer Schnee würde kommen, er konnte ihn riechen.

»Wir sind auf fast zweitausend Metern«, sagte Sabine. »Darüber bist du frei. Wir sind fast da.«

Sie fuhren weiter, und die Sonne verschwand allmählich hinter den Bergen. Antermoia begrüßte sie in einem milden Licht. Sabine bog nach links ab, wieder in ein winziges Sträßchen und blieb schließlich vor einem Hof stehen. Er schien im Hang verankert zu sein, dahinter stieg ein Wald auf, nach vorne stürzte sich eine Wiese nach unten, die zu bewirtschaften es wohl Steigeisen brauchte.

Aus dem Haus kam ein Hund gestürmt, der sich wie ein irrwischiger Flokati freute, dass Besuch kam. Ihm folgte eine Frau, die etwas jünger als sie beide war, aber sicher auch auf die sechzig zuging. Sie umarmte Sabine und gab Martin die Hand.

»Willkommen! Da seid ihr!«

Was für eine launige Reise durch Südtirol, dachte Irmi und dankte Weiss für diese ganz besondere Aventiure. Die Helden waren am Ziel ihrer Reise angekommen. Oder doch noch nicht?

Sie las weiter. Der Roman erzählte subtil vom Leben der beiden in dem kleinen Häuschen. Von einem Weihnachtsfest mit den Südtiroler Freunden, von Wanderungen, die sie unternahmen. Von Schwüngen im Schnee am kleinen Skilift in Antermoia. Und von den kleinen Zetteln, die nun überall klebten und Martin halfen gegen das Vergessen. *Paste auf die Zahnbürste tun. Die Ofenklappe schließen.*

Weiss beschrieb ein paar kurze Besuche bei Sabines Freunden, die ihr gewogen waren und nicht nachfragten. Mehrfach aßen sie im Hotel *Gran Ander* und philosophierten über den Zustand der Welt. Das Gebiet Alta Badia war längst ein Rückzugsort für jene geworden, die sich Exklusivität leisten konnten. Die Pässe waren längst gesperrt, Bikergruppen mit röhrenden Maschinen hatten schon lange keinen Platz mehr, die weißen alten Männer, die vor zehn Jahren die Dolomiten als Rennstrecke missbraucht hatten, waren ausgesperrt wie auch die Cabrios und Sportwagen, über denen Drohnen herumgeschwirrt waren, um die Fahrten zu streamen.

Zu Ostern sprossen erste Blümchen an den Südseiten der Hänge, und Martin stellte ein geweihtes Lamm aus Kuchenteig auf den Tisch. »Oder ist dir das zu viel Christenpomp?«, fragte er lächelnd. »Das Lamm kann ja nichts dafür«, entgegnete Sabine. »Wenn wir morgen gehen, dann ist so ein Lamm sicher richtig.«

Irmi traten Tränen in die Augen, als sie das Buch beiseitelegte. Würden sie es nun doch tun? Es blieben nur wenige Seiten.

Erst nach einer Woche hatte Irmi das Gefühl, wieder auf dem Damm zu sein. Ob es am Alter lag, dass sie mit einer Erkältung so lange herumlaborierte? Immerhin hatte das Wetter sich erholt. Es war noch nicht sommerlich warm, hie und da gab es noch Schauer, und auch der Ostwind blies weiter, aber immerhin schaute häufiger mal die Sonne hervor.

Irmi hatte immer wieder in sich hineingehorcht und nach

dem triumphalen Gefühl der Erleichterung gesucht, das sie empfunden hatte, kurz nachdem der Schuss gefallen war. Doch da war nichts. Trotzdem war es gut, endlich die Entscheidung getroffen zu haben, die sie so lange vor sich hergeschoben hatte.

Noch immer waren alle so besorgt um sie, dass es ihr fast schon ein bisschen lästig war. Vor allem störte sie, dass sie ständig zum Essen aufgefordert wurde, dabei hatten Krankheit oder Stress noch nie groß an ihrer Körpersubstanz genagt. Wahrscheinlich nahm sie erst dann ab, wenn langsam die Mikroben mit dem Zersetzungsprozess begannen.

Sie grinste kurz in sich hinein und betrachtete ihre Nachbarin Lissi, die ihr gegenübersaß. Sie hatten es sich mit einem Glas Prosecco in ihrem Garten gemütlich gemacht und genossen die Abendsonne.

Plötzlich tauchte Kathi auf.

»Hi, Kathi, was machst du denn hier?«, fragte Irmi erstaunt.

»Die Frage lautet: Was machst du gleich?«, erwiderte Kathi grinsend. »Und die Antwort ist: Ich verbinde dir jetzt die Augen.«

»Bitte?«

»Überraschung!«

»Kathi, ich bin nicht so für Überraschungen!«

»Keine Widerrede! Lissi hilft mir!«

Ein Seidentuch wurde hinten am Kopf verzurrt.

»Du darfst aber nicht schauen!«, rief Kathi lachend.

»Das geht ja kaum unter der Augenbinde. Und wie soll ich damit gehen?«

»Wir führen dich.«

Irmi hatte das Gefühl, dass sie rüber zu ihrem eigenen Hof und dann in den Garten gebracht wurde. Der Kies knirschte unter ihren Schuhen.

»Jetzt!« Kathi löste die Binde. Inmitten von Luises bunten Beeten stand ein Tier. Es war über zwei Meter groß, trug den Kopf einer Giraffe und die Beine einer Kuh und eindeutig einen Kuhschwanz.

»Kirin!«

Neben Kathi standen Andrea, Sailer, Sepp und der Hase und applaudierten.

»Ja, das ist Kirin, von Bruno aus den Stauden«, erklärte Kathi. »Er lässt dich grüßen und freut sich, dass Kirin so einen schönen Platz bekommen hat. Das ist unser Abschiedsgeschenk. Du bleibst ja noch ein bisschen, aber Kirin war ungeduldig. Und Kirin schaut immer Richtung Garmisch, da, wo wir sind und wo du jederzeit willkommen bist, auch in den nächsten Jahren!«

Irmi traten ein paar Tränen in die Augen, sie war immer noch verschnupft. Luise und Lissi kamen mit einer großen Käseplatte, Brot und Getränken.

»Ihr seid voll die Verschwörer«, sagte Irmi, und es lag immer noch Rührung in ihrer Stimme. »Und ihr seid die Besten!«

Sie aßen und plauderten, bis Irmi fragte: »Und sonst?«

Kathi grinste. »Interessiert es dich doch noch?«

»Na klar, ich bin doch noch nicht weg!«

»Es gibt so einiges: Emil wird in Bobingen bestattet. Die Beerdigung ist am nächsten Mittwoch. Wagner würde sich freuen, wenn wir kämen.«

»Wie geht es ihm?«

»Er ist gefasst.«

»Und Bettina Molitor?«

»Wartet auf ihren Prozess. Das Urteil wird davon abhängen, ob man ihr die Unfallthese glaubt. Und dann hat sie immer noch auf dich geschossen«, sagte Kathi. »Wir werden aussagen müssen.«

Eine kurze Pause trat ein. Irmi betrachtete Kirin, der so aussah, als hätte er schon immer hier gestanden.

»Was für eine tragische Geschichte«, sagte sie nachdenklich. »Zwei Schüsse, die sich gelöst haben. Aus demselben Revolver. Einmal bei Joshua, einmal bei Bettina. Es klebt so viel Tragik an dieser Familie, über einen so langen Zeitraum. Wagner wird viel Kraft brauchen, das alles zu überstehen.«

»Er wird nach der Beerdigung eine längere Reise durch Schweden machen«, sagte Kathi. »Und noch was – und das ist echt der Hammer: Wagner wird nicht allein reisen.«

»Lara fährt mit? Das passt doch, sie ist ja schon in Schweden.«

»Nicht Lara, sondern Weiss wird ihn begleiten.«

»Wie?«

»F. T. A. White hat eine Pressemitteilung herausgegeben, dass er sich auf unbestimmte Zeit aus dem Literaturbetrieb zurückziehen will«, ergänzte Andrea. »Die *Boomer* bleiben sein vorerst letztes Buch. Aber bei einem wie ihm kann man ja nie wissen.«

»Aber er hat die Leiche von Emil verschwinden lassen. Was ist damit?«

»Auch er wartet auf einen Prozess, darf aber das Land verlassen.«

»Und was ist mit Petra Heiligensetzer? Wie soll sie das alles jemals verkraften? Ihr Sohn erschießt den Nachbarjungen – und wird zwölf Jahre später von ihrer Schwester erschossen.«

»Ich hoffe, sie bekommt alle Hilfe, die sie verdient. Zumindest ist sie schon mal in Behandlung bei Frau Feierabend«, berichtete Andrea. »Das weiß ich unter der Hand von einer Cousine, die in ihrer Praxis arbeitet.«

Irmi sah Andrea überrascht an. Die Karten waren neu gemischt. Türen schlossen sich, dafür gingen andere auf, und letztlich konnte man immer nur in der Rückschau sagen, was einen Menschen ausgemacht hatte. Erst nach seinem Tod konnte man resümieren. Das galt wahrscheinlich für die gesamte Menschheit. Erst wenn sie eines Tages von der Erde verschwunden war, würde man ein Urteil fällen können. Ein Urteil, das im günstigsten Fall ambivalent ausfallen würde oder aber verheerend.

EPILOG

»Wir sind am Ziel«, sagte Sabine leise.

»Ein würdiges Ziel. Ich war zum ersten Mal in den Siebzigern hier. Die Gondel hinauf zum Lagazuoi hing an einem seidenen Faden. Ein Seilchen so dünn wie eine Wäscheleine. Die Gondel an ihrer Stahlwäscheklammer schaukelte, als wolle sie eine Schiffsschaukel mit Überschlag werden. Tosender Wind, ein Inferno aus Schnee. Millimeter um Millimeter schob die Gondel sich vorwärts, um oben in die Station einzufahren, ohne am Fels zu zerschellen. Käsige Menschen umgaben mich. Ich war ein kühner Junge, wieso hätte ich Angst haben sollen? Nur langweilig war mir bei der Auffahrt, und mein Blick fiel auf den Boden der Gondel. Ganz schön rostig war er, und ich stellte die unschuldige Kinderfrage: ›Mama, was ist eigentlich, wenn der Boden rausbricht?‹ Mitreisende Erwachsene griffen panisch zu den Halteschlaufen und stürzten zum Rand der Gondel. Wahrscheinlich war ich auch ein vorlautes Kind.«

»Warst du das?« Ihr Lächeln wärmte sein Herz. Es war ein kurzer Weg gewesen, den sie gemeinsam gegangen waren. Aber ein würdiger, denn nicht die Länge eines Weges war entscheidend, sondern die Fülle der Emotionen, die ihn säumten.

»Oben dann krochen wir auf dem Bauch um die erste Kurve, die Ski fest umklammert. Sonst hätte es uns und mitsamt dem Material weggewirbelt. Allmählich flaute der Wind ab. Dann hieß es Ski anlegen. Wir waren orientierungslos, weil die Schneestangen zugeweht waren. Tastend erst mussten wir fahren, mit

Zehenspitzengefühl. Dann mit zunehmender Sicht schneller. Watteweicher Tanz im Pulver. Wir hatten keine Handys, um Hilfe zu holen oder die ganze Welt zu verfluchen.«

»Lange her.«

Die letzte Gondel spuckte nun ihre Gäste aus, einige würden ganz exklusiv übernachten im Schutzhaus zu Preisen, die einen schwindlig machten. Andere fuhren ab, diese lange Hochgebirgspiste, die womöglich die schönste der Alpen war. Sie mussten sicher sein, dass sie die Letzten waren.

»Wenn Sie im Tal noch ein Taxi brauchen, sollten Sie sich beeilen. Das Pferdegespann ist schon weg«, warnte der Gondelfahrer.

»Wir sind auch schon weg«, sagte Martin. »Leben Sie wohl.«

Sie schwangen in den ersten Hang.

Der Gondelfahrer würde ihnen hinterhersehen und feststellen, dass es die beiden Alten in den Wanderhosen noch beherrschten, das Spiel mit der Kante, das Loslassen, das Anziehen, das Driften, das Freigeben. Es war anzunehmen, dass noch einige Skifahrer zu einer Einkehr in der Scotoni-Hütte saßen, sie durften also nicht zu weit nach unten fahren, aber der Platz war ohnehin schon vorgegeben. Sie waren am Ende angekommen.

Da stand er, dieser einsame Baum, der all den Hochgebirgsstürmen getrotzt hatte, zu dessen Wurzeln sie sich niederlassen würden. Sie zogen die Ski aus, steckten sie in den Schnee, die Stöcke dazu. Das Licht lag noch weit draußen in den schroffen Zacken und im oberen Teil der Felsen. Oben auf der Terrasse würden die Übernachtungsgäste diesen Sonnenuntergang bestaunen, der besser war als jeder andere auf der Welt.

Sie setzten sich. Martin holte zwei kleine Päckchen aus dem

Rucksack und zog vorsichtig die beiden Phiolen aus dem Styropor, damit sie endlich ihren Zweck erfüllten.

»Auf unsere Aventiure«, sagte Sabine.

Er nickte, nahm ihre Hand. Sie tranken gleichzeitig.

Drei Tage später war es in den Onlinemedien zu lesen, zuerst nur in Südtirol, doch schon bald hatten auch deutsche Nachrichtenportale Wind davon bekommen. »Am Ostermontag haben zwei deutsche Staatsbürger Suizid im Lagazuoi-Massiv begangen. Ihre Identität ist der Redaktion bekannt. Eine Obduktion ergab die Einnahme eines Giftes, das in Deutschland Sterbewilligen zur Verfügung gestellt wird, allerdings nur im Rahmen eines Sterbecamps. Das Ganze wird eine Untersuchung nach sich ziehen. Die Sterbecamps in der Bundesrepublik Deutschland sind in anderen europäischen Ländern sehr umstritten, vor allem Italien lehnt das Verfahren kategorisch ab. Die deutsche Gesundheitsministerin äußerte sich besorgt, mit politischen Verwerfungen ist zu rechnen.«

»Irmi?«, fragte der Hase besorgt. »Du siehst angestrengt aus. Hast du doch noch Schmerzen?«

»Nein, alles gut. Du weißt ja, Unkraut vergeht nicht. Ich habe das Buch nur gerade zu Ende gebracht.«

»Inzwischen habe ich es auch gelesen. Und? Was ist deine Meinung?«

»Es hat mich berührt, wirklich! Und ich bedauere fast, dass ich nie Skifahren gelernt habe. Für die beiden Helden ist es ja Passion und Lebenselixier. Und der einzig denkbare Abschied. Traurig und folgerichtig zugleich.«

»Du kannst es noch lernen, das Skifahren«, sagte der Hase.

»In meinem Alter?«

»Irmi, du bist nicht alt, du bist beweglich und fit!«

»Danke, du bist ein reizender Lügner. Außerdem wird der Schnee rar und die Stimmen derer, die das Skifahren abschaffen wollen, immer lauter.«

»Umso mehr müssen wir uns sputen. Wir müssen nur höher hinauf. Die Bettmeralp zum Beispiel wäre ein perfekter Platz, um Skifahren zu lernen.«

Irmi fragte sich, ob es im Wallis wohl Skikurse für Senioren gab. Martin und Sabine waren immer noch in ihrem Kopf.

»Fridtjof, glaubst du wirklich, dass es so weit kommen wird, so weit kommen kann wie in dem Roman?«

»Was meinst du?«

Sie blieb ihm die Antwort schuldig. Es rumorte in ihr. Worte drängten heran, ließen sich gottlob aber wieder hinunterschlucken. Dieser Autor hatte etwas mit ihr gemacht. Er war ein Gaukler, ein literarischer Taschenspieler.

Fridtjof nahm ihre Hand. »Er lässt sie noch einmal lieben. Ganz zart. Und er lässt sie zu ihren Konditionen abtreten. So ruchlos ist er gar nicht, der Herr Weiss. Er hat ein Herz, das er hinter seinen Wortketten verbirgt.«

NACHWORT

Ein Buch mit einem mittelhochdeutschen Zitat zu beginnen, ist keineswegs eine Exaltiertheit, wie man glauben könnte. Die Autorin will nicht demonstrieren, wie gebildet sie ist. Weder in der Schule noch im Studium war ich sonderlich passioniert, aber das Fach Mittelhochdeutsch hat mich gepackt. Meine ersten Pressereisen als junge Reisejournalistin führten mich nach Südtirol. Auf Pressereisen werden Journalisten gut gefüttert und bekommen kleine Geschenke (von Kugelschreibern über Speckbrettl bis zu T-Shirts und Rucksäcken), damit sie etwas Gutes über die Region schreiben. Die großen alten weißen Männer und Frauen unter den Kollegen – fast durchweg Alkoholiker und schlecht erzogen – fuhren natürlich nicht nach Südtirol, sondern in die Karibik, auf die Malediven oder zum Heliskiing. Die Reisen nach Südtirol überließen sie mir, der »Kleinen«.

Eine dieser Reisen brachte mich nach Rodenegg und Runkelstein, die damals touristisch noch gar nicht so erschlossen waren wie jetzt. Ich war allein mit den Fresken, sie raunten mir Geschichten zu, und niemand von meinen Kollegen verstand meinen Enthusiasmus für mittelhochdeutsche Gedankenwelten.

Und sonst? Eigentlich steht alles in diesem Buch. Es wird eine Zeit kommen, in der das sozialverträgliche Sterben dringend und höchst erwünscht sein wird. Die Gesellschaft muss angesichts der heranbrechenden Woge von Alten auf früh sterbende Rentner hoffen – oder aber nachhelfen! Als der Film *Soylent Green* 1973 in die Kinos kam, war das Science-Fiction. Die Handlung spielte sich im Jahr 2022 ab, das muss man sich mal auf der Zunge zergehen lassen! Im Film wurden lästige alte Leute in grüne Kekse verarbeitet. Kannibalismus als Lösung einer irren Welt, die sich am Ende selbst auffrisst. Wenn schon 1973 solche Filme gelaufen sind, dann darf ein F.T.A. White fünfzig Jahre später angesichts der realen Bedrohung leichterdings ein solches Buch schreiben …

Wieder einmal danke ich all jenen, die mir so wertvollen Input geliefert haben. Timo Wolfgarten danke ich für die Ansichten der Generation Z. Danke an Klaus Engelen, stellvertretend für die bösen alten weißen Männer. Danke an die Grundschullehrerin Manuela Arneth und die Gymnasiallehrerin Petra Ströbele-Karle. Deren »Anekdoten« sind leider wahr. Wie so oft danke ich Dr. Arno Bindl für die Beratung in medizinischen Fragen und Annika Krummacher, die mal wieder alles für den Text gegeben hat. Ein besonderer Dank geht an die Familie Irsara im *Gran Ander* für ihre Gastfreundschaft!